U0907812

我们阅读
WOMENYUEDU

魅丽文化
花火工作室

春光有意

酒矣——著

江苏凤凰文艺出版社
JIANGSU PHOENIX LITERATURE AND
ART PUBLISHING, LTD

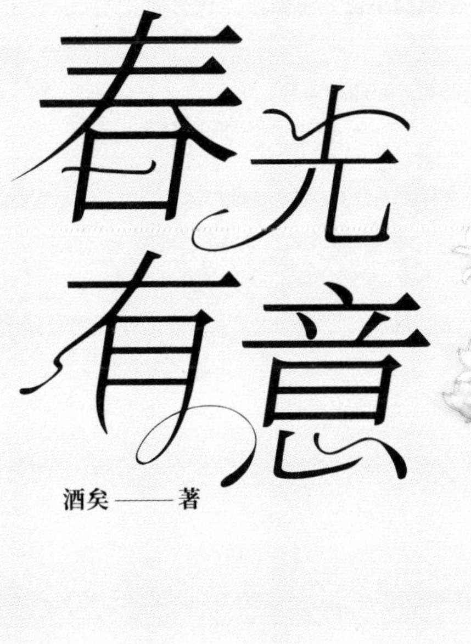

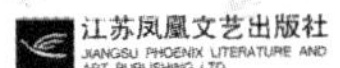

图书在版编目（CIP）数据

春光有意 / 酒矣著 . -- 南京 : 江苏凤凰文艺出版社, 2020.6
ISBN 978-7-5594-4638-1

Ⅰ. ①春… Ⅱ. ①酒… Ⅲ. ①长篇小说 - 中国 - 当代
Ⅳ. ① I247.5

中国版本图书馆 CIP 数据核字 (2020) 第 036204 号

春光有意

酒矣 著

责任编辑 李龙姣 张 倩
选题策划 朵 爷
特约编辑 张 帆
封面插图 杨小洋
封面设计 柒 然
出版发行 江苏凤凰文艺出版社
南京市中央路 165 号，邮编：210009
网 址 http://www.jswenyi.com
印 刷 湖南天闻新华印务有限公司
开 本 880mm × 1230mm 1/32
印 张 9
字 数 256 千字
版 次 2020 年 6 月第 1 版，2020 年 6 月第 1 次印刷
书 号 ISBN 978-7-5594-4638-1
定 价 38.60 元

目录

CONTENTS

C O N T E N T S

× ×

第一章
你好幽灵先生

七月，天气炎热得令人烦闷的盛夏。

高考在这时已经结束了一段时间，考生们也陆续收到了各自的录取通知书，一切尘埃落定。

以去看自己未来的学校为由，顾余离开家门，带着轻便的行李独自来到了 A 市。

这是个经济发达的北方城市，几个商圈都相当繁华，头顶上悬着的烈日也没能打消人们外出的念头。A 市市区的商业街一如既往车水马龙，大街小巷都是来往的行人。

顾余咬着一根橙子味的阿尔卑斯棒棒糖，低头看一眼手机上的地图，抬起头根据导航确认了自己的目标。

世纪溜冰场。

抬脚刚走几步，顾余就收到来自好友兼准学姐林落发来的一条微信信息。

“人呢？不是跟我说飞机已经落地了，难不成正在市区扮演迷路小羊羔？”

没等顾余回复，聊天界面又蹦出来一条信息。

“还是说找溜冰场去了。”

顾余把嘴里的糖球咬出“咔”的一声，单手在手机上摁了一句简短的回复："对啊。"

"我就知道。"

看到预料之中的回复，还待在L大宿舍楼里的林落抬手拢了拢头发，对着镜子随便抹个口红就准备出门。

"世纪溜冰场是吧，我过去找你。"

太阳这么毒辣，就是天王老子来了都不能让林落放弃舒服的空调房出门，但对象是自己从幼儿园就玩在一起的小姐妹，那勉强比天王老子有面子一点吧？

好歹是这么多年的朋友了，林落对自己这好友的那点心思还是很懂的。她说来A市看未来的学校多半是个借口，落地后干的第一件事恐怕是打开手机地图找离学校最近的溜冰场，然后过去实地考察一番。

对方是个花滑爱好者，对这项运动非常热爱。

花滑即花样滑冰，是一项在冰上进行的运动，大概是众多体育项目中最具艺术观赏性的一项，有"冰上芭蕾"的别称，在许多国家都备受欢迎。

听着挺好听，但事实上花滑这项运动前些年在国内还是个颇为小众的运动，关注的人很少，会去留意选手和比赛的基本上是真爱粉了。不像现在，就连叔叔阿姨们都对花滑有所耳闻。

国内对花滑感兴趣的年轻人数量大增，各地的花滑俱乐部也如雨后春笋一般冒出头来。原本的国家队制度应势取消，转为像国外一样更为商业化的俱乐部形式。

这样飞跃性的发展发生在近五年，究其原因，林落脑子里不由得晃过一张眉梢眼角都透着冷漠的脸。

这张脸的主人眼皮时常微耷着，一副懒得搭理人的样子，身上常年散发着生人勿近的气场，就连站在花滑男子单人世锦赛冠军领奖台上，他也没多少表情。

可即使这样，也没人能否认他有着一副相当好看的皮相：比之一般人深邃许多的五官，眉眼狭长，唇色偏淡，嘴角难得扬起一点弧度的时候让人难以忽视——一张被国内外粉丝共同评价为"进娱乐圈能抢走别人饭碗"的脸。

这个人叫谢临。

在国内花滑一直不怎么被看好的大环境里，谢临还待在青年组时的表现就已经引起了圈内人士的广泛关注。第一次参加世青赛就站在了位置最高的领奖台上，刚升上成年组的第二年，他只差一点就能拿下那一赛季男子花滑的大满贯。

在一个赛季拿到大满贯是什么概念？

自花滑拥有国际性正规赛事以来，无论哪一项目的大满贯得主都屈指可数，谢临却在刚崭露头角时就几乎做到了。

他也用后续几年的大赛成绩证明了自己并不是昙花一现类型的选手。除去因意外受伤而休赛的一年，他现在是世锦赛里连着三个赛季用成绩碾压其他选手的厉害人物，在国内外坐拥粉丝无数。

哪怕谢临在所有的采访镜头中都摆出一副不冷不热的冷淡表情，粉丝的热度也没降低半分，包括休赛那年。

大概是因为那张脸长得太出挑，林落想。

在好友找过来之前，顾余已经先一步抵达了世纪溜冰场。

世纪溜冰场位于一座大型购物中心的第四层，商场人流量相当可观。让顾余有点意外的是，溜冰场里也有这么多人。

人多到什么程度呢？整个冰场的挡板外围站了差不多两圈人。

这在平时是绝对看不到的场景。

尽管围了这么多人，但现场的环境却算不上吵闹。除去在冰面上的两道身影顺利完成跳跃时发出的欢呼声和鼓掌声外，这些观众都颇为安静专注，讨论时也尽量压低声音。

喔，是花样滑冰表演滑。

顾余走到场地入口附近就明白原因了。她看到了写着表演滑活动的立牌，演出人是A市今年自行举办的一场花滑地区赛的获奖者们。

发现冰场被活动占用，顾余倒也没怎么失望，虽说她本来是想在好友来之前稍微溜一下过个瘾的。

“要一张门票。”看看表演也不错。这么想着，顾余走去服务台找接待员买了一张门票，准备进去后挑个比较方便观看的位置，边看边等林落过来找她。

围观群众着实不少，除了小部分凑热闹进来看看的路人，在场观众大多是货真价实的冰迷，光看表情就知道他们热情满满。

顾余左望望右望望，找了一会儿才瞥见个少人的地方。但她走近那个位置后就有点犯了难，因为前边刚好有个高高的身影挡住了她投向冰场的视线。

是一个戴着口罩的年轻男人，各自高高的，头上还压了一顶黑色鸭舌帽。顾余站的这个角度，刚好能看到男人被挡住大半的侧脸上那一双目光深邃的眼。

男人其余五官虽被笼在了阴影里，但这并不影响旁人对其产生轮廓好看的判断。

顾余本不想打扰对方。她从走过来的时候就很清晰地感觉到男人浑身上下散发着一种“莫碰我”的气场，这大概也是这个位置人比较少的原因。

奈何周围实在没别的人少的地方了。顾余想了想，沉下心，向对方走去。

“你好，我们换个位置可以吗？”对方背对着自己，顾余没办法。只得在问话时轻轻地戳了戳男人的手臂。

说罢，立马收回了手。毕竟随便对一个陌生人发生肢体接触并不太礼貌，她自认为是一个讲礼貌的好市民。

刚把手收回，在她前边挡住她视线的高大身影就转过身来。顾余有点猝不及防地直接对上了对方的正面。

和背对时不同，面对面被男人居高临下地垂眸俯视着的情况更让顾余感受到两人的身高差距。就算对方戴着口罩，顾余也能知道对方现在一定面无表情。

不得不说，真是有压迫感。

顾余用对比法粗略判断了一下，她头顶只能勉强到对方肩膀的位置，眼前这人怎么着也是一米八以上的身高了。

男人没说话，那双目光平淡的眼只冷淡地看了她一眼便转开了，然后对方不发一语地让出位置，迈腿走到了她后边。

还……挺好说话？

顾余眨了一下眼，有些意外。方才被对方面无表情那么一瞥，她还以为铁定会被拒绝，都有了放弃的念头，没想到对方这么干脆。

在男人走到顾余后边后，原本站在他旁边的一个身材有点发福的中年人也跟着一起挪位置了，顾余这边立刻有了相对宽阔的空间。

“谢谢。”顾余回过头去道了声谢。估计对方不想开口搭理人，她说完马上把头扭回。

旁边的中年人虽然早已习惯了他这副样子，此时还是忍不住数落一句：“人家小姑娘跟你说谢谢，你就不能礼貌点应一声啊。”

还是个长得这么漂亮的小姑娘，看起来像是南方人，眉眼有着南方水乡的柔美。

“让位子不够礼貌？”谢临眼皮都没抬一下，语气淡淡地反问。

因身体不适，这道低沉的声音听起来略带沙哑。

谢临脸上戴着的口罩是医用口罩，前天他感冒，低烧加咳嗽一起来，昨天在俱乐部躺尸一天后，今天愣是被他的前任教练拉着一起出门。

生病时的心情确实不怎么美妙，谢临刚才没应声其实仅仅是因为他喉咙不舒服，懒得说话。他对一个第一次见到的陌生人当然不会有什么意见。

“你说的新人是哪个？”不等旁边人回答，谢临把视线放回冰场上。

前任教练今天早上跟他说什么去外边挖掘新人，说看到有个苗子还可以，让他一起看看值不值得挖到他们俱乐部培养。

到目前为止，在看到的几轮表演中，谢临并没有看到任何一个能被称作“有潜力”的新人。

“还没出场呢，在很后边，跟你一样是单人滑选手。”教练李冬没卖关子，很快给出答案。

“男的？”谢临问。

李冬没有正面回答。这个任职十几年，在国内教出多名花滑健将的金牌教练此时语气特别诚实："如果是女的，我早在刚发现的时候就把人挖回俱乐部，当宝贝一样供起来了，还能等你一起来看看再考虑挖不挖人？"

李冬说的是大实话，国内稍微关心花滑的人都知道，我国的双人花滑早在十余年前就拿过冬奥金牌，单人滑里，男子单人花滑也有谢临异军突起。唯独女单，这么多年了，一直没多大起色，到现在都还没有一个能站上世锦赛领奖台的人。

所以要是见到好的女单苗子，李冬二话不说马上"拐"人，就是挖墙脚也要把人挖回俱乐部去。

音乐声响起，两人都没再说什么。场上最先开始的表演是冰舞，然后是双人滑，女子和男子的单人滑都被放在最后。

站在两人前边的顾余欣赏着表演，在女子单人滑的表演结束前等来了她的好友，后者准确无误地在茫茫人群中找到了她。

"走吗？"顾余见人来了，开口就这么一问。

顾余知道林落对花滑算不上很感兴趣，对花滑有所了解也只是因为她的缘故，没道理让对方陪着她在这里继续看表演。

"入场的门票买都买了，当然看完再走，不然我这钱不白花了。"林落挑起眉，故意状似抠门地说着，但随即又道："等会儿我请你吃饭，想在哪儿吃随便挑。"

顾余笑弯了眼，点点头，没有拒绝。

柔缓婉转的音乐在冰场内倾泻着，音符勾勒出一种温柔的美。此时冰上的纤细身影正在演绎的曲目是《天鹅湖》，表演者饰演着其中的白天鹅角色。

应该是对这套节目已经非常熟练，且节目编排中没有难度太高的旋转和跳跃安排，表演者把每一个动作都完成得十分流畅。

"阿余，我记得你以前也滑过这个？"看了一会儿，林落将手搭在厚挡板上。不等顾余回答，她又忽然撑着下巴不假思索地做出评价："我觉得你滑得比她好看。"

林落不是什么专业人士，但她把眼前看到的表演和自己记忆里的一对比，就算不加友情滤镜也还是觉得后者更胜一筹。

技术方面的差距林落不太说得上来，不过对一个普通观众来说最直观的感染力差距，她能够清楚地感受得到。

顾余闻言愣了一下。她想了想，自己大概三年前在家那边的溜冰场上的确滑过这个曲目，当时林落在场。

“嗯。”应了一声，顾余还丝毫不脸红地顺带把好友的那句夸奖也一起接受了，本就带着笑意的眼梢更添一分明丽。

每名选手的表演时间并不长，很快这场表演滑就到了高潮部分。

之前说这场表演滑的演出者都是A市今年自行举办的地区赛的获奖者。作为压轴人物出场的这名表演者，是所有获奖者里年纪最小的，刚满十六岁。

这名少年刚滑入冰场，摆好动作的下一刻，音乐响起。

光听前几个音符，顾余就知道这又是一首花滑爱好者耳熟能详，甚至有点听到耳朵生茧的经典曲目——《歌剧魅影》。

周围观众的说话声在看表演时都相对压低了下来，变成窃窃私语。被这氛围影响，林落也小声问顾余：“阿余，你觉得他滑得……”

没来得及说完，林落听到后边有个人问出和她一样的问题：“你觉得他滑得怎么样？”

后边的人是在问另一个人。

抱着既然有人代劳解答，自己就可以偷懒的想法，顾余没急着出声。紧接着她就听见一道冷淡又微带沙哑的声音。

“我怀疑企鹅的点冰都能比他点得干净漂亮一些。”

说实话，这实在是毫不留情到有点刻薄的批评。

顾余沉默了一会儿，又沉默了一会儿，最后不知怎的，她压着声音笑了一声。

出于对选手的尊重，顾余不想笑，但是对方拿企鹅来作比较的形容实在戳中了她的笑点，没忍住。

这一笑就笑出问题了，就在左边的位置，顾余看见一个妹子转过头来对他们怒目而视。

妹子的视线在扫过她后边的人的时候，凶巴巴的视线停顿了几秒，选择移开。明明全程没说一句话，顶多只是在听到后边的人无情批评时笑了一下的顾余，这时却彻底躺枪了。

表演还进行着的时候暂时相安无事，等表演一结束，顾余和她后边准备离开的两人都被对方给拦了下来。

“道歉就放你们走。”自己一个人拦住这么多人，这个小姑娘的底气显然有点不太足。

顾余没料到事态发展到这一步。和她一起被拦下来的戴着口罩的男人微微皱起眉，一时没说话。

几人之中最年长的李冬很快反应过来是怎么回事，他的第一反应却不是救场，反而有点幸灾乐祸。

尽管知道谢临刚才的那句批评完全是以对世界级选手的水平要求在和他讨论，李冬依然觉得，他这总像大魔王一样，无论赛场内外都把其他人支配得瑟瑟发抖的性格能有人治治也好。

最好能把他治得温顺点。

一时间没一个人说话，拦着他们的这个妹子又说：“或者你们谁也去滑一遍这个曲目。要是能滑得比我哥哥刚才的表演好，我就不要你们道歉。”

原来是亲兄妹，怪不得这妹子这么生气。

那个妹子说这句话只是为了让人赶紧道歉，一听她这么说，林落不由得心思一动。

像《歌剧魅影》这种经典曲目，林落当然是看她的好友滑过的。恰巧，顾余滑过的那首曲目，和她刚才听到的似乎相差无几。

“要不……阿余你去滑一下给她看？”林落琢磨着，她会这么说还有另一个原因，“你本来也是想来这过过瘾的吧，那干脆滑一下再走好了。”

顾余听着双眼一亮，有点心动。

前边的小姑娘则哼一声，更加干脆道：“溜冰场在表演滑收场后就结束今天的营业了。你要是敢滑，等会清场完了，我让工作人员再安排一下。”

眼前这妹子怕不是这家溜冰场老板的女儿，顾余脑子里匆匆划过这个想法。她实在抵抗不住能一个人占据这一整个冰场自由滑冰的诱惑，在反应过来之前已经点下了头。

溜冰场结束营业，看完这场表演滑的人们都陆续往溜冰场的出口走去。在人群散离期间，顾余走去更换冰鞋的地方。

顾余这次来A市是轻装出门，在开学前她没打算在这个城市久待，随行的行李里当然不会有冰鞋这种东西。

溜冰场为顾客提供的冰鞋一般是适合初学者的那种，顾余穿上以后踩了踩感受了一下。

嗯，果然太软了。

“怎么了？”观察到顾余的这番动作，林落开口询问。

“鞋子不太舒服。”顾余已经很久没穿过这么软的冰鞋了，稍微有点不适应。

刚才给顾余拿冰鞋的工作人员一听，觉得眼前的少女估计没怎么穿过冰鞋，因为入门级的冰鞋已经是最软最舒适的了。

可这样一个连初学者都不算的姑娘要去表演一套单人滑节目，怎么可能表演得了，在冰面上滑行的时候能不摔跤就不错了……

“请注意安全。”工作人员没忍住提醒一句。

顾余点了点头，在林落的陪同下走进冰场。在足下冰刀触及冰面的时候，她发自内心地弯起眉眼微笑。

之前拦下她的那个妹子拉着不久前在冰场上表演的少年站在防护板外，另外两个被拦下的人也没走。顾余侧过头时刚好撞上那名目光冷淡的年轻男人的视线。

没有避开，顾余很是轻快地朝对方露出更大的笑容。

后者视线微顿，第一次在与人对视中主动偏移开眼。

在冰场外的话，顾余可能不会这么做。但走进冰场，热爱是一种无形而纯粹的力量，她沉浸其中。

音乐响起前，选手会从界墙附近滑入冰场中央摆好开场姿势。因为已经清场了，现在整个溜冰场很是安静，冰刀划过坚硬冰面时的声音清晰可闻。

冰场上唯一的少女身影就像雀鸟一样，不是精致鸟笼里美丽的金丝雀，而是山林中的飞鸟，象征着无比鲜活的自由。

这种鲜活气息让场外众人的视线不由自主地被吸引住。随着冰刀划过冰面，这锋利的刀锋也像陡然割破了现实与歌剧的那层隔纸。

少女在音乐响起的一刻，成为剧中人。

他们是欣赏剧目的观众。

《歌剧魅影》讲述的是一个悲剧性的爱情故事：在十九世纪的巴黎歌剧院，栖息于歌剧院中的“幽灵”爱上了一个拥有天使般歌声的少女。

幽灵实际是一名音乐天才，且这样惊艳世人的天赋也不仅限于音乐，他在建筑、雕刻等艺术上都拥有极高的造诣，任何一样拿出来都足以令人惊叹。

这样的一名天才将自己埋藏于巴黎歌剧院的地下迷宫里，与地面上的世界隔绝，不去接触阳光，只当一个活在昏暗地底的幽灵。要说原因的话，是因为幽灵自身极度的自负与自卑。

惊世的才华使其自负骄傲，容貌的扭曲又使其自卑。

幽灵完好的左半边脸相当俊美，但面具下的右脸却扭曲恐怖，恍如怪物。

幽灵自小教导少女唱歌。随着少女长大，幽灵对这个被他视为音乐天使的少女的掌控欲和占有欲都变得越来越强烈。

怪物学会了爱人，这是一种自卑的爱，一种小心翼翼却疯狂的爱。

可长大后的美丽少女在幽灵的目光注视下被另一名年轻男子吸引。当少女发现幽灵面具下的秘密时，她感到恐惧，无比迫切地想要逃离。

将少女的逃跑行为视作背叛，爱而不得的幽灵变得偏激疯狂，最终酿就了一出爱情悲剧。

尽管是用了同一首表演曲目，顾余和之前在冰场上表演的少年所演绎的却是两个不同的角色。少年饰演的是魅影，而顾余在这一曲目中演绎的是歌剧中的女主角克丽丝汀。

在这一版剪辑里，冰场上最开始响起的音乐是轻缓悠扬的。幽灵与克丽丝汀的初遇，少女将在她无依无靠时出现并温柔耐心教导她歌唱的幽灵当作她的音乐天使。

仿佛应和着这一情节，此时在冰上如蝴蝶般轻盈滑行着的顾余做出将一只手伸出交给某个人的动作。她的眼睛看不见那将自身掩藏于黑暗里的幽灵，但她能听见幽灵——她的音乐天使引导着她的低沉声音。

前方空无一物，少女的表情带着一点迷茫。在循着这低沉声音前行的时候，她的步伐没有丝毫停顿，能够轻易从少女的白皙脸庞上看出她对幽灵的信任与依赖。

被幽灵教导着学习音乐时的喜悦心情让少女脸上的迷茫表情消退，转而是因这种纯粹喜悦而微弯眉眼的明丽浅笑。

这也是节目编排中第一组跳跃的跳跃点。

穿着这双不太适应的冰鞋，顾余在刚才坐着弯腰绑鞋带的时候就思考过跳跃的问题。她很清楚自己的跳跃能力并不算出色，且穿着这双过分柔软的冰鞋，跳跃难度还增加了一些。

理智告诉顾余不要乱来。但当实际进入状态的时候，她把这些想法都忘得一干二净——

外刃起跳。

像蝴蝶扑棱翅膀般轻盈，冰场上那道如雀鸟般的纤细身影在空中做了一个二周旋转后回落到冰面，在落冰那一刻又再次起跳接了一个足周的三周跳——2A+3T（阿克塞尔二周跳接后外点冰三周跳）。

当顾余在冰上顺利完成这个连跳时，在挡板外被自己妹妹抓着手臂的少年发出一声痛呼。他的手臂被他旁边正看着表演的小姑娘给捏痛了，搞不好都被捏青了。

“哥哥，她跳得真好看，像外公养在院子里的那只小黄鸟！”也不只是因为跳跃干净漂亮，年幼的小姑娘还不能体会冰上的那道身影所演绎的角色，但表演中那种无形而强烈的感染力已经将她的目光牢牢吸引。

只一个开场，小姑娘就浑然忘记了自己之前觉得不可能以及生气的事情，一心一意用视线追逐着冰上的那道身影，甚至在顾余每一次起跳的瞬间不自觉屏住呼吸。

比起小姑娘的欣赏之情，一边被捏痛了手臂的少年则在吃痛后发起了愣，他的嘴微微张着，被少女的表现惊住。

其实 2A+3T 的跳跃组合在女子单人花滑世界级的赛场上很常见，基本人手一个，但这样的跳跃要说简单，也仅仅是对那小部分的顶尖选手而言。虽然男性在跳跃方面天生比女性更有优势，这样的连跳他也能做，但做出来的动作却远没有此时在冰场上的少女那么干净漂亮，充满观赏性与美感。

“她不错。”谢临在观看了一会儿之后缓慢开口，语气和之前相比没什么变化。

谢临原本微耷着的眼皮抬了起来，深色的眸中清晰地映出冰上少女的身影。

他已经在认真观察了。

比起跳跃，谢临更多关注的是少女在表演中所展现出的惊人表现力。

对方可以说是完全把自己代入到了克丽丝汀的角色里，这样卓越的艺术表现力与感染力在国内的花滑女单选手中十分罕见，即使和国外同类型的选手相比也非常突出。

在谢临的眼里，眼前的少女像一块还未经打磨的宝石。

虽然还未完全展现光华，但也已经足够美丽，能够吸引住鉴赏者的目光。

即使谢临不说，李冬这边也已经是激动不已。

作为一名教练，还有什么比发现一根好苗子更令他振奋的事？

李冬简直恨不得现在就冲上去把人打包带回他们俱乐部，然后在办公室里一边喝茶，一边和蔼可亲地游说对方加入他们俱乐部。

这么好的苗子，就算是挖墙脚，李冬也想拉下脸皮去挖挖看。

这墙脚要是能挖回来，他的脸不要就不要了吧，都挖墙脚了还要什么脸。

李冬开始想着他等会儿的说辞。不过在他思索期间，他忽然注意到冰上少女的角色演绎好像往他所熟知的方向急剧远离。

此时冰场上回响着的音乐从悠扬走向激烈，故事中的一切该走向毁灭了。

顾余在这激昂的音乐中加速滑行。她的每一个步伐、跳跃和神情拼凑在一起，却都分明不符合原著中的克丽斯汀该有的情感。

这原本应该是一出悲剧，少女的表现却如同在回应，回应那个早已疯狂的幽灵的爱意。

又一个组合跳跃结束，顾余在激昂的音乐即将戛然而止的时候做出最后一个旋转动作。

她把身体往后仰，单手提住右足锋利坚硬的冰刀，把冰刀提到高于头部的位置，以这个姿势做出旋转。

旋转的速度非常快，在他们眼前的少女仿佛与那不露形迹的幽灵一起，共同演绎了一出毁灭之爱。

当初看《歌剧魅影》这个故事的时候，顾余最喜欢的角色就是魅影，即那个自负自卑的幽灵。

假如饰演克丽斯汀，一定会选择回应幽灵的爱意。几年前有人改编过另一版本的《歌剧魅影》，也正是这样的结局。

“一起变成疯子也可以很诗意——”

音乐结束时，顾余伸手，做出了与开场时相呼应的同一动作。

深渊向她伸出手，原著中的克丽斯汀因恐惧而选择了逃离。顾余所扮演的克丽斯汀，微笑着握住了幽灵的手，将自己投入深渊。

在音乐戛然而止时目睹这一幕，在挡板外和自己妹妹站在一起的少年感觉自己仿佛起了一身鸡皮疙瘩，可他却没办法说对方这样的表演是错误的。

结束了。

保持了伸手的姿势几秒，顾余一下子放松下来以后才后知后觉地发现，她这伸手的方向竟然又刚好对着之前给她让位置的那名年轻男人，对方的视线也正停在她身上。

这场景弄得像她在要求对方和她牵手似的。

顾余尴尬了不到一秒，反应迅速地把手放了下来，过程面不改色。

好累，想就地躺下……

顾余并不是一个拥有优秀体力和耐力的选手，完成一套自由滑差不多就让她感觉精疲力竭了，曾经在练习时也有过因为体力不够而滑不完节目的情况。

想是一回事，能不能做是另一回事。顾余虽然累得想趴下，脑子还是拖着她的身体往冰场外滑去，回到之前换鞋的地方。

身体的疲惫把脑子弄得有点木，顾余忘了换鞋的地方有道低平的门槛石。她没低头看直直走了过去，然后被绊了一下脚。

身体往前栽倒的一瞬间，顾余都已经本能地缩了一下身体。结果在她放弃挣扎干脆闭上眼等待疼痛感的时候，却发现自己好像还只保持着往前倒的姿势。

嗯？

顾余后知后觉地在这姿势中睁眼回头，顿时看见了正伸手抓住她后边衣服的年轻男人。男人很高，被口罩遮挡的脸上仅露出深色双眸，正低垂下来看着她。

呃……

虽然对方什么都没说，顾余面对这场面，有一种想跳起来敲一榔头让对方失忆，或者让自己失忆的冲动。

“谢谢你啊……”顾余站稳身体，露出一个尴尬又不失礼貌的微笑。

想起来还不知道怎么称呼对方，顾余的视线在男人脸上停了停，口罩有类似于面具的作用，对方在面具以外露出来的五官轮廓确实像剧中的幽灵一样俊美。

于是顾余在上半段话结束以后，顿了片刻又对正似乎不冷不淡垂眸瞥她的年轻男人开口。

“幽灵先生。”

反应过来“幽灵先生”这个称呼是在对自己说的，谢临想到眼前少女刚才所演绎的克丽丝汀。在少女弯眼浅笑的注视中，他揪在对方后边衣服上的修长手指微顿了一下。

“只是完成这种程度的表演都这么累，体力太差。”没对这称呼有什么表示，谢临放开手淡淡道。

跟着一起过来的李冬一听这话，刻意堆满了和蔼神色的笑脸一僵，不由得给旁边人使了一个眼色。

您可别再说话了。

李冬一边想把对方的嘴给堵上，另一边心里却还有一丝欣慰，幸好他说的是这句话，而不是类似于“这样都能摔，小脑没发育完全吗”之类的冷淡发言。

行吧，他对这人不冷酷无情的标准越来越低了。

“是不怎么好。”顾余点头，很淡定地接受了批评。

小姑娘还挺不骄不躁。

李冬看着眼前眉眼明丽的少女，越看越欣喜。

原本只是来寻找一颗珍珠，却无意间发现了一颗钻石的那种惊喜，让李冬都快忘了他一开始来看这场表演滑的目的是什么了。

“是有什么事吗？”顾余感觉对面的人似乎在酝酿着什么话想对她说。看对方酝酿得这么辛苦，顾余好心地开口提示对方。

作为一个擅长挖掘人才的名教练，李冬在挖人的时候自有自己的一番套路。

顾余一给他提示，他马上用一副和蔼可亲的表情先交换了双方的基本信息，然后笑眯着眼对少女刚才的表演表示出很高的欣赏和夸奖，尽力用亲切的态度博得好感以后，最后才不动声色地进入正题。

“虽然你不是本地人，但大学考来了这里，之后四年应该都要待在A市吧。你在原来的城市是加入了哪个滑冰俱乐部，在A市有分部吗？”李冬并不意外眼前的少女不是A市人，否则这样的好苗子他早该发现了，现在就看这墙脚怎么挖。

顾余闻言没有马上回答，她被刚才那一番交谈里接收到的信息量给冲击得愣了愣。

眼前这名中年男人说自己是白星滑冰俱乐部的主教练李冬。顾余回想了一下她曾经在世锦赛直播里看过的这个知名教练的样子，蓦地发现对方竟然真的就是本人没错。

至于顾余在对方表明身份前为什么没认出来，是因为眼前的中年人比起她在视频上看到的样子发福了不少，不仔细看还真认不出来。

这可是在国内教出了好些个花滑健将，甚至还教出一个赛季三连霸金牌得主的名教练，顾余有点难以想象自己正在和对方直接交谈。

更难以想象的是，她好像还顺便见到了某个在国内花滑几乎等于是一个时代传说的大佬。而且，她刚才把这位光芒万丈、身上荣誉光环多到能亮瞎人眼的大佬称为嗯……幽灵先生。

顾余沉默一秒。

请问可以给她一个叮当猫吗？

她想坐个时光机回到两分钟前，或者先让她在地上挖个洞把自己埋几分钟冷静一下。

“没有加入俱乐部。”努力平静了一下情绪，顾余如实回答道。

“什么？”李冬不禁脱口而出，脸上带着明显的诧异。

这对想要挖人的李冬来说其实是一件好事。压下心里的一些疑问，李冬认真地开口：“那你从来没有想过走职业道路吗？以你这样的才能，只当一个业余选手太可惜了。你应该站在更好的舞台上，像国内的联赛，还有国外的各种世锦赛，会有更多的人看见你、发现你。”

被这么一问，顾余其实是有点茫然的。她最开始学习花滑是因为她的堂姐，后来是因为热爱，但好像……确实从没想过当职业选手。

总的来说，顾余在家里还是一个比较让家长省心的小孩，学习认真，成绩也好。和大部分同龄人一样，她从小走的都是好好学习、未来考一个好大学的人生路线。

当然在这条路上走偏的小孩不少，顾余是正儿八经把这段路给走完了。现在有人在她路的终点设置了一个拐角，告诉她拐个弯就能看见不一样的风景。

“如果你有意向的话，我现在想邀请你加入白星。一个好的俱乐部能给选手提供更多的资源，在国内能和我们相比的滑冰俱乐部应该五根手指就能数完。”没有怎么刻意吹嘘，李冬相信白星的名气在国内花滑圈子里是绝对足够的。

“这不挺好的吗？”在旁边看明白情况的林落这时悄悄用手肘碰了碰自己的好友，她不想对方错过这么好的机会，“叔叔阿姨肯定会同意你做自己喜欢的事情，再说L大你都已经考上了。”

既然热爱，那么努力去追逐会是很快乐的事情。林落很清楚顾余到底有多喜欢待在冰上。每次只要去到冰场，她都高兴得像只傻狍子一样。

“加入以后马上要进行个人训练吧……”顾余已经被说动了，她思考了一下自身情况又道，“我这次来A市只是过来待一两天，本来是准备等九月份入学的时候才搬行李去学校。我可以提前打包行李过来，不过可能需要点时间找合适的住宿地点。”

“这简单。”一听对方是答应的意思，李冬很快眉开眼笑，“你到时候直接把行李搬到我们俱乐部的基地。你住基地里就行，住宿免费，基地一层的冰场随时都可以使用，这是本部选手都有的待遇。”

住宿免费！还能随时使用冰场！

“好的。”听见这两点，顾余二话不说把自己给卖了。

随着国内花样滑冰热度的提升以及商业化，现在国内有名的花滑选手都普遍有很高的商业价值，和明星没什么区别。

现在国内各大滑冰俱乐部的本部和分部已经完全不是一个性质。本部会和看中的选手签约，提供各项资源去培养对方。

培养出一个花滑明星可以给俱乐部带来非常高的经济效益，比如说拉来赞助商，赛季结束后适当安排商演，以及吸引更多对花滑感兴趣的人加入俱乐部的分部。

后者是一家滑冰俱乐部的主要盈利渠道，对加入的学员按培训课时收费——冰上运动的学费向来都不便宜。

综上所述，虽然把自己卖了，顾余却觉得应该是她赚了。

人挖到手，李冬笑得合不拢嘴，然后他也终于记起他原本来这冰场的目的。

李冬在之前发现的另一根苗子是那名叫周越鸣的少年。虽然在对方表演的时候，谢临没讲什么好话，但他们后来其实都肯定了少年在跳跃方面的潜力。

“我加入了 KM。”过去旁敲侧击时，李冬得到了少年的这句答复。

KM，和白星一样，本部基地驻扎在 A 市，能算是白星死对头的一家知名滑冰俱乐部。

听到 KM 的名字，李冬立马打消了挖人的想法——不好挖。

顾余和林落在听见“KM”这两个字母后，互相交换了一下眼神。因为那里，有一个顾余不是特别想见到的人。

不过顾余心里的那点小想法很快被蹦跶到她面前来的小姑娘打断。小姑娘眼神亮晶晶地望着她：“姐姐，我以后去哪儿能看到你的表演滑啊，你会参加比赛吗？我去给你举条幅加油！”

面对这种直接地表白，顾余有点不习惯，但心里毫无疑问是开心的。

她也羡慕过那些能在世锦赛舞台上滑冰、被众多粉丝喜欢着的选手。他们表演结束时会有很多观众从观众席往冰场上扔鲜花或玩偶，以表达对选手的支持和喜欢。

一个无比耀眼的舞台，选手在舞台上成为夺目的发光体。

“会。”顾余伸手去摸了摸小姑娘的脑袋，给出肯定的回答。

顾余在 A 市待了两天后回到 S 市。她把自己准备签约加入白星滑冰俱乐部以及之后可能会参加花滑赛事的事情和家里人说了。

饭桌上，顾父顾母只是愣了几秒，不一会儿就一致同意了，也没有细问太多。

他们向来不需要忧心顾余的学业，且顾余都已经考上大学了，他们觉得让女儿在大学发展一下兴趣爱好也没什么。

不过这时的顾父顾母以为顾余口中的“花滑赛事”只是普通的娱乐比赛。他们一直知道顾余喜欢花滑，但并不清楚顾余在这项爱好上的水平。所以当后来顾父顾母被周围邻居拉着一起在电视上看到自己女儿的时候，他们是蒙的。

顾余在家里订机票收拾行李。在她满脸挣扎地纠结着这个想带走、那个也想带走的时候，她不知道她的微博账号已经快被白星俱乐部的粉丝戳出无数个洞了。

起因是俱乐部的官博发了这么一条微博。

“欢迎新的小师妹加入白星！@一只肥啾上青天”

能让官博特地发文，毫无疑问这个新的小师妹加入的是白星本部。于是关注国内花滑的冰迷们很快活跃起来了，争相在这条微博底下评论。

“白星加新人了？！还是个妹子，真的假的？我觉得茜姐要感动哭了，基地里除临哥以外的汉子也要感动哭了。”

“新的小师妹是谁啊，听说加入白星本部得主教练点头同意才行。除了茜姐，白星本部这几年就没第二个女选手，这个魔咒竟然被打破了？”

“一人血书求小师妹在基地的训练视频！”

个别重点歪了的俱乐部粉丝的评论则是——

“小师妹的微博昵称真别致。”

“一只肥啾上青天，哈哈哈，希望小师妹成为基地里第一个成功反抗队内霸权的勇士。”

“赌三毛钱，不可能，我们临哥是个不会怜惜小姑娘的魔鬼。”

顾余再次在A市落地的时候，还浑然不知自己的微博发生了什么。她拖着足足28寸的巨大行李箱直奔白星俱乐部的基地。

和其他滑冰俱乐部相比，白星背后据说是有一个特别豪的有钱人在投资。所以俱乐部的本部基地非但占了A市的黄金地段不说，占地面积还很大。基地里各项设施一应俱全，让其他俱乐部的选手那叫一个羡慕。

在房间里挑挑拣拣了大半天，顾余把这28寸的行李箱给装满了，甚至还觉得少了点东西。她现在苦兮兮地拖着这非一般重量的行李箱来到俱乐部的基地门口。

已经在微信上说过自己什么时候会来，顾余站定在别墅似的基地门口，抬高手按了一下门铃。

顾余本来以为门会自动开，然后她要自己拖着行李箱进去。结果等了大概半分钟左右，顾余等来了一个大佬亲自给她开门。

应该是感冒咳嗽已经好了，顾余今天见到的谢临没戴医用口罩，冷淡的眉眼和其余五官轮廓都一览无余。

饶是已经从各种赛事直播里知道对方长什么样，顾余还是被年轻男人这张过分俊美好看的脸给吸引了一会儿视线。

“师……师哥？”顾余思考了一下称呼，片刻后试探着开口。

都在同一位教练门下，按先来后到的辈分顺序，她应该是要喊谢临师哥没错。

说实话，谢临亲自来给她开门的待遇让顾余稍微有点受宠若惊。当对方瞥她一眼之后接过她身旁的行李箱，顾余就更受宠若惊了。

“不……不用帮我拉行李，我自己可以……”顾余不太好意思让谢临给自己干这活，有点着急地想把行李箱拉杆从对方手里拿回来。

谢临没去纠正旁边少女对他的称呼，只是停步站定，然后说：“这个行李箱有你半人高。”

听见这句话，顾余有点被自己的脑补给感动了。

师哥面冷心善，看着不近人情，实际是个小天使！

顾余刚在心里这么感动了没多久，就听见谢临面无表情地补充了后一句话。

“我怕你等会儿在上楼梯的时候万一不小心摔倒，会被这个行李箱压死。”

第二章

这个人是魔鬼吗

顾余有点没从这言语冲击里反应过来。她微愣了一秒，刚才脑补出来的感动顿时被哗啦扔进了垃圾桶里。

“我上楼梯不会摔。”顾余下意识反驳，“台阶那么明显。”

谢临在顾余说话前就已经迈开一双大长腿往里走了，单手轻松地拖动对顾余来说又大又重的行李箱，边走边淡淡道：“哦，门槛也很明显。”

顾余噎了一下。谢临一说门槛，她就陡然回想起几天前在溜冰场里发生的事。当时要不是对方在后边抓住她的衣服，她大概就要和地板来一次亲密接触。

无法反驳，顾余闭上嘴。

“跟上。”没回头看落在后边的人，谢临继续往前走。

“哦。”顾余匆匆应了一声，两手空空地快步跟上。

说实话顾余平时的走路速度不算慢，问题是以两人的身高或者说腿长差距，她要跟上前边的人还真是不容易，她只好时不时小跑两步拉近距离。

这么跟了没一会儿，顾余就有点累了，呼吸都开始重起来，但她一声不吭。她向来不是喜欢让别人迁就自己的性格，再说旁边的人还帮她拉着行李箱。

谢临看了眼旁边跟着的这个“小尾巴”，注意到了身旁的少女连走带跑的跟随方式，往前迈步的腿一顿，没说什么，但把原本的走路速度放慢了点。

“谢谢师哥。”顾余马上笑开了道谢。

“不客气。”谢临扯了扯嘴角，形状漂亮的薄唇边缘出现一个很小的弧度，这种浅淡的笑容在别人看来似笑非笑，“从明天开始，我会每天监督你做长跑训练，你的体能太差了。”

这句话一说完，谢临不出意外地看见身旁少女脸上的笑容一僵，然后露出点苦大仇深的表情。

长跑对顾余来说简直是一生之敌。长跑训练一般需要跑4000米以上，在没有人监督的情况下，顾余每次没跑完就放弃了。

顾余平时宁愿多做别的训练来弥补也不想长跑。她不知道谢临怎么能这么准确地点中她的死穴。

“对自己不够狠心。”谢临淡淡评价道。

“可是……我之后的训练应该是由李冬教练来安排吧？”顾余试图垂死挣扎，还有理有据地陈述理由，“而且让师哥你来监督我，太耽误你的训练时间了，教练应该不会同意的。”

其实长跑训练之后肯定是得做，顾余也知道自己体能上的缺点，她只是想要个缓刑。

听到顾余的这个说法，谢临不置可否。

顾余看旁边的人不说话了，以为自己说服了对方，微微松了一口气，也安安分分不出声，跟在旁边当个安静的美少女。

走了一段不长不短的路，顾余被谢临领到了一栋别墅的一楼大门前。

一开门进去，顾余就猝不及防被一群专门等在门口的人团团围住。

这一群人毫无疑问就是在这几天各种期待着想看小师妹长什么样的同门，顾余的现任师哥师姐们。

换成和白星同一层次的另外几家滑冰俱乐部，本部如果添个小师妹，其他人可能不会有什么波动，顶多好奇一下，但白星不一样。

目前白星本部的成年组选手，除了叶茜一个姑娘，其他都是男选手。

青年组就更过分了，一个小姑娘都没有。

也不知道这是什么魔咒，李冬在遇到顾余以前，他能稍微看上眼的女单苗子无一例外都会手慢一步被别的俱乐部挖走，造成了白星的奇妙现状。

所以当顾余出现的时候，白星本部的选手们都对这还没见面的小师妹怀有很高的热情。

“天啊是师妹，活的师妹！在今年已经过去的二百一十七天里，我终于在基地里看到除茜姐以外的第二个妹子了！”第一个开口说话的青年脸语气夸张，脸上满是笑意，让人一眼看去就觉得很友好，应该是个挺好相处的人。

白星本部的成年组选手，顾余都是认识的，当然这种认识是指在各类赛事视频上看到过的那种单方面认识。像刚才说话的人，顾余知道对方是和谢临同时期的花滑男单选手，名叫许望。

许望这名选手在国内外无数冰迷眼里，最深为人知的印象大概是状态和发挥不稳定。

在状态好的时候，他能滑出非常亮眼的表演。比如三年前，许望在花滑大奖赛的比赛中所表演的《四季》协奏曲中的《冬》，到现在都还被奉为经典，也可以算是他的成名作和代表作。

现在只要一提到《冬》这首曲目，国内外冰迷第一时间想到的选手一定是许望。

但状态差的时候，许望的表演甚至能跌破他那一群忠实粉丝的眼镜。有一年他的状态差到让赛季成绩像坐过山车一样急速下滑，下滑到连参加大奖赛的资格都没有了。

下一年又状态极佳，几乎打败除谢临以外的所有选手。这么几年下来，他的粉丝已经被折腾得没脾气了。

忠实粉丝们在微博给他送了一句座右铭，叫“我与粉丝玩心跳”。

除许望以外，在旁边微笑着对顾余说“师妹好”的另一名男子也是和谢临同时期的选手。

对方叫庄延，他在赛场上留给广大粉丝的印象就和许望这种弹簧式随时不知道会蹦跶到哪儿去的选手截然不同，是相当稳扎稳打的风格。

抗压能力极强，就算在重要比赛的开头出现失误，他也能冷静下来完成后续的表演，是去年世锦赛的铜牌得主。

“你们这么多人围着人家妹子做什么？我知道你们八百年没在基地里见到第二个姑娘了，但也别一来就把小师妹给吓到了好吗？！克制一点。”叶茜像打地鼠一样挨个儿拍了一下堵在前边的几个大男人的后背，力度不算轻，能清楚地听见“啪”的一声，“赶紧让开，小师妹刚来，还得到楼上房间安置行李呢。”

叶茜毫不留情地一下子打了三个人，包括她的双人滑搭档方明在内。

她一转头，笑眯着眼语气特别温柔地对顾余说：“师妹你不用理这几个糙汉。以后在基地里，他们要是为难你了还是咋的，你来告诉我，我帮你把他们按在地上摩擦。”

顾余被进门后见到的几个同门师哥的热情给镇住了。现在听到叶茜对她说的话，她顺从地点点头，回了一个笑容：“嗯，谢谢师姐。”

“哎，南方妹子就是软啊！”叶茜发出一句感慨。天知道她天天在基地里对着一群男的，也老早想要一个师妹了，今天可算盼到了。

顾余和每一个人都打了招呼。在她对站在最边边还没说话的少年说“师哥好”的时候，后者有点脸红地对她点点头。

这个脸红倒不代表什么。曲一帆是在场除顾余以外年龄最小的花滑选手，刚升到成年组一年。他的性格比较内向，跟任何一个还不熟悉的人说话都会脸红。

可对方这么内向的性格，在站上冰场的时候，整个人就会像切换了人格一样。在表演风格上，他和顾余是同一类型的选手。

“我帮你把行李箱提上去。”许望说着，很是主动地把那在他们堵门期间被谢临放开的大行李箱接过来，收起拉杆，提着就往二楼走，还边上楼梯边向顾余介绍。

“我们住的房间在二楼，三楼还有健身房，你想用的时候可以自己上去。冰场就在一楼出门左拐的地方，青年组的几个小朋友平时会和我们在一个冰场训练，不过他们住在另外一栋房子里，训练以外的时间不怎么能见到。”

顾余仔细听着，然后点点头，表示自己知道了。

“好了，我任务完成了。这间是你的房间。我先声明，房间是茜姐给你布置的，她说什么小姑娘的房间就是要弄得可爱点，所以你房间里的墙纸……”说到这里，许望顿了顿，“嗯……你开门自己看吧，实在不喜欢的话也可以叫人来换，我先下去了。”

他这一说，倒让顾余好奇起来。

“对了，你等会儿安置好行李就下楼吧，快到饭点了，师哥师姐带你出去吃香喝辣。”许望补充，待顾余乖乖点头后便下了楼。

顾余轻轻扭开了房门，放下心来。入眼的是一片淡蓝色，清新淡雅，背景墙纸上还有一只只白色的小兔子图案。

其实还挺可爱的……

叶茜还在床头特意给她摆了两个小熊玩偶，房间里的其他家具都是简洁风格，很符合顾余的喜好，于是她看第一眼就欣然接受了这个房间的布置。

顾余收拾行李的时候很磨叽，安置行李的时候速度总算是快了不少，奈何行李箱里装的东西实在很多，依然花了不少时间。终于收拾完，往床上躺了三五分钟后，顾余起身整理了下形象，下楼。

李冬刚从冰场那边过来没多久就看到正在下楼梯的顾余。他转过头对在客厅的几个弟子说：“走吧，不是说带你们师妹去吃香喝辣，今天给你们破例了。”

为了能更好地完成技术动作，花滑选手需要保持良好的体态，所以对自身体重是有严格控制的，吃香喝辣这种事情一般只能偶尔干一干。

算是给顾余接风洗尘，一群人准备出门吃饭。顾余在被带着一起出门的路上提前询问李冬：“教练，我明天的训练大概是怎么安排的啊？”

顾余一这么说，她发现周围好像静了，不由得有点疑惑。

“谢临还没和你说吗？”李冬刚问完，看顾余脸上的表情已经知道了答案，于是解释说，“你以后的训练都由他负责，他才是你的教练。”

一说起这事李冬就有点糟心。他费尽口舌心思去挖人的时候，谢临就在旁边干站着。等他喜滋滋把人挖到手，谢临竟然转头就来跟他说，人他想要。

李冬知道谢临在花滑上不仅是一个非常优秀的职业选手，当教练也同样能当得相当出色，不亚于他，看对方平时给青年组的几个小孩做指导的时候就知道了。

李冬当时考虑许久同意了谢临的要求，因为他觉得也许谢临比他更能挖掘出顾余的才能。

顾余闻言蒙了好半晌，反应过来后问："等一下，那师哥自己的训练怎么办，十月份不是有……"

"休赛。"谢临声音淡淡地打断了顾余的话。

而后看着旁边少女的表情变化，谢临补充道："不是因为你，是本来就计划好的事情。"

"为什么？"顾余不解。

"旧伤复发。"谢临言简意赅地回答，"暂时还没对外公布，过几天吧。"

顾余张了张口没能说出话来。她记起来谢临之前有个赛季休赛的原因，左腿因为意外事故受伤，那一整个赛季都在休养。

这一年结束以后，谢临接着就横扫赛场，实现了赛季三连霸。顾余从来没想过对方在那次事故受的伤原来没有彻底好全。

"会好的吧……"当事人对自己的情况表现得很平淡，顾余这时却不由得用肯定的语气补充一句，"一定能好的。"

假如在冰场上这么耀眼的人因为这种事情不能再滑冰，顾余会极度惋惜。

"要说意外，其实你才算是谢临计划里的意外。"李冬摸摸鼻子，用一种啧啧称奇的语气说，"你不知道，他前天专门过来跟我要人，我估计是你那天给他的印象太好了。"

这不，今天还肯去给人开门拉行李，别的同门师弟来的时候，可没见他肯给这待遇。

对李冬这话，谢临脸上毫无波动，该冷淡还是冷淡。

平复心情接受了事实，顾余听到李冬的话，不禁也有点好奇谢临对她那天的表演是什么样的印象。

“师哥……不，临哥啊，你那天对我的印象是怎么样的啊？”顾余说这句话的语气有点小心翼翼，又忍不住有点高兴。

李冬说她给谢临的印象很好。后者可是达成赛季三连霸成就的大佬，能让对方印象好，顾余不高兴才怪了。

印象？

谢临回顾了一下，觉得大概能用简单的三个字形容。

很不错。

但是看着眼前少女过分灿烂的笑脸，和那双亮晶晶的眼睛，谢临沉默了几秒。

像因少女身上表现出的这种明丽鲜活而感到灼目，谢临移开注视在对方身上的视线，然后面无表情道：“小脑发育情况有待观察。”

周围听见的几人表情一僵。

李冬满眼复杂，眼睛里写着“你终究还是把这句话说出口了”的感叹，没想到该来的总是要来。

“走个路都能摔，除此以外，我想不到第二个更合理的理由。”

顾余满眼不可置信。

这个人是魔鬼吗？！

谢临其人，在顾余心里形象一直是非常高大上的，属于可望而不可即的典范。

要说原因也很简单。对方身上的光环实在太多、太闪耀，堪称光芒万丈，在花滑领域是绝对的天才。

顾余从未错过每年的各大赛事直播，所以谢临在重要大赛里的每场节目她都看过。

在冰场上的谢临仿佛是一个发光体，夺目耀眼，顾余甚至挑不出对方表演里的任何缺点。赛季三连霸的成就绝没有一丝运气成分，谢临是全凭实力站到那最高领奖台上的。

在这层层光环之下，谢临又还有着一张相当俊美的脸。这张脸就很有欺骗性，让他在冷淡着眉眼的时候显得格外高冷。

对国内冰迷和作为后辈的花滑选手来说，就算不是谢临的忠实粉丝，至少也会是路人粉。顾余就属于比路人粉高一些的程度，对出色得让同时期其他人都黯然失色的天才当然会有仰望心态。

但这种对天才和前辈的钦佩仰望，在被谢临用话语噎过几次以后，他在顾余眼里反而不那么遥远了。

“临哥你这样，平时走在路上是会被人套麻袋打的。”一旦距离拉近，顾余说话也就不像之前那么拘谨了，她状似语重心长地说出这句话。

岂料对方面不改色：“别人才会，我不会。”

“毕竟成绩和脸我都有。”谢临在后边慢悠悠地补上这话，前行的步伐和这语调一样带着点散漫，懒洋洋的。

谢临的这番回复令顾余大开眼界，一时间竟然想不出任何能应对的话来。

不愧是他！

旁听完两人对话的许望在旁边很没良心地哈哈大笑：“师妹是不是觉得很幻灭？临哥这人吧，你多处处就会知道他是什么性格。其实人还是挺好的，他呛你的时候，你自动过滤就好了。”

虽然顾余的回呛并没有取得胜利，但能看到谢临被呛，在基地里被毒舌统治了好几年的许望等人还是相当快乐的。

说去吃香喝辣，一行人就真的把顾余带到了一家常被A市别墅区的富豪们光顾的老字号菜馆里。毕竟是给好不容易才等到的小师妹接风洗尘，众人都不吝啬。

“随便点随便点，你师哥师姐都有钱，吃不穷我们的。”叶茜相当豪爽地说。

白星本部的选手每一个都有各自的名气，说是明星选手也可以。除了比赛奖金，他们在赛季结束后会视情况接商演，确实每一个都不缺钱。

等到吃完付款的时候，众人在微信群里抢红包决定谁去买单，抢到最多钱的人会成为这个幸运儿。这是他们队里出来吃饭时的一贯传统。当然，他们这次没有让顾余抽。

“嘿，行了，你们不用抢了。区区五块钱的红包，临哥抢到三块，天选之人。”许望发出嘿嘿的笑声，边笑边很是殷勤地把账单递给谢临。

谢临倒像是习惯了似的，眼皮都不抬一下，干脆利落地拿出钱包去刷卡付款，可见对方以前当天选之人的概率不低。

一顿饭下来，顾余和她的这几个同门前辈变得熟悉了许多，算是非常顺利地融入了白星本部这个群体中。晚上回到基地房间后，顾余什么都没想，洗漱完倒头就躺到床上，抱着被子呼呼大睡到天亮。

第二天早上，顾余下楼去客厅里和其他人一起吃早餐。顾余和谢临吃得没什么顾忌的样子，看得其他几人一阵眼热。

怎么就有人能随便怎么吃都不影响体态呢？他们昨天才在外边吃香喝辣了一顿，今天的三餐是不敢放肆了。

“顾余啊，你还记得临哥昨晚说的，过几天对外公布这个赛季休赛的事情吗？”在顾余咔吧咔吧咬着油条的时候，叶茜开口问她。

这时顾余嘴巴里的食物还没嚼完，闻言把视线移到和她说话的人身上，像只松鼠一样鼓着左边腮帮点点头。

“和教练商量了一下，这事今天就公布了。在你下楼之前，俱乐部的官博发出了公告。”叶茜顿了顿，把她真正想说的话说出口，“你的微博上可能会有一些不友好的声音。你不用太在意那些评论，不好听的当没看见就好了，过几天会消停的。”

顾余没听懂。

这事跟她有什么关系？

脑子还没想清楚这其中逻辑，顾余想起从她昨天坐上飞机来A市一直到现在，她的手机都还停留在飞行模式。昨天行程紧凑得她压根儿没时间摸一下手机。

把手机从衣服兜里拿出来，关掉飞行模式，屏幕上顿时飞快刷新出一条又一条微博新消息。一连串的振动提示，吓得顾余吃早餐的动作都停了。

她擦干净手，专心研究起自己的微博来。

消息提醒的地方，一个写着好几千数字的红彤彤的圆点显眼地挂在那里。

这是发生了什么？

顾余一脸蒙。点开，才看到俱乐部官博这两天先后呼唤她的那两条微博。

第一条微博是欢迎她加入白星。这条微博虽然有好几百的转发评论，但也只占了消息提示的很小一部分。

第二条微博是俱乐部对外公布谢临本赛季因旧伤复发，决定休赛。

作为一个用赛季三连霸的光辉成绩将国内花滑热度扔去坐火箭的人物，谢临休赛的消息一经公布，在国内会引起很高的新闻热度是预料之中的事情。

这条微博一下就上到了热搜尾巴，热搜排名正在逐渐上升。

本来这第二条微博应该和顾余没什么关系，但这条微博在下半段提到了她。大意是谢临在这一赛季的休赛期间，会担任她的专属教练，李冬教练只从旁辅助。

本来这条微博光是上半段引发的讨论就已经很炸，再加上下半段，转发和评论数像滚雪球一样急剧增多。

“新的小师妹什么来头，排面这么大？俱乐部竟然安排临哥当她的专属教练？”

“俱乐部的人脑子进水了吧。就算休赛，临哥在休赛期间也应该是治疗休养，凭什么还把人安排去当教练？！”

“是啊，白星的主教练不是李冬吗？怎么轮到临哥去教新人。”

“你们动动脑子……俱乐部怎么可能强制安排队内选手当新人的教练，肯定是协商之后双方同意了才这么安排的。”

“一个听都没听过的新人要临哥专门教，我比较好奇这个新人对不对得起这样的安排。能力不够的话，完全是浪费临哥的养伤时间。”

一连串的转发评论看下来，顾余头都有点大了。质疑她的评论不少，而且把矛头对准她的有很多好像还是谢临的女友粉。

顾余冒汗了。谢临在国内的人气真的……很可怕。

凭着对方那一张脸和每次在冰场上几乎完美无缺的表现，加上高冷的气场，每次大赛直播都能收揽一大票新粉丝，就连一些本身完全不关注花滑的路人都被刷得认识他了。

刷着刷着微博，顾余忽然感受到一点无形的压力。

她的能力能不能对得起这样的安排，顾余有点被这句话戳中内心。这条评论，恰好是她昨天晚上自己想过的。

就在顾余还继续盯着评论看的时候，旁边有一只手指白皙修长且指节分明的手伸过来，在她手机右侧的锁屏键上摁了一下，顿时手机黑屏。

“快点吃你的早餐，等会儿过来冰场。”谢临用没什么起伏的语气抛下这句话，然后就起身走人。

“知道了。”看着人先走了，顾余赶紧应了一声，把手机放下开始专心吃早餐。她总不能慢吞吞地让谢临在冰场那边等她。

走出屋门，谢临把自己的手机拿出来，用自己闲置已久的账号发了一条新微博。

“当新人的教练是我自己的选择，你们的脑补和现实之间大概隔着一个银河系。”

发完微博就不管后续，对不断刷新的评论看都不看一眼。

像谢临这种八百年不更新微博的人，每次更新一条新微博，底下一些死忠粉都跟过节似的。这些忠实粉丝基本都是这个画风——

“哇！临哥呛我了！终于又感受到被临哥呛的感觉，久违了啊……身心舒畅！”

“有生之年想被临哥多呛几次。”

“妈妈这里有好多变态！”

虽说开头的评论画风奇葩，但到底是谢临本人对这件事回应了，他的粉丝在这件事情上的质疑声还是被压低了不少。

尽管还有相当一部分对谢临的选择表示不支持的粉丝，可这一部分声音显然影响不了谢临的决定。

当顾余迅速吃完早餐去到冰场的时候，她看见谢临正站在冰场的界墙之外，手上拿着个书写板夹，正垂眸在上边快速写着什么。

看到顾余过来了，谢临指了指不远处的长椅道：“先换冰鞋，等会儿给我看看你的三周跳，从最简单的3T（后外点冰三周跳）开始。”

顾余来到基地的第一次训练，毫无疑问是要被围观的。

青年组的小朋友今天被放了一天假，平时在基地里负责教导这些小朋友的副教练也和李冬一起来到了冰场，几个同门师哥师姐也是齐刷刷地站在旁边等着围观。

要知道李冬刚把顾余挖到手的那天，他回到基地的时候，整个人身上的激动之情溢于言表，他们早就对顾余好奇得不行了。

顾余坐到长椅上，拿出自己从家里带过来的冰鞋换上。这一次总算感受到了和上次穿入门级冰鞋不一样的熟悉硬度。

“咦，这双冰鞋……是 LC 的限量款？原来师妹是个小富婆。”许望一眼注意到顾余这双冰鞋下面的冰刀，金色底，搭配银色花纹，相当惹眼。

一般冰鞋的冰刀都是银色，热衷于生产金色冰刀的冰鞋品牌商，全球也就只有 LC 一家。许望没记错的话，顾余现在穿着的冰鞋就是这家业内顶级的冰鞋品牌公司在几年前发售的限量款，昂贵且稀有。

“不是买的。”顾余摆了摆手解释，“是一次比赛的奖品。”

许望这时没联想太多，只以为顾余说的是她在 S 市参加的某次非正式比赛，没把顾余和几年前在国内花滑爱好者论坛引起过热烈讨论的神秘选手联系在一起。

换好了冰鞋，顾余就按谢临说的，到冰上去做三周跳。

只是单纯地在滑行中做跳跃，说实话比在节目表演中要轻松一点，因为除了跳跃不用考虑其他。

三周跳的种类，按从低到高的难度顺序排是 3T、3S（后内结环三周跳）、3Lo（后外结环三周跳）、3F（后内点冰三周跳）、3Lz（勾手三周跳）、3A（阿克塞尔三周跳）。

以一段简单的滑行做准备，顾余用左脚点冰起跳，做出了她在冰上的第一个跳跃。

3T，即后外点冰三周跳，这是最简单的三周跳，顾余完成得非常完美，点冰干净、落冰稳，即使从细节上也挑不出任何缺点，在冰场外看着的几个同门师哥师姐都点了点头。

“师妹跳跃时候的滞空感挺好啊，看着赏心悦目。”庄延评价道。

第二个跳跃是 3S，后内结环三周。

和 3T 不同，3S 是在向后滑行时用左脚的内刃起跳，技术难度也不高，顾余完成起来算是游刃有余。

后边的 3Lo 也完成得中规中矩。

从 3F 开始的跳跃，对顾余来说就有一个成功概率的问题了。

顾余自己大概估算了下，她现在能在冰场上顺利完成 3F 的概率大概是 70%，完成 3Lz 的概率 40% 不到，而 3A 吧……能跳出足周的次数屈指可数，根本不能在比赛的时候用。

所以顾余一直对自己都有跳跃能力并不算出色的认知，放国内比还行，和国际一线的花滑女单选手比就真的不够看。她的优点在于表现力，速度和力量不差，步伐和旋转也都能做得挺好，只有跳跃实在是一块短板。

顾余已经做好了自己做接下来的几个跳跃可能会摔的心理准备。但在她跳完刚才的 3Lo 以后，她被谢临的“可以了”三个字喊停了。

顾余听话地去到冰场外边，她没开口问谢临为什么让她停下，只用目光表达疑问。

“再让你跳下去，你能不摔？”谢临挑了挑眉。

顾余有点惊讶，这时还是果断地摇了摇头。

再跳下面几个难度更高的跳跃的话，她多半是得摔的。

“是谁教你每次跳跃的时候，为了突出滞空感而选择延迟转体的？”谢临皱起眉，用手上拿着的签字笔笔尖戳了戳夹在书写板上的纸，“能做到当然很好，技术分上会有加分。但以你能达到的跳跃高度来说，并不适合在高难度跳跃中追求滞空感这种东西。”

延迟转体这种动作，谢临自己在每次跳跃的时候也会做。他和顾余的情况不同，他的跳跃高度让他能游刃有余地完成这件事。

比起追求滞空感让跳跃看起来更流畅美丽，他眼前的少女应该尽量让自己在高难度跳跃中顺利落冰。

一旦把跳跃中的错误习惯剔除，补上跳跃短板，谢临想不出对方有任何一个不让国内外冰迷为她发出惊叹的理由。

顾余听着训不说话，恍然有点被点醒的感觉。

延迟转体算是她从一开始学花滑的时候就养成的习惯。这么多年已经习惯成自然了，从来没有人告诉过她，这样的动作不适合她。

“真想知道最开始教你跳跃的人是谁，我拿锤子去敲敲他的头，看能不能敲出水来。”看着眼前少女把头点得跟小鸡啄米似的，谢临面无表情地说出这句话。

在谢临毒舌呛人的时候，周围同门包括教练向来都是闭嘴不说话的，免得遭池鱼之殃。

“呃……”顾余听到这句话，忍不住小声为自己记忆里的某个漂亮小哥哥辩解，“在我小时候教我跳跃的那个小哥哥人挺好的。”

顾余最开始对花滑感兴趣是六岁的时候。为什么感兴趣，是因为她有一个已经加入了滑冰俱乐部的堂姐。

在堂姐教会了她简单的滑冰以后，顾余就经常自己跑去家附近的冰场玩，然后就遇到了她刚才话里说的小哥哥，一个十一二岁的少年。

当时的顾余第一眼看见少年在冰上跳跃的时候就被迷住了。因为实在太美丽了，年纪小小的顾余甚至以为自己看见了冰上的精灵。

然后顾余心里就被一个强烈的念头占据。

想学！非常想学！

少年眉眼冷淡，看起来很不好接近的样子。顾余发现想过去搭话的人都望而却步了，她也对怎么让少年肯理自己有点忐忑。

正犹豫着，小顾余目光一顿，她看见少年的左手手背上有一道不长不短的新伤口，没做任何处理。于是顾余噔噔噔迈着小短腿跑回家，从家里带了止血贴去跟人套近乎。

顾余甚至还依稀记得小时候的自己说了什么话，现在想起来莫名有点羞耻。

“小哥哥，我给你止血贴，你教我跳跃好不好！”幼年的顾余举着小手，把止血贴举到少年眼前，笑容像太阳花一样灿烂。

结果那个面无表情冷着张脸的少年竟然没拒绝她。少年在看了面前眼神过分明亮的小女孩几秒后皱着眉移开眼，却点头同意了。

然后顾余就把止血贴拆开，小心地给少年贴上，还低头往伤口位置吹了吹气："给你呼呼，马上就不痛啦！"

少年似乎微愣了一下，平淡的眼神微微波动，然后抿了抿嘴唇。

那小半个夏日假期，顾余都在当少年身后的小尾巴，跟着模仿，学习对方的跳跃动作。

回想起这件事，顾余还是挺后悔的。她当年怎么就"小哥哥、小哥哥"地喊了人家那么多天，偏偏没开口问对方的名字呢……

"呵。"听见顾余的小声反驳，谢临不给面子地冷笑一声。

"从今天开始，你要纠正你的跳跃习惯。"

面对着谢临面无表情的样子，顾余当然只能再次小鸡啄米一样点点头，一副乖巧模样。

可不知怎的，顾余刚才回想起小时候遇见的少年，现在再看她眼前的谢临的时候，她竟然会莫名地觉得两人这种面无表情的样子有点相似。

这个感觉一冒出来，顾余赶紧晃晃脑袋把这想法从脑子里甩出去。

这种错觉太可怕了。

要纠正跳跃动作中的一些习惯，这件事情做起来远比听着困难得多。

习惯就像身体的本能，在已经养成的情况下要去把这种本能剥除，对任何人来说都不会是一件轻松的事情。

顾余按着谢临的指导不断纠正跳跃，一种隐约开窍了的感觉让顾余在反复练习的过程中时而皱眉，时而又展眉。

皱眉是因为她在几个跳跃的时候又不小心用了错误的动作。当发现自己有点掌握新感觉的时候，顾余又忍不住高兴了起来。

"她的表情是有多丰富。"谢临一直站在冰场的界墙外看着顾余练习，也把她的表情都收进眼底，"以后如果不当花滑选手，也许还能去演戏。"

李冬白了他一眼："你以为人人都跟你一样。"

抓住这种新感觉去进行跳跃，顾余感觉到自己跳3F的落冰比以前平稳了不少，成功率也在上升。

这个认知让顾余越发精神地投入到练习中，以至于她忽略了身体上的疲惫感，然后就在挑战勾手跳的时候光荣摔倒——

落冰时一个不稳，顾余失去平衡，身体摔在冰面上。

“嘶……”顾余吸了吸气。

屁股疼，右手也撞得有点疼。

花滑选手在训练的时候摔倒是常有的事，顾余这一下只算是轻摔，她马上就从冰面上站起来了。

不想放过已经差不多抓住的感觉，顾余还想继续练习。在她站起来的时候，她听到站在板墙外边的谢临的声音。

“出来。”谢临简短地命令道。

于是刚从摔倒中站起来的小啾还没来得及再扑腾翅膀，就被它目前的饲养员勒令离开冰场了。

“过度练习对你没有好处，累了就先休息一会儿。”谢临垂下眼，看着站在自己跟前的少女，语气淡淡的，“还是你刚才那下没摔疼？”

对方不说还好，一说，顾余就感觉自己的手还真有那么点疼。

她先是甩了甩手，然后把右手举起来，放到嘴边吹了吹。

“你往手上吹气做什么？”谢临睨她一眼。

顾余理所当然地答道：“吹一吹就不痛了啊！”

不知道想起了什么事情，听见回答的谢临似乎微微走神了一下。不过他很快恢复过来，望着眼前少女低低哼了一声：“封建迷信。”

已经逐渐接受了谢临毒舌人设的顾余这次浑然不受影响，也跟着哼了哼，然后就蹦跶到附近的长椅上坐下休息。

一坐到长椅上，顾余就又忍不住拿起手机，解开锁屏继续刷之前没看完的一些微博评论。

刚看没两眼，头就被人敲了一下。顾余抬头，见谢临拿着书写板站在她身边。

“有空看这个，不如多想想怎么更好地纠正你的跳跃动作。”现在去看微博上的那些评论只会影响她的心态，谢临不想这么早就测试顾余的抗压能力。

“不然我觉得，今年联赛的十佳镜头集锦里你说不定能看到自己摔倒的镜头。”

顾余的第一反应是想打人，第二反应还是想打人，这一瞬间的强烈冲动过去以后，她才注意到谢临这句话里的一个重要字眼。

“俱乐部联赛？”顾余抬起头问。

谢临点头：“嗯。”

自从国内花滑取消了国家队制度，转为偏向于商业化的俱乐部形式，俱乐部联赛也在近年一跃成为国内花滑最受瞩目的赛事。

俱乐部联赛的各项参赛名额会平均分配到各家具备规模和实力的滑冰俱乐部头上，由俱乐部的主教练来决定参赛名额在本部选手身上的具体分配。

过去每年，白星这边都是光占着两个女单的参赛名额却又不用，最后白白把到手的名额让给其他俱乐部，这在俱乐部联赛里已经成为一个哏了。

“参加俱乐部联赛是能最快让国内冰协的人认识你的方法。如果你能在联赛里拿到足够好的成绩，冰协不出意外会把四大洲的一个参赛名额分配给你，你在四大洲的表现会决定你能否取得世锦赛参赛资格。”谢临缓缓说出他给顾余制订的计划，计划里完全没把世青赛考虑在内。

这是谢临和李冬一起讨论过以后的决定。

李冬闻言走了过来：“时间会有点仓促。今年的俱乐部联赛设置在九月中旬，对你来说要练出一套新节目是挺赶的。顾余你有没有滑过自己觉得比较满意的曲目，我们看你滑一遍，然后给你修改下节目编排。”

顾余想了想，第一个想到的是当初让她赢下脚下这双冰鞋的曲目：“自由滑的话，《假面舞会》吧。”

短节目能想到的音乐就比较多了，顾余报出了几个曲名让两人帮她选择。

“《星坠之夜》不错。”谢临直接定了下来。

对俱乐部新加入的优秀新人，且是个独苗苗女单选手，白星压根儿没想藏着掖着，早就想拿出来炫耀。

随着花滑在国内的逐步商业化，各家滑冰俱乐部会经常把自家明星选手的一些训练视频或节目的练习视频放到俱乐部的官博上。

有时甚至会给俱乐部的粉丝开个直播，充分满足粉丝的互动欲。

现在就是个开直播的好时机！

李冬一拍大腿，决定让顾余现在去冰上滑一遍刚才说的长节目《假面舞会》。

听见说直播，顾余先是微微地紧张了一下，然后又呼出一口气让自己放松下来。

一个直播而已，观众都不在现场，就算在现场也不应该紧张。

李冬一在俱乐部的官方微博上开直播，俱乐部的粉丝们马上闻风而动，争相涌入直播间。

尤其白星几个小时前才刚搞出这么大的动静，现在来开直播，直播间的在线人数没过一会儿就突破了五位数，弹幕很快也跟着刷了起来。

“哇哇哇，那个正在做热身运动的妹子就是小师妹吗！糟了，是心动的感觉——”

“小师妹长得真好看，就是看着稍微矮了点，头顶才勉强到临哥肩膀，目测身高不超过一米六。”

“可别是个花瓶吧，长得好看有什么用，比赛的时候裁判能给你多加两分？”

各种各样的弹幕滚滚刷过，好奇的、质疑的，甚至有一些是带着恶意的。

顾余反正都看不见，走上冰面以后，她整个人的情绪慢慢平静下来。以前每次在家附近的冰场练这个节目，最后的动作一结束，她整个人就直接一屁股坐在冰上，开始呼呼喘气。

她的体能不是强项，《假面舞会》却是一首节奏激昂的古典乐。表演要配得上音乐的话，她的滑行速度和力量都必须表现足够才行。且她堂姐给她编排这个节目的时候，各种步法和衔接都安排得很多。

以前每次滑完这个节目，顾余都觉得自己到极限了，不知道哪来的勇气去重复挑战。

今天，顾余觉得自己勇气可嘉。

“去吧，我会看着你。”谢临站在板墙外，对与自己只有一道板墙之隔的少女说出这句不知道能不能被定义为鼓励的话。

至少算是一句好话。

在发现自己的标准竟变得如此之低以后，顾余对眼前身影挺拔的年轻男人点了点头。

顾余不紧不慢地滑入冰场中央，做好开场姿势。当激昂的古典乐响起第一个音符的时候，直播间上的弹幕也有了相应变化。

“哇噢，是《假面舞会》！”

华丽又绚烂，充满神秘色彩，这是假面舞会应该具备的气氛。

在冰上滑行的少女一开始的滑行速度就很快，步伐上充满了力量感，同时又不失轻盈。在节目刚开始的二十秒以内，顾余准备做她的第一个跳跃。

在原本的编排里，顾余的第一个跳跃只是以难度步法接入的 3F。

以步法接入跳跃会让这个动作完成的难度提升。时隔一段时间再滑这个节目，顾余不知怎的，在这音乐声中，她心脏的跳动似乎变得异常清晰。

这种奇妙的体会加上今天早上在纠正跳跃动作时捕捉到的感觉，让顾余忽然想做一个大胆的尝试。

“我的妈呀，连续的一组内勾步之后接的 3Lz？！”

“我没看错吧……”

“多久没在国内的女单选手身上看到这种难度的步法接跳跃了，我哭了——”

弹幕惊了，在板墙外围观着的叶茜等人也惊了。

这样的步法接入跳跃是很难的，何况接的还是跳跃难度在三周跳中排名第二高的 3Lz。作为开场的第一个跳跃，毫无疑问吸引住了满场视线。

一个惊艳的开场足以压下所有质疑的声音。在直播期间，直播间的弹幕哗啦啦地就没停下过。

“这个提刀燕式步做得也太美了吧！我错了，我之前不该调侃小师妹的微博昵称，明明贴切得不行，她的燕式步真的让我感觉像一只小鸟在飞！”

“走开！你们能不能别刷这么多弹幕，我都快看不清师妹了！！！”

“这个跳接的蹲转质量也很高啊。我感觉小师妹在步法和旋转上都能刷足够高的技术分，跳跃还有上升空间。”

复杂的步法衔接、流畅的滑行完美展现出了假面舞会的华丽感，待在直播间里的观众看得目不转睛。

这时，有一条弹幕吸引住了许多人的视线。

“只有我一个人觉得小师妹很像 Nora 吗？你们看看小姐姐穿着的那双冰鞋，我以我 5.0 的视力保证，那双冰鞋是 LC 公司出的限量款，是不是一下子对上了两个特征？”

忽然被这么提醒，许多人才蓦地注意到这件事情。

国内有一个全国冰迷聚集的花滑爱好者论坛。几年前论坛版主在这论坛里弄了一个比赛，非现场，而是录制视频参赛的那种，每个项目设置的一等奖奖品就是 LC 的限量款冰鞋。

当时女子单人滑的项目上，一个昵称叫 Nora 的选手就曾有过惊艳表现。

对方当时录制的表演滑节目也是《假面舞会》，拥有着与他们现在在直播间里看到的少女不相上下的节目表现力。这个参赛视频曾经在论坛里引起了好一阵的讨论。

因为是娱乐性质居多的表演滑比赛，比赛对参赛者录制节目时的着装并没有硬性要求。Nora 在表演滑里戴上了符合《假面舞会》主题的舞会面具，也就导致了当时对她感兴趣的冰迷压根儿不知道她长什么样。

比赛结束以后，论坛里的人都没再见到 Nora 这个昵称出现过，后者也没公布其他任何社交账号的信息，被对方的表演滑吸引的人就算想进一步了解也无从下手。

“搞不好就是吧？被你这么一说，我怎么觉得很有可能……”

“本冰戎论坛十级会员怎么不知道你说的 Nora 是谁，科普一下？”

“兄弟你这十级账号是买的吧，本三级小平民都知道 Nora 了，您要不现在打开论坛精华区再看看？”

而后边这条弹幕终结了弹幕区的纷杂——

“都别争了，我已经直接去小师妹微博底下问了，你们在这刷弹幕讨论有什么意思！”

音乐接近尾声，清晰地感受到体力流逝的顾余准备做整套节目结束前的最后一个仰燕式旋转。绷着最后的一点力气，顾余满脑子已经被“好累”两个字给填充满了。

完全没想到在这段时间里，她掉落了一个她自己都快忘掉的马甲。

第三章 阿啾与饲养员

仰燕式旋转在花滑各类型旋转中难度不低，顾余在古典乐接近尾声的旋律中仰身往后下腰，同时左足屈起抬高，只以单足为轴心支撑整个身体。

下腰后仰的身体摆成了与地面平行的姿态。在这样对于普通人来说极难支撑的姿势中，顾余将她的双手也向两侧舒展张开。

像花期极短，因而在花开一瞬就极致盛放的花朵，绚烂得让观赏者无法移开视线。

如同一朵绽放在冰上的瑰丽冰花。

由于体力方面确实有些不足，顾余这个仰燕式的旋转速度在到最后几圈时，转速相对降低了下来。

应和着音乐的拔高收尾，冰上的少女在音乐停下的前一刻结束旋转。当最后一个音符顿落，顾余也停在了她最后的结束动作上——假面舞会中的舞者将脸上面具摘开一半，对之前与她共舞的人露出神秘微笑。

“啊，我不行了……”节目一结束，顾余刚才还带着优雅微笑的脸马上转变成了一副要死要活的表情。她垂着脑袋往冰场外滑，然后一屁股坐在休息椅上，直接毫无形象地瘫在那儿。

顾余以为在她节目结束的时候，李冬就已经关掉直播了。可当她瘫在休息椅上一抬头，才发现那个一脸和蔼可亲的主教练还把手机摄像头对着她这边。

顾余一蒙，一时不知道自己该马上调整姿势挽回一下形象，还是干脆自暴自弃就这么算了。

因为顾余在发现镜头后那明显愣了一下的表情，直播间里的弹幕马上就又刷屏了。

“这也太真实了吧！”

“哈哈哈，师妹可能以为直播镜头已经没对着她了，到现在才反应过来。”

“说起来刚才最后的旋转本来应该是个联合旋转吧？小师妹是因为没力气了，所以才只单做了仰燕式吗？”

……

最后顾余还是直起腰，让自己的坐姿变得稍微端正一些，然后弯眼露出个浅笑对着镜头挥了挥手。

等顾余做完这个动作，李冬把直播关了。这时作为师姐的叶茜走过来，用一种惊奇的语气问：“师妹啊，你真的是那个 Nora？两年前在冰戎论坛组织的比赛里拿了女子单人表演滑第一名的那个？”

顾余先是一愣，后知后觉地记起来自己当初混论坛的时候用过这个马甲，而后脸上不由得表现出几分诧异和疑惑。

她这马甲是用完就丢的啊，怎么还有人知道？

当初因为不太想露脸，顾余的表演滑才特地选了《假面舞会》。因为选这首曲子，她可以完美地应和主题在脸上戴个舞会面具，不会显得突兀。

看顾余的表情，叶茜就已经知道答案了。她笑着说：“你这马甲的粉丝刚才把你给扒出来了，你要不现在打开自己的微博看看？”

顾余一打开微博，就发现自己发的最后一条微博下又多了几百条评论，其中一条被点赞最多顶到最前边的评论写着“阿啾阿啾告诉我，谁是我们美丽可爱的小 Nora？”

然后这条评论下方跟了一连串回复。

“阿啾说就是她。”

“已经有分析帝在论坛出了分析帖，本人无疑。”

“小师妹不是Nora我就把键盘吃了！论坛精华区里的那个视频我看过好几十遍，肯定就是本人。”

顾余沉默片刻，继而好奇去论坛里搜了一下那个分析帖，然后就被那个帖子的楼主给秀了个头皮发麻。

这个楼主从她穿着的这双冰鞋开始分析，然后还把这次直播的视频录制下来和论坛精华区里Nora的表演滑视频作对比，分析两人的身形、身高，还有在节目表演里的一些相同的细节动作等等。

看完这个帖子，顾余都有点想给这楼主道声“厉害”了。

虽然滑的是同一首曲目，但比起两年前，她在刚才的直播里滑的节目在编排上和以前是有不少变化的，这楼主却把两次表演里所有相同的细节点给全部列了出来。

反正都已经加入白星了，被人挖出一个旧马甲在顾余眼里也没什么大不了的。于是她回到自己的微博首页，在之前那条被点赞最多的评论下边照着另一个人的话回复。

“阿啾说就是她。”

这条回复一出来，没过一会儿就被点赞到了前排。

顾余有点惊讶于这速度，更惊讶竟然有人在下边留言说从两年前就很喜欢她的表演，说她的节目演绎非常具备个人风格，两年过去了还没遇见第二个这样风格独特的选手。

在把Nora这个论坛马甲给丢了以后，顾余这两年就没怎么再上过冰戎论坛了。

加上市重点高中的学业紧张，她本就不多的空闲时间光是在自我训练上就得花去相当一部分，正常社交也得维持，顾余忙到没空关注太多其他事情。

她现在才发现，自己竟然也是有粉丝的人。

虽然粉丝数量完全不能跟其他明星选手相提并论，但还有人记得她两年前的表演滑，对现在的她说一直很喜欢，顾余盯着评论看的时候，脸上控制不住地露出笑容。

在这个直播结束以后，之前出现在白星官博下边的质疑声也开始有了另一种截然相反的声音与之抗衡。

之前还有许多人说话难听地指责顾余不应该占用谢临休赛时的养伤和训练时间，现在已经有人认为俱乐部和谢临的选择非常正确，认为白星的这个新人确实值得这样的待遇。

甚至有的人已经开始吹了起来。

“看阿啾在刚才直播里的表现，我是不是可以稍微期待一下新赛季的世锦赛……”

“感觉看到了国内花滑女单的希望，阿啾加油，老父亲爱你！”

顾余越看这些使劲夸奖她的言论，脸上的笑容越大。不一会儿她又收敛好情绪，并没有把这些吹捧她的言论当真。

她明白自己现在欠缺的东西不少。像刚才表演里的最后一个旋转，她确实是因为体力不足才把原本该做的联合旋转改成了一个单独的仰燕式旋转。

还好这只是直播，要是放在正式比赛里，她在联合旋转这一项上的分就直接被扣没了。

说起来大概真是缘分，李冬早在两年前看见顾余的表演滑视频时，就想把这个小姑娘挖回白星。

只是碍于对方没透露出任何与现实相关的信息，且销声匿迹得太快，李冬无从找人，最后才放弃了。没想到兜兜转转，人还是到了他们俱乐部。

“顾余啊，你这自由滑节目是谁给你编排的？相当有水平。”看完顾余刚才的表演，李冬觉得这套节目的编排已经不太需要进一步修改了，步法、跳跃还有旋转的安排都非常合乐，观赏性也很强。

要修改的话，最多是提高节目编排里的个别跳跃难度，以求拿到更高的基础分。

“两年前和现在的版本都是我堂姐编排的，最后的旋转在原本的编排里应该是常规燕式加蹲转的联合旋转，是我体力不够没做出来。”提及堂姐的时候，顾余脸上还带了点骄傲的表情。

“你的堂姐……”李冬思索着，忽然灵光一闪，“难道是顾祁柔？”

顾余点点头。

李冬先是惊讶，接受事实后又忍不住惋惜道：“那个孩子啊……哎，真的是可惜了。”

一旦把两人联系在一起，李冬就发现顾余的表演风格其实和那名曾经在世青赛上惊艳了国内外冰迷的少女是很像的。不过现在的顾余比起当初的那名少女，表演时的表现力和感染力还强了不少。

当初顾祁柔在世青赛上一举夺得金牌的时候，国内冰迷都满怀激动地期待着她明年在世锦赛上的表现。

但少女就像一颗在最耀眼时刻坠落的星星，第二年就因为身体发育而无法很好地完成跳跃，成绩直线下滑，最后选择了退役。

这已经是许多年前的事情了，到现在想起来，李冬依然觉得十分惋惜。因为顾祁柔是除顾余以外，李冬在国内见过的天分最好的花滑女单选手。

自从那次直播后，顾余在她的粉丝那里似乎就有了个固定的称呼——阿啾。

每次在她新微博的评论下方都能看见，包括其他人在别的地方讨论她也是用这个代称。

既然计划参加九月份的俱乐部联赛，顾余接下来的时间当然都得为联赛做准备，时间并不充裕。

顾余每天累死累活，看着她被谢临教导训练的同门师哥师姐们此时就很没有同门爱，有时候看着她惨兮兮又可怜兮兮的样子竟然在边上笑出声来。

最过分的是，许望把一段小视频发上了他的微博，并配上了文字。

“小师妹惨哪，你们绝对想不到，临哥在教人的时候到底是个什么魔鬼。”

这段小视频里是这么一个场面——

在白星俱乐部基地的田径场跑道上，顾余刚与跑道做完殊死搏斗没多久，此时正弯腰扶腿喘气。

“临哥啊……”顾余换上有点讨好的表情，对站在旁边的谢临试探着商量道：“这最后的四百米我能不能不跑了，再跑我就要变成一具尸体了。”

谢临显然很清楚眼前少女的体能极限在哪。他垂眸看对方一眼，语气淡淡道：“凉透了吗？还没凉透就继续跑。”

然后视频里的少女就哭丧着脸，咬牙继续去和跑道搏斗了。

许望这条微博发出去没几分钟，底下的评论就一片“哈哈哈”之声，气氛热闹得不行。

“还没凉透就继续跑，哈哈哈，我笑死了！这是什么魔鬼？阿啾你可千万要挺住！”

“太惨了，真的太惨了，哈哈哈！”

“闻者伤心见者落泪。”

“仿佛看见阿啾已经扑腾不动翅膀了，冷酷无情的饲养员却还一直在背后戳它，赶着让它去飞。”

最后这一条评论因为过于形象生动而被点赞顶到最前排，几乎每一个转发微博的人都转发了这条评论。

造成的直接结果就是，在白星俱乐部的粉丝里，“饲养员”这个称呼从此固定到了谢临头上。

尽管顾余在这一星期的训练期间，她的同门师哥师姐们对她毫无同门爱，微博上俱乐部的粉丝也大部分都很没有良心，顾余依然在谢临冷酷无情的教导训练中坚强地存活了下来。

不仅坚强地存活了，顾余甚至还有点习惯了这样的训练节奏，不久前还作为她一生之敌的长跑仿佛都变成了普通小怪，每天被顾余拳打脚踢一顿揍，顺利打倒。

今天在床头闹钟响起前，顾余就自然醒了。

躺在床上的少女把头往侧后方转去，看见闹钟显示六点半。她坐起身打了个呵欠，然后睡眼惺忪地拖着身体往卫生间走。

刷牙洗脸以后，顾余才感觉自己彻底清醒了过来，肚子饿的感觉也更加清晰。

没换睡衣，顾余直接穿着她那双印着小黄鸭图案的拖鞋下去一楼客厅，想在早餐外卖送来之前先去客厅觅个食，安抚她那已经在咕咕抗议的肚子。

白星本部选手早上的训练时间一般是从八点开始，本来以为自己今天下楼这么早，到楼下应该不会遇到什么人，但大家仿佛不约而同有了早起的默契，顾余看见她的同门师哥师姐们都坐在那了。

也不止顾余一个人穿着睡衣，但即使是睡衣，似乎只有顾余的风格和其他人格格不入。

庄延和叶茜身上的睡衣都是简约款。

只有顾余，穿着的浅色睡裙是娃娃领，上边还有印花，印着的还是一只只挺着毛绒身体的小肥啾图案。

“哇，真可爱。”顾余一走过去就被她唯一的师姐热情地抱住，还被对方揉了两下脑袋。

“像我就驾驭不了这种风格。”揉完顾余的脑袋，叶茜不无可惜地说着。

在众人里，谢临大概是今天起得最早的，已经在喝咖啡了。

此时他看了穿着睡裙的顾余一眼，然后用平淡的嗓音不紧不慢地说：“说是小学生应该也有人信。”

“什么小学生，小学生能长一米六？”顾余这就不服了，义正词严地反问对方。

谢临不为所动，把手上喝了一半的热拿铁放下，纠正道：“首先，你没有一米六。如果你是按四舍五入计算的话，那当我没说。其次，在我们这边，身高能长到一米六的小学生不少。”

谢临这句话一说出来，顾余还没什么表示，许望就先笑倒在一边了，边笑边打圆场：“小师妹的身高挺好啊，这个身高的小姑娘看着多可爱。再说顾余还长得这么好看，在学校的男生群体里一定可受欢迎了。”

顾余伸出食指挠了挠脸颊，被这过于直白的夸奖夸得不太好意思，顿时就没去气愤谢临刚才呛她的话。

因为大家的起床时间不太一致，早餐外卖一般都是各点各的。虽然出去吃也可以，但早上懒得外出走动的众人一致放弃了外出就餐的选项。

客厅里除了谢临，每个人都在等待外卖。谢临前边的桌上放着一份还没动过的滑蛋牛肉粥，热气腾腾的，干净的勺子搭在碗边上。

顾余被吸引得看一眼，再看一眼，闻着那飘荡过来的香味，顿时感觉自己更饿了。

视线有点不受控制，当顾余忍不住把眼神飘过去看那碗粥第三眼的时候，这碗粥被一只指节分明的手推到了她面前。

顾余的视线一顿，抬起头时谢临已经面无表情地把手收了回去，拿起杯子继续喝咖啡，看起来也没打算跟她说话的样子。

这是顾余第二次从谢临这儿体会到受宠若惊的感觉。

确认谢临是真要把这碗粥给她的意思，肚子咕咕抗议着的顾余一下子就被感动到了。她用一脸真诚的表情说出一句极其浮夸的赞美："谢谢临哥，临哥天下第一好，是我这辈子见过最慷慨的人！"

谢临眼皮抬起瞥她一眼，继续不说话。

顾余是开开心心吃上了早餐，围观全过程的其他人此时脸上却有不同程度的精彩表情。

许望一脸痛心："这不公平，临哥你怎么就肯听粉丝的起哄，开始履行饲养员的职责了？我以前在客厅里哀号'外卖再不快点过来我就要饿死了'的时候，你们见临哥理我了吗？啊？？"

庄延一脸同情，客观陈述道："非但不理你，还在你面前慢条斯理地继续吃早餐。"

分享早餐？

不存在的。

顾余听着蒙了。敢情她现在受到的待遇还挺高级的？那她是不是要表现得更感动一点？

许望还在继续叭叭谢临对他们和对顾余的差别待遇。谢临这会儿终于沉默不下去了，冷淡解释道："是因为她一直用饿死鬼投胎的眼神望着我的粥。"

"我不信！"许望果断表态，一副"我信了你的邪"的样子，"我哪次不是用饿死鬼投胎的眼神望着你，眼神还比小师妹的热烈渴望几倍，茜姐可以做证好吗！”

被点名的叶茜点点头，证明了许望的说法。

别说许望不信，在场其他人除了不明情况的顾余，就没一个信的。每个人都把视线盯在谢临身上，等着看对方还能编出什么理由。

即使是面对这样的场面，谢临依然能维持面无表情的样子。在这场面中僵持几秒，他最后冷冷抛下四个字：“爱信不信。”

本来按谢临在基地训练队里的队霸地位和威信，这个话题到这里就该结束了。许望这次仗着有理格外嚣张：“不信不信，现在这种情况叫什么？但见新人笑，哪闻旧人哭？不对……我连个旧人都算不上，这么一想就更惨了。”

顾余听着这话稍微愣了一下，舀粥的勺子都停了下来。

拿新人、旧人来形容的话，其实不太合适。要是想想这段话的原意是什么，现场的气氛就不免会发生一点微妙变化。

谢临不出声，他从前边的桌上拿起一块三明治拆开包装，看准时机直接塞进许望嘴里，声音低沉道：“别叨叨，吃都堵不上你的嘴。”

许望被堵住嘴。没一会儿他就没脸没皮地笑眯眯啃起三明治，边吃还边说：“哎哟喂，要不是这东西有保质期，我都考虑要不要保存下来当传家之宝了。这可是我‘虎口夺食’的英勇证明。”

吃完整个三明治，许望才忽然想起来一件事情：“对了，顾余你和我们对家的那个陆越认识啊？他昨天跑来我们白星官博底下发了个评论，还提到你的名字来着。”

白星的对家指的是 KM。他们两家都属于国内有名的滑冰俱乐部，本部还刚好都坐落在 A 市，两家俱乐部自然而然就成了死对头。

陆越是 KM 里最亮眼的后起之秀，可以说是国内同时期选手里才能最突出的一个。甚至有人认为，他能成为第二个谢临。

陆越的跳跃能力强，稳定性不错，旋转和步法也都可圈可点。虽然现在整体和谢临相比还有差距，但不少人都认为他在未来有赶上的机会。

顾余这边也喝完粥了，闻言反射性皱了皱眉。

“高中同学。我和他在高二的时候大吵了一架，然后就基本没联系了。”顾余含含糊糊地回应。

周围众人都是一愣，连谢临都对此事表现出了一点反应，轮廓深邃的脸虽然还面瘫着，却微挑起了眉。

许望“呃”了一声，摸摸鼻子道：“刚还想说，你们俩认识的话，在这周两家俱乐部进行交流训练时，就能见面叙旧了。按这情况，岂不是有点尴尬？”

其他人没说话，都各自瞄着顾余的表情。

虽然无论在外人眼里还是在两家俱乐部各自眼中，白星和KM都是死对头，但对家之间也能共赢。

白星和KM作为地理位置距离最近的两家俱乐部，充分发挥了共赢这一优势。两家经常交流训练，以求让选手在新赛季中获得更好的成绩。外人可能以为他们两家俱乐部是老死不相往来的，实际上并不是这样。

顾余显然就是这样认为的，所以万万没想到会有这么一出。她当初答应加入白星的时候还庆幸，待在白星多半就不会再和陆越有什么接触了，挺好。

她和陆越当年为什么争吵，原因说简单也简单，可以概括为是因为两人观念上的巨大不同，具体事件顾余就不太想追溯了。

不太想见面，但见面也没什么大不了的。

顾余刚想开口回应，却看到谢临在那边微挑着眉对她说：“他就是你说的，小时候教你跳跃的小哥哥？”

听见这句问话，顾余无由来地想起谢临之前说过的，要拿锤子去敲敲小时候教她跳跃的那个人的头……她抽了抽嘴角，迅速摇头：“不是。”

这还真不是。

谢临却不知信没信，闻言后只了然地点点头，脸上没什么表情，淡淡地“哦”了一声。

不知怎的，看见对方的反应，顾余一瞬间竟然有点想在心里给陆越画个十字。

她怎么觉得，陆越好像要给那个她至今都不知道名字的小哥哥背黑锅了……

加入白星滑冰俱乐部的事，顾余只告诉了她的父母还有堂姐，剩下就只有林落知道了。

朋友圈里没发什么相关动态。况且顾余早就把陆越的各种社交账号从她的好友列表里删除了，手机号码拉黑，微博账号她也干脆换了个新的，两人没有一丁点通过社交软件产生交集的可能。

下午时分，夏日的烈阳高高地挂在天上，炎热的气息弥漫了整个城市。

此时在KM基地宽敞又空旷的冰场上，冰刀划过冰面的声音清晰地回响着。冰上的那道身影仿佛不知疲惫，一次又一次地练习着跳跃，把对自己的要求提高到苛刻的地步。

“陆越今天咋了？这么拼命。”坐在冰场外椅子上休息的陈济看一眼还待在冰场上没打算休息的人，发出疑问。

陈济早上八点过来冰场的时候就看到陆越已经在训练了。现在都已经下午了，他连午饭都没吃，还在一直训练，一张脸还板着，就像有人欠了他几百万的样子。

与其说是在训练，不如说陆越实际是以这样的方式在发泄情绪。

一星期前，白星在官博下开的那次直播被一些人录了下来。

录下的视频这些天在国内的花滑圈里逐渐传开。几乎只要是知道白星的，现在都知道他们俱乐部新加入的那个新人很有实力。并且大家都在视频里见到了这名新人的样子。

国内冰迷会关注这个消息，作为白星竞争对手的其他滑冰俱乐部当然也不会错过。各家俱乐部早就把能挖的情报全部挖完了，俱乐部里的本部选手也都把这个视频传看了一遍。

毕竟是一个最近在圈子里引起了比较大的讨论热度的新人，他们总得好奇一下。

陆越是个例外。他对其他俱乐部新加入的选手不感兴趣，也没有打开微博去搜索的欲望。会看到那个视频完全是因为昨天晚上训练结束以后，陈济非让他看一眼。

从视频开头看见顾余的时候，陆越整个人都不好了。

他并没有看完整个视频，只看个开头确认在冰上的那名少女是他认识的那个人后，他就木着一张脸丢开了手机。

在冰场上苛刻练习到精疲力竭，陆越整个人倒在休息椅上，头往后仰，眼神开始放空。

刚刚成年，倒在休息椅上的人的气质还介于少年与男人之间，俊秀的脸上还留有几分属于少年的青涩感，但也有着成年男性该有的成熟。

社交账号全被删除好友，手机号码也拉黑，关注的微博都几年不更新了，陆越怎么也没想到，他再次收到有关于顾余的消息，会是在对家俱乐部的录播视频里。

年少时第一个产生过朦胧好感的对象都是很难忘记的，尤其对陆越这种本身性格比较执着的人，一旦认真喜欢上某个人，他无论如何都不会想要放弃。

陆越注意到顾余，是高中开学的时候。

高一第一个学期的开头，他有一天路过隔壁班班门，从班级门口往教室里无意望了一眼，然后看见坐在靠窗位置的少女在低头看书，侧脸柔美，像是和周围吵闹的环境自动隔开了一道屏障。

不知道是察觉到了视线还是某种奇妙的巧合，窗边少女的视线忽然抬起与他对上。

和低头看书时的柔美不同，抬起视线的少女显得鲜活明丽。两人视线相交，少女并未闪躲扭捏，大大方方地对陆越笑了。

这笑容太过明媚灿烂，让陆越的心跳忽地慢了一拍，然后神情不太自然地转头移开了视线。

两人后来成了朋友，陆越惊讶地发现顾余有和自己一样的爱好，都喜欢花滑。

不过当时的陆越已经在国内花滑的青年组选手里相当有名了，什么明日之星之类的头衔，他头上顶了好几个。由于媒体报道加上脸长得好看，陆越当时在 S 市的一中里也是走到哪都有人认识的那种人物。

顾余没有加入哪家滑冰俱乐部，她的花滑是从小时候开始跟着堂姐学的。堂姐的妈妈以前在滑冰俱乐部里当过教练，顾余学的时候，她也经常从旁指导。

在陆越眼里，顾余从某方面来说，是一个在花滑上很有天分的选手。

她的天分具体体现在能够对选择的表演曲目有深层次的理解，然后在表演中拥有惊人的表现力，几乎可以完美演绎出音乐内容。这样的表演所具备的感染力当然也是一流水平。

她身体的柔韧度很好，即使是编排比较难的步法也能衔接流畅。像用手提着冰刀，把向后抬高的腿举高到超过头顶位置的贝尔曼旋转之类的动作，她都能轻松做到。

在这种种优点之外，她却有一个很致命的缺点。

跳跃不行。

就算顾余能在节目的内容分上拿满分，把步法和旋转的分也刷满，但跳跃上的短板也会让她和领奖台无缘。

因为看见顾余每次练跳跃都要摔上很多次，又没有任何进展，陆越不止一次让顾余放弃去攻克难度高的几个三周跳，更直白的说法是让对方直接放弃单人滑。

陆越说，等他拿到冬奥冠军，他就马上转双人，让顾余当他的双人滑搭档。他们可以去拿双人滑的世界冠军。

双人滑对跳跃能力的要求比单人滑低很多。转双人滑这条路非常适合顾余。

就算不想转双人，顾余专注学业也很好，她没必要在单人滑上继续浪费时间。

陆越认为自己把两人未来的事情计划得很好。高二那年他从原来的滑冰俱乐部转去 KM。KM 在 A 市，所以他得转学。

要转学的事情，陆越提前和顾余说了，也说明了原因。

KM 能给他提供的资源比现在的俱乐部要好很多，他在那里能得到更好的训练。

陆越想着，现在已经是高二下学期了，后面只剩下高三一年就到高考了，他和顾余并不会分别多长时间。

以顾余的学习成绩完全可以考得上 L 大。考上以后，他们就又能每天见面了。

当陆越认认真真把这些事情对顾余说完的时候，他却看见顾余望着他沉默，头低着。这是陆越在眼前少女身上极少见到的姿态。

其实准确地说，顾余在陆越对她说这些事情的时候就没有开口插过一句话。

看见少女这个表现，陆越当时挺慌的。因为他不会哄女孩子，面对顾余的时候，他已经拿出了毕生最最温顺的姿态。

少年时期的叛逆，陆越从来没有在顾余面前表现过，可以说是野犬到了喜欢的人面前就成了家养的金毛。

可是等顾余沉默完，她一句解释都没有，扔下一句“我讨厌你”，然后转身就走。

这样干脆利落说走就走的闹掰方式让当时的陆越头脑一片空白。他不知道自己做错了什么，愣了好半晌以后才想起去追人。然而追出去的时候，人已经不见了。

当时刚好是节日假期，顾余有意待在家里不出门，陆越也没什么办法。假期过完，陆越就得去 A 市了，两人从那时开始就没再见过面。

陆越现在满脑子想的都是两家俱乐部这周的交流训练。说实话，当他知道顾余加入了白星时，他的心里是有点高兴的。顾余加入白星，这说明她一定是考到了 L 大。

顾余为什么选择考 L 大，陆越总忍不住想是不是有自己当初那番话的原因……

假如是的话……

陆越自己在心里想了想，然后生无可恋地发现，他的第一反应是高兴得要疯。

这不是喜欢是什么呢？

随后更多的纷乱情绪涌了上来，陆越越想越烦躁，啧了一声，从休息椅上站起来，继续去冰上练习他的四周跳。

两家俱乐部在沟通上向来很有效率，一下子就把双方进行交流训练的时间定在了本周三。地点安排一般是两家俱乐部轮着来，这次轮到白星，所以顾余他们就不用挪地方了。

周三早上七点半，白星基地的门铃准时响起。

顾余看了看周围都还在吃着早餐的师哥师姐，唯一已经吃完的人是谢临，于是她自觉地起身出门。

因为第一次来白星基地的时候，是谢临亲自出去给她开门的，顾余这时脑子没转弯，就忘了别墅外边的基地大门其实是可以遥控打开的。

顾余的这个行为在客厅其他人的眼里显然有了不一样的解读。

亲自去开门，看来陆越在他们小师妹这里还是有几分面子啊……

顾余刚往门外走了没几步，就发现谢临从后边跟了过来。

“临哥？”顾余有点摸不着头脑。

这啥意思啊，去开门还要两个人？还是说从对家俱乐部来的人都这么有排面？

谢临轻飘飘地瞥她一眼，没说话，只示意她继续走。

走就走吧。

顾余在背后一道视线的跟随中一路走到基地门口。她隔着铁栅栏门的空隙看见了站在门外边的一个熟悉的身影。

在这时，一直盯在顾余背后的视线似乎也终于移开，转移到了另一个人身上。

很显然，谢临找到了自己的目标。

× ×

第四章 向教练势力屈服

历年来，白星和KM两家俱乐部搞交流训练也不是一次两次了。KM的本部选手还是第一次在对家这里感受到这么有排面的待遇。

以前都是直接用遥控打开基地大门放他们进去就完事了，今天有人亲自过来给他们开门不说，竟然还是两个人，其中一个居然是谢临！

虽然没看懂这操作，但这样的待遇，不可谓不高级。毕竟都在一个圈子里，他们对谢临这位光环无数的前辈有多高冷这件事还是有清楚的认知的。

顾余按下按钮把基地大门打开。乍一下见到已经快一年半没见的陆越，要说顾余心里毫无波澜也是不可能的，多少还是会有些心心潮起伏。

尴尬倒是不尴尬，只是好像也不能马上像普通朋友一样自然地叙旧。

陆越自从看见来人，他的视线就没从门后边的少女身上移开过。

但当大门打开，他刚走近一步想开口喊顾余名字的时候，他的视线被另一道身影挡住，又恰好对上后者一如平常的平淡眼神。

“临哥。”陆越先打了招呼。从资历上讲，谢临在圈子里是他的前辈，同时也是他的超越目标。

只达到和对方同样的水平是不够的。陆越从来没有想过要像某些人所说的那样，成为第二个谢临。

他只是他自己，不会去成为谁。其他人在世锦赛的赛场上记住他的时候应该是记住“陆越”这个名字，而不是拿和谢临相关的词来形容他。

谢临点点头作为回应，脸上表情淡淡的，虽然不热情，但这态度也不至于被说是冷漠。

对陆越这个后辈，谢临其实还挺熟悉的，因为听得太多了，在去年的大奖赛和世锦赛上也见过。大奖赛的总决赛上，陆越因为出现失误而错过奖牌。世锦赛的时候，陆越和他一起站到了领奖台上。

是个挺不错的后起之秀，这是谢临当时对他的感觉。

现在的情况稍微有点变化。

隔着一个谢临，陆越这时又不太好直接越过对方去靠近顾余。以为谢临随意打完招呼以后就该往里边走了，然后他就能有机会。但不知怎的，谢临杵在那里动都不动，导致他也跟着不能动。

KM 俱乐部这次过来的人一共有八个。除去主、副教练，男单和女单选手各两名，还有一对双人滑选手。

此时已经知道陆越这几天表现异常原因的几个同门师哥师姐看着这场面，表面不动声色，内心却都有点替他暗暗着急。

对家的新人是陆越特别在意的女孩子，陆越现在似乎有追求对方的意向。刚知道这事的时候，KM 本部的选手们都是一副嘴巴能塞鸡蛋的惊讶表情。

在他们眼里，陆越会有喜欢的人这事已经挺不可思议了，更别说去追人。

毕竟经过相处，他们知道陆越向来是个很骄傲的人。这样的人，想让他做出让步或低头之类的行为很难。然而在谈恋爱的时候，这样显然是不行的。

而且陆越对那些以女友粉心态说喜欢他的粉丝都觉得烦，竟然还能有主动追求一个女孩子的想法？

惊了。

真想知道陆越跟顾余在高中时期是怎么相处的。虽然没问出口，KM 本部的选手心里都对此抱有浓浓的好奇。

谢临确实就是有意站在那里的。等 KM 的人都进来了，大门关闭，他又等顾余先往冰场走，他跟在后边，再一次成为陆越眼里该被驴踢的那个人。

忍了忍想马上和前面少女说话的迫切心情，陆越用食指指甲往手心里掐了掐，告诉自己要淡定一点。

其实他也不知道再见面的第一句话该说些什么。那几个晚上他辗转反侧，预演了无数次重逢的情境，却依然没想到完美的话语。现在，更没法想了，因为从再见到少女的那一刻，他的内心已被喜悦盈满。

当顾余领着一行人去到冰场时，师哥师姐们也已经从别墅客厅解决完早餐过来了。

两家俱乐部的教练一见面就凑到一起谈话，商量起今天的具体训练安排。在教练发话以前，两家俱乐部的选手们都先开始自由训练。

虽说两家俱乐部是对头，但因为每年都有交流训练的关系，白星和KM的选手之间反倒比较能说得上话，也肯互相指导。

顾余在KM的选手眼里是个生面孔。在她上冰去做步法和旋转练习时，KM选手的视线都放在了她身上。

在练习中，顾余全程保持着很快的滑行速度。她的体能在最近的训练里收获了点成效，平时在冰上练习的时候也有意想要加强。

练习一段时间后回到冰场外，顾余坐在长椅上平复呼吸。这时旁边有一瓶水递了过来，瓶盖还已经拧松了。

“谢谢。”顾余反射性先礼貌道谢，然后顺着这瓶水递来的方向，她看见正站在一旁用认真眼神注视着她的男生。

和顾余记忆里的少年身影相比，现在在她眼前的人，身上属于少年的那种青涩感已经褪去大半。他这一年半来长高了不少，五官轮廓变得更加分明，眉眼清俊，行为处事似乎也变得比以前成熟。

顾余微怔了一下，没有接。陆越沉默着，也没表现出任何不耐烦，只是平静地保持着递水的动作。

拧瓶盖递水的行为陆越做起来很熟练，以前做过不止一次两次，对他来说几乎是变成习惯的一个行为。

无论是白星还是KM的选手都已经知道顾余和陆越之间是什么关系了。现在两人出现互动，他们这些吃瓜群众的眼神总忍不住频频飘过去。尤其KM的人在陆越完成刚才那一系列行为的时候，眼睛都瞪得老大。

他们之前还觉得陆越不懂体贴照顾女孩子这事为何物。今天一看，不是他们想象的那样子啊。看看这业务的熟练度，不得了。

那怎么就闹掰了……

KM的人更加好奇了。

顾余最后还是接了那瓶水。她表情自然地喝了一口，然后拧上瓶盖，对眼前许久不见的人主动打了他们见面以来的第一个招呼："陆越。"

很久没再听见少女用清丽的声音喊自己的名字，陆越有一瞬间地愣神。

他表现得不动声色，想在少女面前表现自己更加成熟的一面。然而顾余一出声，仅仅叫一声他的名字，便让他破了功。他根本忍耐不了去铺垫太多对话，只想问出那个他无论如何都想听见对方亲口回答的问题，那个在内心问过她无数次的问题。

"你跟我闹脾气，只是因为我要转学离开的事情吗？"少年结束青春期以后的声音普遍会变得低沉。陆越直视着眼前几乎和他记忆里一样没有太多变化的女孩子，执着地想得到这个问题的答案。

"我转学让你生气了，所以你不想理我，是这个原因吗？"陆越列举出自己可能做错的事情，等待眼前少女的回答。

这样低下声音主动询问，对陆越来说已经是服软的态度了。在KM选手的眼里，这是他们想象中完全不存在的让步和低头。

"不是。"顾余摇了摇头，否认。

和转学这件事情的本身并没有直接关系，另有其他原因。但往事纷扰漫长，顾余一时间不知从何谈起。

"那是为什么？"陆越微蹙起眉。

当前的训练场合并不适合谈论这件事。陆越看一眼顾余的表情，决定暂时按捺住心情，换个话题："为什么还是继续练单人滑？我以前就说过单人滑不适合你，你更适合双人。"

"我喜欢。"顾余依然是这个回答。

虽然都是冰上运动，单人滑和双人滑对顾余的意义是不一样的，她更热爱前者。

练习跳跃的时候摔倒多少次都无所谓。因为是热爱的事物，就算付出的努力得不到等价回报，顾余也会继续喜欢。

说起来，在让她放弃单人滑这件事上，她和陆越是起过一次争执的。当时还没争执出个结果来，陆越就先放软态度了，实际他并没有改变自己的想法。

陆越觉得，让她转双人滑对她来说更好。

或许这确实是个更好的选择，但顾余就是不想选。

任谁被多次要求放弃自己热爱的事物，心情都不会好。所以每次陆越提这件事情的时候，顾余都是以沉默来拒绝。

如果要说争吵的原因，这大概就是其中一个。观念差异，也是他们之间存在的又一个矛盾。

这些矛盾越积累越深，而后来陆越对转学一事的糟糕处理，则成了他们分道扬镳的导火索。

陆越是提前和顾余说了要转学的事情没错，但这个“提前”，是在他已经做了决定之后才告诉她的。那时，陆越已经完成了和KM俱乐部的签约。

两人曾约定，要携手向前，然而直到要走的前一天，他才告诉顾余自己决定了要离开，无论顾余支持与否——他只是前来知会她一声，并没有丝毫征求意见的意思。

然后他对她说：你可以考L大，这样我们很快又能见面了，不会分开很长时间。

离开的人不是她，却还要她去追，并且一副理所当然的样子。

顾余气极，失了言语，只是静静看着他不说话。回到家后，盛怒之下的她把陆越所有的社交账号从好友列表里删除，手机号码拉黑，从此消失在他的世界。

假如陆越在做决定之前先问她，顾余会赞同对方转到KM俱乐部和转学的选择。在陆越转学以后，即使对方不说，她也会把L大当成自己的高考目标。

结果会是一样的，但过程不同，给顾余的感受就完全不一样。

“你的跳跃不行，继续练单人滑，成绩会很难上去。”陆越缓缓陈述。他不希望眼前的少女选一条过分崎岖的路。当然，他主要是不想对方因为路上的那些绊脚石而摔得很痛很痛。

没等顾余说什么，另一道低沉冷淡的声音插入了两人的对话。

“谁说她的跳跃不行？”谢临把还像一只幼鸟一样的少女拎到自己身后，然后站定不动，平淡回视前面的人。

谢临会突然介入，这事不仅在陆越的意料之外，被提溜到身后的顾余也完全没想到。以至于当她被前边修长的身影挡住视线的时候，整个人愣住了。

谢临刚才说那句话时的声音和他平时说话没什么区别。平淡的声音里用上这样的反问语气，很容易让被问话的人感到压力。

面对这个场面，陆越没有把话收回，只是冷静地说：“顾余的跳跃很不稳定，跳 3F 也不能保证很高的成功率，3Lz 完全没办法拿到正式比赛上用。”

难度在这两者之上的 3A 更不用说。

陆越对顾余跳跃能力的印象还停留在一年半以前。之前的那个录制视频，他只看了个开头，在看见视频里的少女的时候，他整个人蒙住了。然后下一秒，他就像碰到了烫手山芋一样把手机丢开了。

一名花滑选手的跳跃能力如何，先天影响很大。在陆越的记忆里，顾余在跳跃上的天赋并不算好，这是很难用努力去弥补的东西。

“我陪她一起练习了很久，所以很清楚她在跳跃上的问题。除了跳跃有点短板，她的所有能力都很出色。这样的选手难道不是更适合双人滑？”陆越询问着前面的男人。也是因为谢临现在是顾余的教导者，陆越才会说出这些话。

谢临没有直接回答对方的问题，而是面无表情地说：“就算适合，也得她自己愿意转双人才行，你问过她的想法了吗？”

这句话用的不是疑问语气。顿了一秒后，谢临又抬了抬眼皮道：“实际上她在跳跃上也拥有比一般人好很多的才能，只是之前一直没用对方法而已，现在纠正还来得及。她现在的 3F 已经跳得很完美了，3Lz 离能拿上赛场的水平不远。”

“毕竟她的跳跃从加入白星开始一直是我在教。”谢临做出总结。

第一次见到顾余滑冰的时候，谢临觉得自己像看一只幼鸟。这只幼鸟虽然还很小，却已经拥有十分美丽的羽毛，让人不由自主地期待当它学会扑腾翅膀的时候，会在天空留下怎样的身姿。

在幼鸟学会飞之前，需要一个教导者去教这只幼鸟怎么更好地使用自己的翅膀。于是谢临主动从李冬手里把人给领走了。

陆越是个很优秀的后辈，谢临不否认这一点。但在看他来，陆越一定不适合担当教导者的角色。因为对方没看出来顾余跳跃里真正存在的问题是什么，也不知道该怎么引导小姑娘去学习更适合她的跳跃方式。

作为当事人的顾余在谢临身后越听，就越忍不住睁大的眼睛盯着前边人的身影。

她很惊讶在上个星期还把她的跳跃批评得狗血淋头的人，现在竟然在帮她说话，甚至能算是……在夸她？

当时他是怎么说的来着？

“你这个点冰跳太丑，我要是裁判，GOE（执行分，即根据每个动作的实际完成情况给予一定程度的附加值）那里就给你扣 3 分。

“就这样的高度和距离，你是在表演擦地跳吗？

“让你的小脑动一动，我怀疑你的平衡感被你连着今天的早餐一起吃掉了。”

诸如此类的魔鬼言论，顾余在上周简直听到麻木。越是被呛，顾余越是磨牙地练。仿佛她能跳好，就相当于是用牙在谢临手背上咬下几个牙印似的。

在听到谢临说有没有问过顾余的想法时，陆越的呼吸微微顿住了一刹，倏忽哑口无言。

他没问过。

一次都没有。

他只是习惯性地想要把自己认为最好的东西捧给顾余。就算顾余有时候说不要，陆越在找到符合要求的新东西时，还是会马上捧着再跑到顾余面前。

当听见谢临说及顾余现在的跳跃水平的时候，陆越不由得陷入沉默。

话说到这里也差不多了，在谢临走回他之前待的位置时，许望按捺不住问："临哥你刚才都跟人聊啥了啊？我怎么感觉你都把人给聊自闭了，这样不太好吧……"

谢临轻瞥他一眼："只是过去的时候刚好听到陆越说顾余的跳跃不行，随便聊了聊。"

说完这句以后像是想起什么，谢临面无表情再补充一句："顾余的跳跃不行不就是因为他乱教吗？不然不至于到现在还需要纠正。"

刚才陆越自己说，他陪顾余一起练习了很久的跳跃。谢临觉得，结合各种条件，对方毫无疑问就是顾余之前提过的"小哥哥"。

看着谢临把一口锅扣到陆越身上，许望挠了挠头，他记得顾余之前说过不是陆越来着。

"临哥你怎么就知道那人是陆越了……"许望不解。

"很好推断。"谢临逻辑清晰地陈述，"第一，陆越是以前陪着顾余一起练习花滑的人。第二，你没看陆越刚才上冰练的四周跳吗？顾余的跳跃很明显有他的影子。"

听见这番发言，许望欲言又止了好一会儿。

然而陆越的跳跃全是你的影子啊！

求生欲使得许望让这句话在嘴边打了个转又吞了回去。

国内花滑的男单选手参考学习谢临的跳跃很正常。因为谢临的四周跳简直是教科书般的跳跃，就算放到国外花滑圈里也备受推崇。所以许望觉得，如果硬要说顾余的跳跃里有谁的影子，那也该是谢临的吧……

自由练习了一小会儿，两家俱乐部的教练很快商量好了今天的训练安排，每名选手把为联赛准备的节目滑一遍是必要的。

KM的选手先上冰。双人滑的配曲为泰坦尼克电影中的《我心永恒》，两名女单选手的节目分别是《春》和《红磨坊》，男单里陈济的配曲是《王国之心》，陆越的是《夜莺与玫瑰》。

除了陆越，其他的选手都把节目中规中矩地完成了。小的失误还是存在，没有任何大的瑕疵，其实已经算是非常好的状态了。

到陆越上冰的时候，他的表现让两家俱乐部的人一起咂舌。

在《夜莺与玫瑰》这个故事里，有一段故事情节是这样的——

夜莺为了培育一朵红玫瑰，在月夜里用胸膛抵着玫瑰的尖刺，将这根尖刺深深插入自己的心脏，然后在月光下开始歌唱。

应和着夜莺将玫瑰尖刺插入心脏的那段紧凑音乐，陆越做了一个4Lz+3T（勾手四周跳接后外点冰三周跳）的连跳。间隔不到几秒，他又做了一个单独的后外点冰四周跳，且是跳跃前有难度衔接的那种。

四周跳都完成得干净利落，落冰很稳，无论是跳跃高度还是距离都可圈可点。

“咝——陆越这小子，今天怎么这么可怕。”许望抽了抽嘴角。他觉得陆越今天的状态简直好到要起飞了，竟然半点失误都没有地滑完了整套节目。

“临哥这赛季休赛，世锦赛里能和他打的选手好像真是寥寥无几啊。”许望表现得无奈而诚实，“反正我感觉我打不过。”

“出息。”叶茜白了对方一眼。

在滑夜莺歌唱那一段音乐的时候，陆越的视线一直放在顾余身上。

像啼唱着的夜莺在注视被自己用心头鲜血浇灌的玫瑰。

在少女目光的注视下，陆越对自己的要求本能地严格到苛刻，于是就有了其他人眼中的状态起飞。

之后轮到白星的选手上冰。同门师哥师姐们为联赛准备的节目，顾余在平时训练的时候已经看过许多次了。重复看她也不会觉得腻，每次看都有一点不同的感受。

轮到顾余的时候，她状态颇好地完成了那套改过跳跃编排的《假面舞会》，以一组连续内勾步接入的 3Lz 这次也成功做到了。体能的提高让她终于有足够的体力滑完整套节目。

除了陆越，KM 的其他人都看过白星那次直播的录制视频。现在再看一遍顾余的现场表演，虽然感叹，但也不至于过度惊讶。

陆越不同，当他看见冰上少女那与他记忆里相比有了很大变化的跳跃以及少女滑行时所展现的明丽笑容，他的呼吸不由自主地变缓，到后来几乎是屏住呼吸，然后恍然觉得自己好像错过了非常多的东西。

少女脸上的笑容并不是为了表演才出现的，而是滑冰本身让她感到欢悦。

一早上的训练很快过去了，两家俱乐部的教练商量了一下，决定中午一起外出就餐。陆越在两家选手都在附近的情况下再次走到顾余跟前。

“微信能不能让我加回来？”陆越询问的声音有点低。

两家选手有不少开始竖起耳朵听。KM 的人对陆越面对顾余时的说话语气感到尤为新鲜。

顾余倒是没怎么思考就点头同意了：“你加吧。”

顾余当初把陆越的各种社交账号从她的好友列表里删除，本来就是一气之下的行为。她因为双方积累的矛盾而不理对方，但如果单说友谊的话，陆越没做过任何对不起她的事情。

就算闹掰了，她也完全不至于拉黑对方，他们至少能当普通朋友。

“那手机也把我从黑名单里放出来？”陆越进一步试探。

微信都加回来了，手机号码没什么理由继续拉黑。顾余嗯了一声，摸出手机开始操作。

等顾余弄完，陆越终于问出他最想问的一个问题：“你这周末有空吗？”

“她没空。”谢临在这时冷不丁插入对话。

于是顾余哦了一声，听话地把“没空”这两个字对陆越再说了一遍。

谢临说她没空，那她就是没空了。

向教练势力屈服。

顾余说没空，陆越虽然没办法，但也不至于太失望。

微信加回来了，他至少有了联络方法。

跟顾余闹掰以后，陆越刚转到 KM，一开始，他完全没有办法专心地进行训练。

后来训练得特别努力，有一部分原因其实是陆越想着自己如果在世锦赛拿到很好的成绩，以顾余对花滑的喜欢，应该会在看相关赛事转播或媒体报道的时候看到他。

隔了一年半才再见面，陆越不知道怎么形容自己的心情。因为顾余现在对他的态度，陆越内心深处升起某种隐秘的恐慌。

他弄丢了很重要的宝物，可能再也找不回来了。

中午的就餐地点，两家俱乐部的人选了一家离得不是很远的中餐馆，他们的人数刚好坐一个大桌。

“顾余你想吃什么，洋葱牛肉吃不吃？”叶茜拿着一本菜单翻看，边翻边询问顾余的意见。

“她不喜欢吃洋葱。”没等顾余出声，隔着几个位子的陆越先开口了，语气平常。

在周围人忽然集中过来的目光下，陆越想了想再补充一句：“鳝鱼也不喜欢。”

顾余从某方面来说有点挑食。她不喜欢吃的东西陆越都还记得，口味上的各种偏好也没忘记。

等顾余点头承认对方说法的时候，桌上好几个人望在陆越身上的眼神顿时更不一样了。

陆越再骄傲，遇上顾余也是会低头的，KM的人算是确认了这一点。

这不，分开一年半，连人家喜欢吃什么、不喜欢吃什么都还巴巴记着。

也是因为陆越这样的表现，今天整个交流训练结束以后，在傍晚的休息时间里，叶茜实在忍不住向顾余八卦一下两人的过去。当然，最好奇的是闹掰原因。

就陆越今天一整天的表现，怎么看都不像是会跟顾余起争执的样子。

顾余的几个同门师哥师姐都在客厅。本来是看电视的看电视、玩手机的玩手机，现在除了谢临，他们纷纷放下手头的事，一起好奇心旺盛地盯着顾余。

这事说来话长，不过大家晚上都闲着没事做，既然被问及，顾余就回答了。

说了一部分两人在高中时候的事，包括他们两人最初的矛盾和最后的见面，顾余差不多就把原因说得很明白了。

“嗯……其实照你这么说的话，陆越让你放弃练单人，有一部分原因应该是觉得你练得太辛苦了吧？”虽然对方不考虑顾余的感受这点确实不对，队里的老好人庄延这时却忍不住为陆越说句话，“谁看着自己在意的姑娘每天在冰场摔那么多次，肯定都会心疼的。”

这话好像也有道理，听着的叶茜等人无法反驳。

在旁边一直表现得仿佛不关心这个话题的谢临忽然淡淡地问了一句：“父母会因为怕小孩摔跤就不让小孩学走路吗？”

两件事情虽然不一样，但完全可以等量对比。

这好像也无法反驳。

刚才在客厅里没说话的几人选择继续闭嘴当哑巴。

顾余咳了一声，打破现场的安静。她转过头去望着谢临，然后稍微有点小声地说：“那个……临哥啊，谢谢你今天早上帮我说的那些话。”

在陆越说她跳跃不行的时候，谢临过来认真地夸她。顾余当时除了惊讶，心脏还有点怦怦跳。

顾余从小练单人滑，练的过程是配得上刻苦努力这两个形容词的。

小学的时候，别的小朋友放学了在玩，她在冰场练习花滑。初中和高中也都差不多，每年寒暑假，她几乎天天泡在冰场练习。支撑她这些行为的，仅仅是因为对单人滑的热爱。

跳跃能力一直是个短板，虽然顾余并不在乎成绩，但当有人能夸奖、肯定她的时候，她也是会很高兴的。

因为过于雀跃，顾余就管不了自己的心脏怎么跳了，整个人沉浸在开心的情绪里。

谢临瞅着顾余的笑脸，觉得对方头顶简直像长了一朵花在对着他摇来摇去。他下意识往旁边别开眼，面无表情道：“你的跳跃现在是我在教，我不想在你这儿身败名裂。”

潜台词为，他之前只是在为自己说话。

就算谢临这么说，已经熟悉了对方说话风格的顾余也只是哼哼唧唧两声，压根儿没往心里去，脸上继续保持着笑容。

发现呛不了顾余，被少女亮晶晶的眼神晃得有点受不了，谢临为了舒缓身心，把被呛对象换成另一个有点无辜的人。

“陆越说以后和你转双人。但就算你拿了单人滑的冬奥会冠军后转双人，搭档似乎也轮不到他。”话毕，谢临语气平淡地表现出骄傲自负的一面，“他不可能做得比我好。”

谢临说这句话纯属是为了呛一呛那根本不在场的后辈。他没想到顾余还能拿这句话来继续做文章。

“真的？”尽管并没有考虑过转双人，顾余在听见谢临这话的时候还是忍不住追问了一句，“临哥你说我拿冠军以后如果转双人，你会来当我的搭档是认真的吗？”

听起来也太有排面了！

问题来得猝不及防，谢临本能地维持住了面无表情的样子，冷淡道：“假的。”

顿了两秒，他终于找回自己一贯的节奏，又开启了毒舌模式：“按你每天吃东西的分量，我要是当你的双人搭档，估计以后就不是因为腿伤休赛，而是手伤。”

众所周知，双人滑的节目表演里必须有“托举”这个动作。这个动作是要男伴把女伴整个人托举起来，女选手的体重当然就成了影响因素。

要是一个星期以前的顾余，她现在估计被谢临噎住了。但经过一个多星期的相处，谢临的刻薄毒舌在现在的顾余眼里是半个纸老虎，已经打击不到她了。

“我又吃不胖。”顾余继续美滋滋地道，眼神明亮。

“所以临哥你以后真的会当我的双人搭档是吧？”顾余问这个问题只是单纯想要一个排面，她穷追不舍地企图追问出回答。

僵持两秒，谢临把视线移去看电视，轮廓好看的侧脸要多冷淡有多冷淡。

“等你拿到冠军再说。”低沉的声音里听不出情绪起伏。

这是谢临近二十四年的人生里，第一次使用了回避式发言。

算是得到了答案，虽然不够准确，顾余也已经很满意了。反正四舍五入，对方就是点头答应的意思。

顾余在一天天的训练里很快迎来了本周周末。眨眼间这都已经七月底了，日历马上就要换到八月。

按之前谢临的说法，顾余以为这周末会有什么特别的训练安排。于是，她早上准时起床下到一楼。

可等顾余慢吞吞地吃完早餐后，她听到谢临说今天给她放一天假休息。

等等，说好的她周末没空呢？

顾余一脸蒙。

既然谢临说给她放假休息，无缝训练了两个星期的顾余也不会上赶着说她要继续训练。她抱着腿坐在沙发上，开始思考今天的行程。

“顾余九月就要开学了吧。今天不训练的话，要不要出去买买你上学要用的东西？”叶茜细心地给出建议。

顾余啊了一声，想起来这件事情。

开学以后，顾余不出意外是得在学校和俱乐部基地两头跑。她选的专业据说课比较少，一些能自学的科目顾余可能会视情况翘课，每天的训练时间还是可以保证。

大学里的宿舍对顾余来说只有个午休的用途，平时还是住在俱乐部基地里的时间比较多。就算这样，宿舍用品也还是得买。

要买一床新的被子，还要买各种零零碎碎的物品。想到要出门买这么多东西回来，顾余就想为自己的手臂哀叹。

默默哀叹了没几秒，她听见谢临简单明了地对她说：“上去把你的睡衣换掉，然后我带你出门。”

客厅里的其他几人顿时齐刷刷地把视线盯到他身上。

待在同一个俱乐部这么多年，许望等人就没见过谢临有这么主动帮忙的时候，这不叫差别待遇什么才叫差别待遇？

许望觉得他们俱乐部粉丝给谢临取的外号可能“一语成谶”了，谢临真的当起了饲养员，还当得如此勤勤恳恳。

“看什么？”谢临面色一如既往平淡，他淡定回视众人，“让她自己去提一堆东西回来，明天她的手估计就成三级残废了，会影响训练进度。”

生怕谢临反悔，顾余在对方话音刚落的时候迅速蹦回房里。

回到房间以后，顾余拉开衣柜在她的众多小裙子里挑了又挑，十分纠结。

虽然顾余平常待在冰场上的时间居多，没什么穿裙子的机会，但这不影响她对这些小裙子的购买欲。

没有任何一名花季少女会不喜欢漂亮的小裙子，顾余也不例外。

担心楼下的人会等得不耐烦，顾余尽快结束选择，从衣柜里拿出了一条看起来颇为小清新风格的白色连衣裙。

迅速换好衣服，顾余面对着镜中的自己，不知怎的忽然冒出自己是不是应该化个妆的想法。

即使不做任何修饰，镜中的少女看起来也是明媚模样，像林中野鹿一样闪亮的眸，花一般颜色漂亮而柔软的唇，让人轻易联想到春天。

最终考虑到时间问题，顾余还是放弃了这个想法。她拿上自己放在床边的小包包，噔噔噔跑下了楼。

她一路小跑到谢临跟前的画面，在谢临眼里就像一只小小的雀鸟扑腾着翅膀飞到他身边，然后乖乖蹲在一旁不动。

可能就是因为总有这样的错觉，谢临才在这只小鸟偶尔意图用它的鸟喙来啄他的时候，还睁一只眼闭一只眼选择放纵不管。

挎着个浅蓝色的小方包，顾余跟在谢临旁边，两人一前一后走出了别墅大门。

平时训练要麻烦人，现在休息放假也要麻烦人，顾余本身是比较独立自主的性格，所以她现在多少有那么点不好意思。

“嗯……临哥，我中午请你吃一顿吧？”问完不等谢临回答，顾余又低咳了一声补充一句，“太贵的店暂时还请不起，等以后拿到大赛奖金就能请了。”

虽然家里给顾余的生活费不算少，但如果要去像之前那家 A 市有名的老字号餐馆一样的昂贵餐厅吃一顿的话，那她这个月的生活费马上就能见底了。

谢临垂眼瞥她：“贿赂我？”

“啥？”顾余一时没反应过来。

“还有，你这是哪来的自信能拿到大赛奖金，别听 KM 的人乱夸你你就膨胀。”谢临悠闲地接上一句。

习惯了谢临的毒舌，顾余一本正经地回应：“请吃饭是因为感谢，而且是临哥你说我有能拿冠军的潜力的啊。你跟李冬教练夸了我最近的跳跃，说我进步很快，我手机里还存着师哥给我的录音！”

录音是许望前天偷偷摸摸录下来发给她的，还以此在微信上跟她开玩笑讨要红包，说自己这是冒着生命危险录的音。

不想再继续这个话题，免得旁边的少女真给他现场播放录音，谢临选择面无表情当没听见。

走了没一会儿，两人就走到了基地里的车库。

顾余在车库里看到一辆市面上已经停产许久的迈巴赫。这辆身价昂贵的跑车像是被谢临放在这里闲置收藏似的。谢临平时出门开的是低调许多的卡宴。

加入白星这一段时间，顾余已经从她的同门师哥师姐那里了解到了谢临的个人资产和家境。

给他们俱乐部投资了很多钱的那个富豪，据说就是谢临的爷爷。以至于许望有时候调侃，谢临如果不拿金牌，就要被他爷爷绑回家去继承家业。

突然好想赚钱，掉进有钱人堆里的顾余此时心里不由得晃过这个念头。

坐上车后，顾余一路上闲着没事干。她刷了一会儿微博就把手机塞回包里，视线开始往周围随意观看，然后在触及旁边男人的侧脸时停了停。

花滑圈是公认地多帅哥美女，谢临的样貌在这其中却依然显得相当出众。他的侧脸轮廓非常好看，冷淡眉眼让他的气质变得突出。这大概也是他为什么会有那么多疯狂的女友粉的原因。

可能因为在想着事情，视线不小心多停了几秒，顾余忽然听见谢临用不冷不淡的语气说：“看够了就把头转回去。”

顾余被这低沉声音提醒得一个激灵。她反应过来以后也没慌忙移开视线，反而眨了眨眼，淡定地再多看两眼。

“看你好看。”顾余在看的过程中诚实地说。

反正她也没偷看，这是光明正大地看。

谢临被堵得沉默了两秒，然后冷着脸道："看我就算了，但你以后最好别这么盯着别的雄性生物看。不然，别人可能会以为你对他有什么非分之想。"

非什么……非分之想？

顾余又一次被谢临噎住了。还好，他们就快到达目的地了。

来的地方是顾余第一次到A市时去的那个购物中心。顾余照着百度到的开学所需物品清单一顿买买买。路过一家毛绒玩具店时，她忽然想起来问谢临一个问题。

"临哥，你在比赛场上收到的那些玩偶都放在哪里啊？"顾余望着那些被摆放在柜子里的毛绒玩具，用带着几分羡慕的语气询问谢临。

当选手在冰场上完成节目表演时，假如有粉丝想表达对这名选手的喜欢和支持，就会从观众席上向冰面扔礼物，一般扔的都是毛绒玩具或者一整束鲜花。根据顾余曾经看过的花滑各大赛事的直播，她知道谢临在这几年的赛事里，每次都是收到礼物最多的选手。

最夸张的一次就是去年。

在去年的世锦赛上，当谢临结束节目表演以后，从观众席上铺天盖地扔下来的鲜花和毛绒玩具简直像下雨一样，多到让后面负责清理冰面的小冰童辛苦忙活了好一阵子。

"捐了。"谢临淡淡地回答。

"一个都没留？"

谢临颔首。

粉丝扔下来的礼物都是属于选手的。一般来说，选手可能会在里面挑几个喜欢的带走，剩下的捐给慈善机构。像谢临这样一个不留的选手还真是很少。

人与人之间的区别……

顾余想想谢临再想想自己，倏忽想起一件事情，忍不住有点忐忑："联赛的时候，万一我没滑好，收不到礼物怎么办啊？"

在赛场上收到礼物的数量可以很直观地显示一名选手的人气。顾余知道自己现在对国内的冰迷来说是个新人，没有多少人真正认识她。所以她也没想过自己在表演完节目以后能收到很多礼物。

但如果一个都收不到的话，看起来也太惨了点。

“至少会有一个。”

“啊？”顾余没太听懂。

谢临睨她一眼：“我会给你扔。”

顾余听着马上眼睛一亮，迅速得寸进尺地凑上前去讨价还价：“那我要毛茸茸的胖啾玩偶，AJ 家的那只，要最大型号的！”

“要求太多。”谢临用一根食指抵住旁边少女的额头，把在不经意间靠得有点近的少女推开一点，然后用他惯用的冷淡语气说：“给你扔的不是板砖就不错了。”

顾余也不知道自己是哪来的勇气。听见这句话的时候，她竟然忽地恶向胆边生，伸手就往还戳着她额头的那根手指上用力拍了一下。

“啪。”响声清脆。

呃……

顾余抬起头，看见谢临正面无表情地垂眼望着她。

在这目光下，顾余顿时缩了缩脖子。

被一只幼鸟用它尖尖的鸟喙啄了一下。

谢临看了一眼已经马上尿下去的人，把他的视线从对方身上移开：“东西都买完了没？买完就把东西放上车，我们去吃午饭。”

“买完了，买完了！”顾余赶紧应声。

重的东西都是谢临在提，顾余这边只拿着毛巾之类的轻巧物件。把东西放到车上以后，顾余就按她早上说的请谢临吃一顿。

吃的是日料，一顿下来价钱也不算便宜了。就在顾余走去柜台准备付款的时候，谢临从后边拎住她的衣服，然后先一步刷卡结账。

“等你拿了联赛的奖金再来请，现在就算了。”谢临表情平常。

联赛奖金、联赛奖金……

难得对成绩有这么明确的追求，顾余从七月下旬到整个八月的训练都勤勤恳恳。终于，在一片忙碌中顾余迎来了对她来说事儿特别多的九月。

九月三日，顾余的生日。

在开学前两天过生日，顾余没主动说这事，基地里的众人也就都不知道，直到许望从外边收到几个很明显是生日礼物的快递。

“今天是顾余你的生日啊？你怎么不跟我们说呀，现在去订生日蛋糕还来得及吗？”许望把收到的快递放到顾余前边的桌子上，一脸纠结地想着这个问题。

“不用生日蛋糕这么麻烦啊，我每年过生日都是挺简单就过去了的。”顾余轻轻挠了挠脸颊。

以前的生日，大部分是林落陪顾余一起过的。今年因为两人实在都很忙，才没有约出去。但林落还是早就给她挑好了生日礼物。

桌上有三份等着她拆开的快递，其中两份是林落的，还有一份是陆越寄过来的。后者还在微信上特地掐着零点时间给她发了一条“生日快乐”的信息。

“陆越这家伙……”看到寄件人上的名字，许望不由得啧啧感叹。

叶茜摇了摇头说：“那不行，生日蛋糕还是要的。我现在打电话去糖坊订一个，晚上七点前应该就能送过来。”

看着顾余开始拆桌上的礼物，客厅里的所有人，包括谢临在内都在考虑要给她补什么生日礼物，他们现在出去买也还来得及。

叶茜都这么说了，其他人也是一副赞同的样子，顾余这时不由自主地带着浅浅的酒窝说了谢谢。

刚拆开一份礼物，顾余拿起旁边正不断显示有新消息的手机。她打开锁屏，然后发现全是林落的微信轰炸。

“你收到我寄过去的生日礼物了吗？拆开了吗？看到里边是什么东西了吗？”

顾余打字回复。

“收到了，拆开了，是一瓶香水。”

这瓶香水是一个昂贵牌子最近出的限量款，闻起来是很清新温暖的柑橘味，顾余挺喜欢的。

“另一份礼物比较重要，你快点拆开来看看吧！”

“因为之前听你说你把最喜欢的那个挂坠给摔了，我特地回 S 市找到了那家饰品定制店的老板，让他帮我做了个一模一样的。”

顾余看着一愣，感动得稀里哗啦。

定制的挂坠并不是什么昂贵的东西，只是一个陶瓷做的小玩意，和林落送给她的那瓶香水完全没法儿比，却是顾余从小就非常喜欢的。从第一次让家长给她买下一个之后，后来，她要是不小心把这小东西磕磕碰碰弄坏了，也会再去店里重新买一个一模一样的。

不过再后来，这家店的老板转业不做这个生意了。顾余都不知道林落是怎么让店家重操旧业，帮她再做一个挂坠的。

顾余拆礼物，其他人也就在旁边看着，顺便参考一下他们该送什么。

当顾余把另一个体积较小的盒子拆开的时候，她从里面取出一个看起来很小巧玲珑的挂坠，深色的细绳穿着一只用陶瓷做成的小啾。

“咦，这看着挺可……”许望先开口评价。他话还没说完，就被在他旁边突然面无表情站起来的谢临给吓了一跳，硬生生把后面几个字给吞了回去。

谢临面无表情地站起来不说，还带着冷到能冻死人的表情一言不发转身上楼。随后，从楼上传下来一声相当清晰的关门声，留下客厅众人一脸蒙。

啥？

这是发生了啥？

上楼把自己关到房间里的谢临在门边站了一会儿，身体状态似乎在放松和紧绷之间切换。最后，他抬起手捂住自己的眼睛，从喉咙里发出一声低不可闻的叹息。

“小哥哥，我把我最喜欢的阿啾送给你。”被还是少年时的谢临背在背上，模样灵秀可爱的小女孩忽然不知道从哪里拿出一个小小的挂坠，伸着手放到谢临眼前一直晃啊晃。

谢临背着这小姑娘是因为她在冰场练习跳跃时摔了很多次。于是，他在小姑娘要回家的时候把人背到了背上。

当时是落日余晖的场景，谢临按照小姑娘指的路背着她回家，也是在路上发生了刚才那一幕。

阿啾指的是一只陶瓷做的小鸟，吊着小鸟的绳子被小姑娘拿在手里晃来晃去，看起来还真有点像一只小鸟在飞。

“为什么要送给我？”既然说是最喜欢的东西，那为什么还要送给别人，谢临不太能理解。

回想到这里，谢临遥远记忆里的场景忽然变得清晰。他听见少年的自己背上的小姑娘特别理所当然地回答——

“因为我喜欢你啊。”

× ×

第五章 当然是因为喜欢

在谢临的房间桌上，有一只陶瓷做的小啾蹲在堆放起来的书籍旁边，看起来很是小巧玲珑。

停在房间门口站了好一会儿的谢临把视线移到这个陶瓷挂坠上，盯望良久，然后面无表情地把视线移开。

在他桌上的这只陶瓷小啾和在楼下被顾余拿在手里的那只一模一样。对应上之前知道的一些细节，谢临在看见那个挂坠的一瞬间，忽然明白了一件事情。

他知道了顾余曾经向他提及的那个“小哥哥”是谁。

并不是陆越，而是他。

这个意外的发现让谢临感受到了一点近似于惊吓的心情。情绪内敛的本能让他反射性冷着脸一言不发地回到房间。

谢临是一个不喜欢透露自身情绪的人。无论喜欢或讨厌，高兴还是任何负面的情绪，他都习惯以冷淡作为统一表达。

这种性格的形成，和他的家庭倒是有不小的关系。

谢临出身于花滑世家。他的父母曾经拿过冬奥会的双人滑冠军，祖母也是多年前在国内成绩颇为突出的女子单人滑选手，在世锦赛上拿过第五名，这在当时已经是很了不起的成绩了。

爷爷比较不同，是个企业家，母亲的家庭也家境富裕，所以谢临从小就拥有非常优渥的生活条件。

不过谢临并不是家中独子，父母还给他生了个只比他小一岁的弟弟，叫谢亦。

作为曾经的双人滑冠军，谢临的父母自然而然地想培养家里的孩子学习花滑。接受同样的教导，谢临和弟弟在花滑上展现出了截然不同的天赋。谢临很优秀，与之相比，弟弟就显得逊色太多。

大概是谢临表现得太过优秀了，他的父母从小就对他很放心，对想走花滑道路却因为欠缺天赋而失败的次子反而会关心得多一些。

种种因素促使谢临自小形成了非常独立的性格。而在独立的基础上，渐渐变成了现在的样子。

踱步走到桌边，谢临把放置在书旁边的挂坠拎起来。他拎着细绳，忽然不知出于什么心态去晃了晃那只被穿在绳上的陶瓷小啾。

谢临的外公外婆是南方人，住在S市。小时候，有一年暑假他被父母送去外公家小住了一段时间。父母在把谢临和弟弟送到外公家以后，就手拉手旅游去了。谢临在S市人生地不熟，但这不妨碍他找到一个能让他练习花滑的冰场。

在哪里练习对谢临来说都是一样的，只不过公共冰场比私人冰场要嘈杂，有时候不那么方便施展。

谢临每天都到这家冰场练习。他练习时的表现经常会吸引周围一圈人的视线，他也已经习以为常。但有一天，他在滑冰的过程中感受到一道格外热烈的追逐目光。

用这种热烈目光注视着他的是一个看起来六七岁的小姑娘。对方有一双像小鹿一样的清亮眼睛，虽然年纪还小，但也已经能看出灵秀的模样，站在那里就像个漂亮的瓷娃娃一样。

小姑娘是幼年时的顾余。

对方那双小鹿一样灵动晶亮的眼睛正朝他这边看，眼神简直像会发光，让谢临准备跳跃的动作都不由得微顿了一下。

也仅止于此了，谢临并没有把这盯着他看的小姑娘放在心上，依然神情冷漠地继续练习。

结果没过多久，这小姑娘离开了冰场一会儿，再回来就噔噔噔小跑到他面前，然后举起手邀功似的把一张止血贴举到他面前。

小姑娘眨巴着眼，满眼期待地问他："小哥哥，我给你止血贴，你教我跳跃好不好？"

谢临原本冷着脸打算拒绝，或许是对方那双眼睛过于明亮，让他鬼使神差地点了头。

小姑娘帮他贴上了止血贴，仔细贴好后，忽然低下头往他手背的伤口位置吹了吹气。

"给你呼呼，马上就不痛啦！"

这是听起来过于天真的一句话，可话里的关心是真实存在的。

谢临的眼波微动，心里涌起一股温柔情绪。因为过分优秀和独立，他从小甚少让家人操心，对被人关心这种事情亦感到非常陌生，以至于他在忽然遇到这么单纯直接的关心时，竟有些不习惯。

自从答应教顾余学习跳跃，谢临每天去冰场的时候，身后就跟了一条小尾巴。

这条小尾巴每次一见到他就会马上凑上来小哥哥、小哥哥地喊。这时，在对方那双鹿一样清亮的眼睛里，谢临只会看到他一个人的身影。

好像只要他出现了，她就只会关心他一个人一样。

练习花滑，在冰上摔倒是不可避免的事情。哪怕是天才也得摔，谢临当然也是这样。

以前谢临每次摔倒后站起，到私人冰场外休息的时候，他听到的都是父母和教练夸奖他的进步速度。自从来到这个陌生的城市，身后跟了一条小尾巴以后，谢临每次摔倒站起来，都看见小姑娘凑过来睁着明亮的眼睛对他各种嘘寒问暖。

"小哥哥你痛不痛，痛的话我给你呼呼啊，吹一吹就能快点好起来了。"小姑娘对家里大人告诉她的这个治疗方法深信不疑，此时在谢临面前表现出特别关心他的样子。

这是一种被特别对待的感觉。

心底某处地方被触碰到了，谢临抬手摸了摸小姑娘柔软的头发。

被谢临摸头的小姑娘像一只蹲着拢起翅膀忘记起飞的小啾，只歪着头望着他，乖乖没动。

两人的相处地点也不止在冰场。

有一天，谢临带着说肚子饿了的顾余去觅食，觅着觅着就带着她在外边玩了大半天。

“你还想要什么？”谢临语调平缓地询问。

少年手上已经拿着各种食物，一杯雪糕、一份章鱼小丸子，还有一杯奶茶和铜锣烧，每样都只被他旁边的小姑娘吃了几口。

“糖葫芦！”小姑娘抬手一指，指向了几米外的一个小贩。

谢临垂眸看了一眼还兴致勃勃的小姑娘，低低叹了一口气，还是抬步走过去买了。

一路逛下来，顾余说要什么就买什么，长辈给的零花钱都是六位数，谢临对普通消费还真是没有什么概念。

不知道从什么时候起，谢临对这像小尾巴一样跟着他的小姑娘就成了像这样的纵容态度，一直到某天发生了一件事情。

谢临有天去冰场去得比较晚。当他去到冰场的时候，他看到以往每天都会在靠近外围位置乖乖等他的小姑娘被另一名少年摸了摸头。她竟然也开口对那名少年说出“小哥哥”的称呼。

听见以后，谢临本就面无表情的脸看起来更加冷得掉冰碴儿，自带冻人的气场。

确实，这像他小尾巴一样的小姑娘因为长得特别秀气可爱，还爱笑，平时在冰场里很受各种人的欢迎。但小姑娘一直都是只跟着他的，今天却出现了例外情况。

一看到谢临，小姑娘马上就把另一名少年给抛弃了，噌地跑到他身边，眼睛都在发光。

“小哥哥！”这一声呼唤显然比刚才对另一名少年的要雀跃得多。

听见唤声的谢临今天却没有应声，而是微抿着唇，留给向他跑过来的小姑娘一个眉眼冷淡的侧脸。

“小哥哥？”虽然不知道原因，幼年的顾余却有些敏锐地察觉到眼前的少年好像不高兴，甚至有点生气。她之前从来没在对方身上感觉到这种情绪。

不知道怎么应对这种情况，顾余伸手揪住前边少年的衣服，然后眼巴巴地望着他。

谢临不给反应，顾余就偷偷摸摸尝试着轻轻拽了拽她手里揪住的衣服，继续眼巴巴地望着。

不高兴的原因说是说不出口的，谢临只能自己憋在心里生个闷气。

谢临在被小姑娘用双手揪着他的衣服，并用小心的表情望着他的情况下终于应了声，顺着皱一下眉说："不准随便和陌生人说话，你家里人没告诉你要小心坏人吗？"

找了个借口来达到自己的目的，谢临说这话时面不改色。

被训话的小姑娘哦了一声，认错态度良好地点头。

到这里，谢临缓和了他的冷漠表情。

说起来，虽然他和眼前的小姑娘已经认识半个暑假了，他们却一直没交换姓名。

小姑娘一直小哥哥、小哥哥地喊他，仿佛完全忘了问他名字这事。

谢临也没问则是由于少年都会有的那种年少意气。因为顾余不来问他的名字，他也就不肯先主动问。

不过谢临听到过时常来接顾余的那名长辈喊她"小余"。

幼年的顾余在冰上练习跳跃，每天摔个七八回都是少的。摔得多的那天，向来非常坚强的小姑娘忍不住红了红眼，鹿眸变得有点湿润。

这纯粹是摔疼了形成的生理性泪水。

顾余吸了吸鼻子准备站起来继续练，但把她从冰上拉起来的少年不让她练了。

"今天就练到这里。"

说完这句话，谢临把微红了眼的小姑娘拉到冰场外，让她坐在长椅上。然后，他蹲下身去给她换鞋。

换好鞋，谢临把蹲下的身体转了个方向，声音淡淡的："上来，我背你回家。"

等小姑娘听话地趴到他背上，谢临才站起身。

谢临并不知道背上小姑娘的家在哪里，全靠她伸手给他指路，他按照她指的方向走。

也就是在这路上，他收到了背上小姑娘送给他的那个陶瓷挂坠。

说背顾余回家，事实上谢临只背到半路。因为走到一半的时候，他们恰巧遇上准备去冰场找顾余的家长，谢临就把人交到对方家长手里了。

当天晚上，谢临想着他第二天该放弃那莫名其妙的意气，去问小姑娘的名字了。

总得有一个人先低头。

只是计划向来赶不上变化，在谢临这么决定的第二天，他的父母刚好旅游回来，把两个孩子一起带回了A市。

后来，谢临也去过几次S市。虽然，随着时间的推移，他对当初那名小姑娘的印象已经没有那么鲜明了。但去S市的时候，他还是会路过一下曾经待过大半个夏日假期的冰场。

有点好奇小姑娘长大以后的样子，这大概就是谢临路过那家冰场的理由。

不过都没遇见人就是了。

就算遇见了也认不出来吧？就像他现在的尴尬情况一样。

谢临叹了口气，这时候，脑子里突然清晰地回忆起自己之前说过的某句话。

他说，他要拿锤子去敲一敲最开始教顾余跳跃的那个人的头，看能不能敲出水来。

望着被自己拎在手上的陶瓷小啾，谢临面无表情沉默许久，忽然觉得有点胃疼。

假如说幼年的顾余让谢临第一次感受到被人特别对待的感觉，那现在的顾余就让他体会到了搬石头砸自己的脚是什么感受。

把拎着的陶瓷挂坠放回桌面，谢临调整了一下波动的情绪，离开房间下楼。

刚才忽然冷着张脸上楼的男人现在一脸平静地下来，楼下众人摸不着头脑，也不好开口问，只在谢临下楼以后用探究的眼神瞄了一下他。

谢临也没打算解释。他面瘫着脸，其他人瞄了几眼看不出什么也就自动把视线收回去了。

回到客厅，谢临坐回他原来的位置。

这时，顾余还在满眼高兴地把玩着林落送给她的陶瓷挂坠。

自从那家饰品定制店的老板转行不干以后，顾余一直很小心地对待她的那个旧挂坠。不过有一天还是不小心磕碰坏了，她为此心情郁闷了好几天。

因为是从小喜欢的东西，忽然没有了就很不习惯，顾余现在有种失而复得的喜悦。

手指摩挲着被细绳穿着的陶瓷小啾，顾余从刚才开始，总时不时地感觉到旁边的一道视线。当她一偏头，猝不及防正对上了谢临那双眸色偏深的眼睛。

忽然被对上视线的人也没躲闪。很快，顾余发现谢临其实是在看她手上拿着的陶瓷挂坠。于是，她拎着那只陶瓷小啾在对方面前晃了晃，开口问："临哥你喜欢这个啊？"

谢临的目光一顿，没有回答。

把谢临不出声的行为当作承认，于是，顾余撑着下巴说："如果是别的东西我就给你，但这是朋友送的礼物，而且是我从小最喜欢的东西。"

"长这么大，我只把同样的挂坠送给过一个人。"为了增强上一句话的可信度，顾余特地加了这么一句说明。

这时，刚才不作声的谢临忽然说："你那个小哥哥？"

这都能猜到，顾余对谢临的联想能力感到佩服。当然，她此时更怀疑对方只是单纯对想拿锤子敲人脑袋这事念念不忘。

毕竟，在纠正她跳跃的过程中，谢临不止一次揪着她曾经提过的小哥哥不放。

比如谢临每次说她某个跳跃太丑的时候，她提到过的小哥哥一定会被一起带下场，两人同时遭殃。

"能把你的跳跃教成这样的到底是什么天才，有机会我想见一见。"

不用怀疑，这是非常标准的嘲讽语气，顾余当时听着就默默选择闭嘴了。

在顾余心里，她觉得自己小时候遇见的那名少年真的能配得上“天才”这个头衔。少年滑冰时的身姿非常好看，只一眼就会让人感到惊叹，是一种让人无法拒绝的美。

但在谢临面无表情的注视下，顾余㞞了，并不敢在这种时候硬着头皮反驳。

“嗯。”瞄一眼谢临现在的表情，顾余点了点头。

下一秒，她又听见对方语气淡淡地问：“为什么送给他？”

谢临把问话的声音压得平淡又随意。他其实已经听过答案了，现在再问一次，也不知道自己是想听见什么回答。

毕竟在他眼前的少女已经和小时候的小姑娘不一样了，谢临觉得他也许会听到和记忆里不同的回答。

顾余连一秒思考都没有，回答得毫无顾忌。

“当然是因为喜欢。”顾余一脸理所当然。

要不是因为她小时候很喜欢那名少年，怎么可能把挂坠送出去，这又不是她会随随便便送人的东西。

谢临面无表情，没做任何表示。

尽管身体在听见回答的那一刻出现反射性的微微紧绷，但谢临很好地控制住了这种反应，身体放松，只剩下颌略微僵着。

谢临觉得自己足够不动声色，但在他旁边特别眼尖的许望显然不这么认为。

“临哥你……”脸红啥？

许望才刚震惊于这个发现，话还没完全说出来，他就看见原本那爬上了谢临颈侧的薄红迅速消退，不一会儿就全消失了。

下一秒，把视线往他这边移过来的谢临目光一片平静冷淡，让许望又硬生生把自己刚才想说的话给吞了回去。

啥脸红，哪有脸红，怕不是客厅的光线问题让他看错了。

这个解释显然比他真的看到谢临脸红更符合情理，后者听起来差不多就跟他听见新闻联播里说外星人入侵地球了一样惊悚。两相对比，许望迅速把自己刚才看到的情形归为错觉。

等谢临把视线移开，客厅里的众人就听他莫名其妙呛了顾余一句。

“什么你都说喜欢，对谁你都喊小哥哥。”谢临微眯起眼，说着这句话时不知道想起了什么事，末了还低低冷哼了一声。

仔细听这句话的语气还挺有层次感的，越来越低冷的那种。

顾余头顶冒出三个问号。

什么跟什么？

她怎么就对谁都喊小哥哥了？？

“我没有。”

谢临并不看她：“你有。”

他还在现场亲耳听到了，对另一名不认识的少年也张口就喊小哥哥的小姑娘被他抓了个正着。

蒙了两秒，顾余决定放弃反驳这个问题。

顾余觉得她至少有一半是冤枉的。家里人都说她小时候嘴巴甜，见了谁都会主动喊。但“小哥哥”这个称呼，自从小时候教她跳跃的那名少年某天冷着脸不大高兴地给她训话了一次以后，顾余就没再随便对第二个人用这个称呼了。

看顾余不反驳，明明应该是在这段对话里赢了的人反而眉眼更加冷淡下来，轮廓好看的侧脸看不出情绪。

“临哥啊，咱们小师妹今天是寿星，你对她好点。”叶茜听两人的对话莫名觉着有点好笑，她还是得提醒谢临这件事情。

谢临还没做出什么反应，顾余刚好把最后一个没开封的盒子拆开了。这份礼物是陆越从 KM 基地寄过来的。

黑色的方形盒子里放着一条银手链。送这份生日礼物的人显然很了解顾余的喜好，手链上穿着的小巧串饰是好几只小肥啾。

这条手链足够漂亮，也足够符合顾余的喜好。顾余看第一眼就挺喜欢，准备往手上试戴一下。

顾余刚把手链从盒子里拿起，就听见谢临用低沉的声音对她说：“训练的时候不要戴这种多余的东西。”

想到送这条手链的人是谁，谢临看着总不太顺眼，分分钟都想扔远点。但他并没有处置这东西的权利。

“知道了。”顾余倒是非常干脆地应了一声。

训练的时候确实不戴手链比较好，不然摔的时候可能还硌得疼。

但平时还是能戴一戴的。

于是顾余还是把手链戴到了手上，还专门把手伸出去一点看了看。

少女的手腕很细，从手背上能看到透出的淡青色血管。银色的手链环在手腕上，更加映衬出少女的白皙肤色。

谢临在旁边看着，表情在微微皱眉和松开眉宇间反复了几次，最后还是什么都没说。

既然是生日，当然就不会有训练了，谢临给顾余丢下一句“今天的训练取消”后就径自出了门。

“就这么走了？”许望看着谢临就这么离开，不由得一脸惊愕。

今天怎么说也是顾余的生日，他们该给她庆祝一下的。就算顾余说了不用这么麻烦，他们也不能真的什么事都不做啊。

看一眼坐在旁边沙发上的少女，许望摸了摸鼻尖道：“临哥的性格是冷淡了点，顾余你别介意，他可能有什么事需要出门。”

顾余应了一声，很快摆摆手，说本来就不需要庆祝生日这么麻烦。

抱着腿坐在沙发上，顾余把她的下巴搁在膝盖上，以这个姿势发了一会儿呆。

其实刚才看着转身走掉的谢临，她的心里好像是有那么一点微妙的低落。

主要是对方都没和她说一句生日快乐就走了。

顾余本来以为以他们现在的熟悉程度，自己至少能听到谢临对她说这句话。

想着想着，顾余用双手拍拍自己的脸。一定是从小到大对她好的人太多了，她才会这么矫情。

没人规定谢临得对她好。而且严格说起来，谢临对她已经挺好了。

顾余觉得自己不能得寸进尺。

晚上的时候，叶茜在糖坊订的生日蛋糕送了过来。今天叶茜等人全部提前结束自己的训练，回到别墅来给顾余过生日。

“这一顿蛋糕吃下去，明天又得在三楼健身房里哭了。”许望摇了摇头，在一旁啧啧叹息，却在顾余吹完蜡烛切蛋糕的时候拿了其中切得最大的一块。

虽然这个生日蛋糕挺大，但六个人的消灭速度也是很快的，没一会儿就只剩最后一块了。

“顾余是寿星，第一块和最后一块都该是她的。”庄延如是说。

顾余把最后这块蛋糕盛到干净的纸碟上，用不大确定的语气道：“临哥今晚会回来吗？这块蛋糕留给他回来的时候吃吧！”

“不知道啊，不然你微信问一下他。”已经晚上九点多了，许望也说不好谢临今晚回不回来，明天早上再回也是有可能的。

微信……

顾余摸出手机，在微信里翻到被她一时兴起备注为“幽灵先生”的谢临，输入信息：“临哥你今晚还回来吗？”。

消息发出去好几分钟了，聊天界面还是只有顾余这一条信息孤零零地在那待着，对面连正在输入的提示都没有。

时间差不多了，客厅里的众人各回各的房间。顾余把那块蛋糕端回自己的房间里。

顾余洗完澡穿着睡裙坐在床上，再打开微信看一眼，谢临还是没给她任何回复。

快十点半了。

虽然没得到回复，顾余还是发过了条消息过去。

“我给你留了一块蛋糕，临哥你今晚不回来的话，我等会儿就自己吃掉啦！”

又是几分钟过去，聊天界面依旧空空荡荡的，只有顾余发出的两条信息互相做伴。

谢临没理她。

顾余看一眼放在桌上的那块蛋糕，觉得应该是要由她来解决了。

不理她就不理她吧，她多吃一块蛋糕岂不是美滋滋。

想是这么想，顾余心里却并没有觉得很高兴。

把手机锁屏，顾余穿上床边的小黄鸭拖鞋，准备起身去吃蛋糕。在顾余刚站起身的那一刻，她的房间门被人敲了两下。

敲门声响起几秒后，顾余的房间门被人从外边推开。随即顾余看见一只毛茸茸的胖啾玩偶，差不多有她整个人那么高。

正拿着这只胖啾玩偶的谢临眉眼神色很是清冷。他显然和这类毛绒玩具的风格格格不入，两者放在一起时的违和感非常强烈。

一进门，谢临就马上把这个大型号的毛绒玩偶塞到顾余怀里。后者只能急急忙忙用双手抱住。

“既然你生日，就提前给你了。”谢临用冷淡的声音说。

这只毛绒玩具显然就是顾余之前提过的，AJ 家最大型号的胖啾玩偶。

顾余记得这个品牌在 A 市好像只开了一家门店，地点离他们基地远得很，开车去都得一个多小时。

这款最大型号的胖啾玩偶是他们店里的限量款，理论上应该早就卖完了。

顾余上次和谢临讨价还价说要这个玩偶其实是带开玩笑性质的。她完全没想到这只胖啾玩偶会在自己生日这天到她手里。

“不是说不给我扔板砖就不错了吗？”顾余抱着这巨大的毛绒玩具，脸都被挡住了一半，露出来的一双眼睛正格外明亮地望着谢临。

谢临面无表情道：“不要就算了。”

“要要要。”顾余连忙点头，美滋滋地把这巨大的胖啾玩偶抱到床上。

放下玩偶，顾余把她特意留的那块蛋糕拿给谢临，顺便问道：“临哥你怎么不看微信。我之前给你发了两条信息，你一条都没回我。”

谢临垂眸看了一眼正给他递蛋糕的少女。对上那双清亮的眼睛，他在毒舌呛人和委婉之间最终选择了后者。

“我去哪儿给你长第三只手。”谢临冷淡地回答。他打开微信看了一眼少女给他发微信的时间，自己刚好都在抱着那只大型玩偶。

顾余后知后觉。

好像……也是哦？

问“去哪儿给你长第三只手”确实已经是谢临式的委婉了。假如是对基地里的其他人，比如许望之类，他估计会以“如果你的脑子还没被僵尸吃掉的话”作为开头。

顾余和基地里的其他人比起来，年纪还小，而且一直表现得很优秀，也比较听话省事，谢临对顾余本来就相对纵容一点。

也只是一点，没有更多了。

现在谢临知道了顾余就是他小时候养过一段时间的小姑娘，他的这种态度不由得产生了一点微妙的变化。

可能是某种护短心态。

虽然只养了大半个暑期，但那段时间对谢临来说也是比较特别的一段日子。

以至于谢临面对现在的顾余，每当他想开口嘲讽的时候，总想起对方小时候用一双清亮鹿眸注视着他的画面，然后嘲讽的话溜到嘴边又不由得憋了回去。

“生日快乐。”谢临站在门边用没什么起伏的公式化语气说出这四个字，然后端着顾余递给他的蛋糕，转身、关门，一气呵成。

男人利落离开的身影似乎显得有些冷漠，但那么大一只胖啾玩偶摆在床上了，顾余等谢临一走就踢开鞋子扑上了床，抱住她早就觊觎已久却一直没能买到的胖啾玩偶在床上打了几个滚，滚累了才歇息。

自从顾余的生日过后，白星基地里的众人总觉得他们从谢临这儿感受到的差别待遇仿佛更加明显了点。尤其当他们知道谢临那天早出晚归是去给顾余买一只已经销售完了的限量版玩偶的时候，几个人看谢临的眼神顿时就不一样了。

愿意大老远跑去一家店就不说了，要买到一个早就卖完的限量版商品也得费不少工夫吧？

对方哪来这么多耐心肯做这种事情？

换了别人也许还是有可能的，但做这件事的人是谢临，众人怎么都觉得有点难以想象。

加上他们最近感受到的升级版差别待遇，许望在顾余开学这天终于忍不住扯住谢临，很是委婉地提了一句：“临哥啊，你有没有觉得你最近对顾余挺上心的？”

而且谢临最近对着顾余的时候，特别手下留情，毒舌嘲讽的频率明显比对着他们的时候要低。

一日三餐还经常让顾余“虎口夺食”。当顾余表现出对某样食物的喜欢时，谢临第二天就会让私厨将这样食物重现。

说这不是专门做的谁信——可能就只有不了解情况的顾余才会迟钝地没发觉，还美滋滋地想着这道菜又出现了。

除了早餐，白星基地里每个人的午餐和晚餐都是由谢临雇佣的私厨负责。过去几年，私厨做的菜几乎天天不重样。

谢临没说话，淡淡地瞥他一眼，示意对方有什么话就直说。

“我的意思是，你这上心程度让我们觉得有点儿不同寻常，你知道吧。”许望吞吞吐吐半天说不到点。当他磨蹭许久觉得谢临可能快要不耐烦的时候，终于一咬牙狠下心说，“我就是想问问，你难道对顾余……”

“我看起来像是个会对刚成年的小姑娘下手的人吗？”没等许望把话说完，谢临就面无表情地回应。

许望一下子噎住。

“因为她年纪还小，我才会多上心。我对她好点不是应该更符合你们的期望？”谢临皱起眉看着他，眼神仿佛在无声地说，你们这些人怎么这么难伺候。

确实，按年龄来说，顾余在谢临那完全能用小姑娘这个词来形容。前者也就刚满十八岁，而谢临今年二十三岁了。

许望这么一想，又觉得好像真是他们脑补太多。

“那今天早上顾余说陆越要帮她拿行李去学校，顺便他们两人谈一谈的时候，你干吗一开口就让顾余回绝陆越？”许望对这点还是比较纠结。谢临又不是那种会干涉别人私事的人，所以他才觉得很不寻常。

“其实客观来讲，陆越这个后辈还是挺优秀的。我在世锦赛打不过他，所以我承认这点。”许望说着有点无奈地挠挠头，“陆越对顾余也算很好了吧！他把自己之前太自我的毛病改改的话，两人不是挺般配的嘛！人现在估计就是想追顾余，临哥你干啥不给人机会。”

“谈恋爱，影响成绩。”谢临语气平静，“尤其这个年纪的小姑娘，很容易被影响心态。”

顿了顿，谢临又补充一句：“要是真的喜欢，让他等一等也不会怎么样。如果等不了，那也只能说明他的这种喜欢非常有限，我不给机会才好。”

有理有据，令人信服。

许望听着真信了。

不仅信了，这时的许望甚至觉得谢临考虑得非常周到，让他不禁自我反省起来。他怎么就只知道脑补一堆有的没的，不知道要为自家小师妹多考虑考虑呢？

直到后来某个说出以上理由的人给他亲自表演了一出“只许州官放火，不许百姓点灯”的戏码，许望才想起把他今天有过的信任和反省统统扔进垃圾桶里。

见鬼的有理有据——

都是假的！

L 大离白星的本部基地不算远，也就三十分钟的车程，所以顾余也不急着一大早去学校报到。

行李都已经收拾好了，只待放到车上就能出门。顾余收拾完行李以后觉得有点无聊，想了想还是往冰场走了过去。

现在快到吃饭的时间了，顾余本来以为自己来到冰场应该一个人都看不到，却没想到她清楚地听见了冰刀和冰面相触的声音。

清晰的点冰起跳声，清晰的落冰声，还有滑行中无比流畅的声音。

没有人会在见过谢临的滑冰以后不为之感到惊叹。因为那是非常完美的、准确的，挑不出任何瑕疵的演绎。

谢临的四周跳被国内外冰迷推崇为教科书般的跳跃不是没有道理

的。他的跳跃极具美感，且每次都有种游刃有余的优雅从容。

冰上似乎就是谢临的领域，没有人能在这个地方比他更加夺目。

顾余在赛事直播或录制视频里看过很多次谢临的表演，但像现在这样近距离观看还是第一次。

然后她发现这两种情况是完全不一样的感受。

近距离观看，会比隔着一个屏幕看感受到更加强烈的冲击感。比如现在，顾余就觉得她完全移不开放在冰上那道身影上的眼睛。

他在冰上的身姿太过美丽，顾余觉得自己就像看到了……

看到了冰上的精灵？

这似乎有点熟悉的联想让顾余像触电一样缩回原本搭放在板墙上的手。来不及深想，冰上的人已经结束练习，走到冰场外边。

离开冰场的男人不像平时一样冷淡着那张俊美的脸，而是微微皱着眉，像是在忍耐着什么痛苦。

比起一般人对疼痛的反应，谢临的表现是非常克制内敛的。假如不仔细观察他的表情，甚至会完全看不出来。

顾余注意到了，她几乎瞬间就想起对方的伤势。

意外事故造成了他左脚踝韧带损伤，受伤后他已经做过一次手术，现在旧伤复发。医生给的建议是休养，不建议二次手术。

从上赛季结束到现在，谢临也算休养了一段时间了，但显然还没恢复到之前的状态。

顾余看着对方微微皱眉的样子不由得有点担心。当她看到谢临再往前走一步身体忽然有点不稳的时候，她下意识就跑了过去。

跑过去想扶住人的顾余完全没有考虑过，以她区区一米六不到的身高和八十五斤不到的体重要怎么撑住谢临一个成年男人，然后就造成了一个有点尴尬的结果。

谢临因为左脚突然出现的尖锐痛感而倾斜身体。即使是身体失去平衡，谢临在这整个过程中也是非常冷静的，没有任何惊慌的情绪，唯一打破他这种冷静的是那像雀鸟一样往他这边跑过来的少女。

顾余跑过去以后，才发现自己压根儿扶不住人，她自己都站不稳要往后倒了。

看来只能双双和地面做一次亲密接触了。

被压着倒在地上多半是会很疼的，顾余闭了闭眼。但她的身体好像忽然被环住，短暂的两秒过后，她没有感受到想象中的疼痛，耳边听见很低的一记闷哼声。

顾余一睁眼，发现她的嘴唇距离谢临的下颌很近，几乎就要碰到了。她现在整个人都压在谢临身上。

谢临的下颌线条非常好看。在这么近距离的情况下，顾余的视线还刚好顺着对方的下颌看见下面的修长脖颈儿。

最重要的是，她的右手手指不知道为什么恰好碰在谢临的喉结上。在对方刚才闷哼一声的时候，她的手指清楚地感觉到指腹触碰着的那属于成年男性的喉结微微动了动。

顾余的脑子几乎马上就凌乱了。

谢临反应得比较快。他很快面无表情地收回环在少女身上的手，对那正触碰在他喉结上的手指也没什么表示，只平静开口："快点起来，还想让我当你的垫子多久。"

对谢临来说，他身上的少女其实很娇小。现在的场面与其说是他被顾余压在下边，不如说是他将少女给整个环住了更为恰当一些。

"哦哦，好好好。"顾余在凌乱中瞎应着，急急忙忙让自己从身下男人的气息包围中脱离。

一站起来，顾余下意识把自己的手往身后放，眼睛也下意识避开谢临的喉结，莫名感到有点紧张。

谢临很快也站起身。他面无表情地对眼前低着头仿佛在假扮鹌鹑的少女说："下次再遇到这种事，先掂量一下自己的身板。"

而后他顿一秒又说："要是别人真的直接把你当垫子压在下边，你受伤的可能性有多大，不用我说了吧。"

从结果看，顾余感觉自己刚才好像是帮了个倒忙，她这时还是忍不住小声说："因为是临哥你，我一时着急才没考虑到……"

因为是你。

这种话往往很容易打动人，说这话的少女显然没有这种意识。

熟悉的被特别对待的感觉让谢临垂了垂眼，下颌线同时微微绷紧。

“在帮助别人之前，先保护好自己，即使是对我也不需要例外。”

在情绪有所动摇的时候，谢临会表现得更加面无表情。但他那冷淡的声音可以听出相对低缓了一些。

等顾余点头，谢临开口让对方先回去。

顾余一秒也不停留，听话地麻利地离开。主要是她还没完全从刚才的凌乱情绪里解脱出来，面对谢临总觉得有点紧张尴尬。

她低头不看谢临也就算了，一抬头视线就不由自主地往对方的下颌附近飘。

等顾余走远了，留在冰场中神色冷淡的男人才抬手碰了碰自己的喉结，表情莫测。

不久前被少女用手指碰过的这个位置有一种隐约发热的感觉，一时半会儿似乎还消不下去。

既然让顾余回绝了陆越，今天当然就是由谢临负责带她去学校报到。

报到的过程倒是很简单，除了由于开着一辆豪车外加车主的那张脸过于能打，谢临在过程中吸引了无数视线这点让顾余有点“鸭梨山大”，一切都很顺利。

开学对顾余的训练不可避免地有一定的影响，但她总体还是能够平衡得过来。

九月的开头已经过去，中旬的到来也只在眨眼之间，这也代表着国内花滑关注度最高的一场赛事——花样滑冰俱乐部联赛将如期而至。

“准备好了吗？”在这个日子到来的前一天，谢临用平静的表情问自己面前的少女。

“准备好了。”顾余非常肯定地回答，神情坚定而自信，“闭着眼睛都能把节目一处不落地滑下来。”

也练了好一段时间了，该有这样的成果。

谢临没去说顾余后半句话的膨胀，只淡淡地嗯了一声。

俱乐部联赛要开始了，作为最受关注的一场国内赛事，早就等待着这一天的俱乐部粉丝们争相到各自喜欢的俱乐部官博底下发表评论，表达他们的支持和期待。

顾余最新更新的微博下边也有许多评论了，评论画风都比较一致。

“阿啾加油啊，亮相第一战要赢得漂亮，我相信你一定可以的。”

“等联赛结束以后，我不允许国内花滑圈子里还有人不认识我们优秀的阿啾！我不允许！！”

“初战决定第一印象，阿啾一鸣惊人的机会来啦。”

虽然画风不是很严肃正经，但这些粉丝的话说得也没错。

顾余作为白星的新人，能不能一鸣惊人，就看这次俱乐部联赛了。

第六章

我养得起就行

白星俱乐部的众人对自家小师妹在国内的初战不可谓不关注。这可是他们本部这些年来好不容易挖到的第一个女子单人滑选手，这次一扫往年只能把女单参赛名额送给别的俱乐部的尴尬，几乎可以说是扬眉吐气了。

随着俱乐部联赛临近，国内冰迷也变得高度活跃。大家已经在论坛、贴吧以及微博等地方开始了交流。

“白星不存在女单选手这个哏终于要过去了，真是感天动地。”

“之前看过一次直播练习，感觉这名新人还不错，不过还是得看正式比赛的表现。”

“我这里有小道消息。听说KM和白星搞了次交流训练，KM的几个选手在私底下也说那名新人小姑娘很厉害来着。”

由于国内花滑中的女子单人滑一直没能在国际赛场上获得很好的成绩，近些年甚至越来越跌入低潮，冰迷们对国内花滑女单的关注度渐渐就变得远不及对男单和双人滑。

最明显的体现在于，近几年的俱乐部联赛，女子单人滑的观赛门票每次都会剩下至少三分之一，男单和双人滑都是早早售空。

于是也就有了以下言论——

“唉，就这些年国内的女单水平，我是不对白星的新人有多大期望。可能就放在国内能打吧，但在国内能打有什么用……”

“国内现在想找出个能在比赛场上稳定地跳出 3Lz 的妹子都难，你还想要什么摩托车啊，知足吧。”

“那有什么办法，我们国内的女单水平就是不行，躺平任嘲呗！”

“这些人怎么这么烦。”顾余还是没忍住拿手机刷了刷微博，一搜联赛就看见后边的这些论调，她一下子就把自己的眉毛给拧了起来。

“你既然没有许望那样的心态，就别在赛前看这些东西。”谢临只需稍微垂眼就能看见顾余的手机屏幕。他随便扫了两眼就把视线收回，平静地说着。

像许望这种经常因为状态起伏而跟粉丝在赛场上玩心跳的老油条就能对网上言论完全免疫。无论是夸是骂，他都能笑嘻嘻地看，半点不往心里去。但顾余显然还没有这个段数。

顾余继续皱着眉，很认真地说：“我不是在意他们说我。我是觉得他们不应该用这种语气去说其他前辈。”

国内的女子单人滑在这些年确实一直没出什么成绩，水平不及国外的一线选手。但在这个项目上付出过努力的每一名前辈，对顾余来说都值得尊重。

没有为此付出过汗水的人没有资格用一张嘴冷嘲热讽。嘴巴这么能讲，也不见他们给国家争一个世锦赛参赛名额什么的，就只知道在那说闲话。

凭什么啊！

顾余生气的样子像一只正蓬起身上绒羽的小啾。谢临看了两秒，不由得抬手放到少女头上，类似于安抚地摸了摸对方的头发。

尽管做出这一系列动作的谢临面色很冷淡，顾余被这么摸头的时候还是愣住了。等她后知后觉反应过来，谢临已经面无表情地把手收回了。

“所以你现在不就是要去让他们都闭嘴吗？”

四舍五入一下，这句话由谢临说出来能算是鼓励。

顾余看着谢临平静的脸，内心的暴躁情绪很神奇地得到了安抚，心也渐渐平静下来。

“嗯。”先肯定地应一声，顾余趁着旁边男人视线没看她这边，偷偷摸摸抬手碰了一下自己刚被对方摸过的头顶。

除了小时候被家长和那名在夏日假期遇见的少年摸头，顾余已经很多年没有这种经历了，所以她现在不知道怎么准确地形容自己的感觉。

好像有点安心，像头顶忽然多了一片羽翼。这片羽翼不会阻挡她往外探知世界，但会给她挡住过于激烈的风浪。

顾余以为谢临的视线没在看她这边，事实上后者眼角的余光把她的行为完全收入眼底。谢临不动声色，微微垂了垂眉眼。

国内花滑的俱乐部联赛分为五场区域分站赛和一场总决赛。正常来说，选手应该要先参加分站赛，在分站赛获得足够积分以后，才能进入全国总决赛。

不过近年新增了种子选手的设置，几家名气规模在国内名列前茅的滑冰俱乐部拥有举荐选手的权利。

白星正是其中之一，在女子单人滑的种子选手名额上，他们当然是把顾余举荐了上去。

种子选手不需要经历分站赛，顾余直接被带着去到了位于帝都的总决赛会场。那是一家坐落在市中心位置的大型滑冰馆。

女子单人滑总决赛开始的这一天，这家滑冰馆里的观众席虽然不像前几天那样座无虚席，但从门口进去依然能一眼望到很多观众。

许多观众手上都举着心仪选手的海报或者写了名字的条幅。因为是新人，顾余本以为她不会看到和自己相关的东西，也做好了心理准备。

但没想到，她看到了——

在裁判席正对着的观众台上，顾余看见一小撮举着写了“Nora”或者“阿啾”这两种条幅的观众。

其中一名小观众她还颇为眼熟，是当初她刚来A市，在世纪溜冰场遇见的那名小姑娘。

小姑娘当时说以后要来看她的比赛，结果真的说到做到了。

“顾余抽完签了吗？”许望带着庄延一起过来询问。他们手上也拿着写了顾余昵称的条幅，就等着等会儿去观众席入座的时候举起来了。

“抽完了。”顾余点点头。

许望问："第几啊？"

"第一。"

"嗞……"许望倒吸了一口凉气。这签抽得可不太好，运气如此也没办法了。

对花滑有所了解的人都知道，在花滑比赛里，最先出场的选手在节目内容分上往往会比较没有优势。

因为第一个出场选手的表演没有其他对比参照，裁判在对该名选手的节目内容分打分时就容易手紧，不会轻易给出高分。

"挺好。"不同于许望的反应，谢临平淡地抛下这两个字。

"需要感到有压力的是后边出场的选手，不是你。"笃定地说完这句话，谢临拍拍面前少女的肩膀，示意对方先去做赛前热身。

等顾余走远了些，许望才挠了挠脸说："第一个出场没有优势，而且压力比较大啊，临哥你怎么都不担心一下。"

"她和你不一样。"谢临瞥了许望一眼。

他教导的小姑娘非常优秀，不会输给场上的任何人。

只要心态没崩，顾余一定是那种在正式比赛的时候能发挥出 120% 状态的选手。

许望被这一句话彻底噎住。他的状态发挥确实经常像坐过山车，此时也完全无法反驳谢临的话。

花滑比赛分为两个部分，短节目和自由滑。这两个节目的比赛一般分两天进行，选手的最终比赛得分是这两套节目的分数之和。

今天进行的比赛部分是短节目。短节目的表演时间比自由滑短许多，需要完成的技术动作也比自由滑少。这部分向来让顾余觉得比较轻松。

六分钟的赛前热身结束以后，比赛就将正式开始。抽签抽到的出场顺序是第一位，顾余在现场播报她的名字之前就已经待在冰场了。

周围的观众很多，第一次要在这么多人现场的观看滑冰，顾余不可避免有一点紧张。她搭在板墙上的手甚至不由自主地收紧了些，心跳略有一些加速。

"别怕。"隔着一道半人高的板墙，顾余听见在她近处的年轻男人用低沉的声音对她说出这两个字。

顾余因为有点紧张，反应就稍慢了半拍。回望谢临的时候，她用的是一种略带茫然的眼神。

然后，顾余听见对方似乎是叹了一口气。下一秒，她被谢临俯下身轻轻抱了一下。

被这么轻抱住，顾余首先感受到的是对方的体温，然后是谢临特有的那种冷淡却令人安心的气息。

自然而然地，顾余刚才还因为紧张而有点加速的心跳渐渐又缓下来。

“休赛期间别让我身败名裂。”

谢临只抱了大概三秒钟就站直身体，然后又冷酷无情地说了一句：“不然回基地就罚你去跪仙人掌。”

顾余无语。

这是什么凶残的施加压力法？

还没等前边的少女做出反应，开口就是这种冷酷发言的谢临却在说完以后抬手摸了摸顾余的头，垂着眼做出了像安抚小动物似的动作。

这一抑一扬，顾余就又像被抚顺羽毛的小啾一样拢起翅膀，顺从地点点头。

尽管谢临俯身拥抱和摸头的举动都非常短暂，滑冰馆里关注到这一幕的人却为数不少。每一个看见了的人差不多都是一脸见了鬼的表情。

没过一会儿，她不出意外地听到现场在播报她的名字。

“去吧。”谢临低沉地说出这两个字。说完，他看着今天穿着黑色小裙子的少女对他眨了一下双眼，然后在观众给出场选手送上的热烈掌声中滑入冰场。

因为短节目选择的配乐是《星坠之夜》，顾余的表演服也就选择了黑色的裙子。

黑色裙子能很好地展现出少女的身体曲线，也更加突显白皙的肤色。这个颜色符合夜的主题，少女的明亮双眸恰如坠落于夜空的星星。

最先出场的就是近期颇受瞩目的新人，这让微博上的讨论又迅速换了一轮。正关注她的粉丝不免有点担心了起来。

“我们阿啾的运气是不是有点差，怎么初战还能抽到第一个出场。”

“不仅第一个出场，在这些裁判面前也是第一次露脸，我感觉裁判的手是会收得很紧了。”

“看阿啾上场，我感觉我比她还紧张……”

少女停在冰面中央，柔缓中又带了许多欢快音符的音乐声随即响起。

配合着音乐声，冰上少女的身影像燕子一样轻快地滑出，在冰上留下一道相当漂亮的弧线。

从台上观众的角度看，顾余的步法编排一看就是颇有难度的。但少女的滑行却非常轻快灵动，在这套步法上肉眼可见地拥有着极高的完成度，令人赞叹。

“步法编排得挺难啊，能滑成这样真不容易。”

“这用刃算是很细腻了吧？”

“看起来没有受第一个出场的压力影响，裁判再怎么手紧，滑行技术分那里应该也得给个高点的分。”

贴吧和论坛里的讨论帖目前还是处于理智分析的阶段。大多数混迹贴吧、论坛的冰迷是抱着虽然新人确实还不错，但和国外一线选手的水平比还是有差距的心态在看。

直到他们看到冰上的少女进行了第一个跳跃——

那是一个向前起跳的动作。

毫无疑问，在花滑六种跳跃里，唯一一个有向前起跳动作的跳跃是阿克塞尔跳，也称 A 跳，是六种跳跃中难度最高的一个。

刚刚看见少女向前起跳时的观众内心其实还比较平淡，因为他们认为顾余即将要跳的一定是 2A。

短节目表演规定选手必须要有一个 A 跳，绝大多数选手都会选择跳一个 2A。因为 3A 难度太高，哪怕是国外现役的一线女单选手能在比赛中做出来的也不多。

然而，当冰上的少女完成点冰起跳、空中转体到轻盈落冰这一系列短暂但绝不容许任何人忽视的跳跃动作时，整个滑冰馆仿佛有一瞬间的寂静。

选手漂亮地完成了跳跃，观众正常来说会马上给予掌声。但此时此刻，在场所有人的反应都似乎慢了半拍。

他们把刚才的画面认真地回想了一下，仔细数了数冰上少女刚才在空中的转体周数——

一周、两周……三周？

愣愣地想着，观众席上冰迷们的脸上相继浮现出难以置信的表情。

没有存周，转体周数绝对是足三周的 A 跳！

意识到这一点，在那一瞬间的寂静过后，整个观众席蓦地爆发出一阵极其热烈的掌声和欢呼，甚至比之前观众席满座时的阵仗都要大。

“我疯了……谁也别拦我，我现在激动到想把头哐哐撞墙上！！！”

“国内女单出现能跳 3A 的妹子了，国内女单出现能跳 3A 的妹子了，国内女单出现——我现在满脑子都是这句话。”

“丧失语言能力中，没来看这场联赛的人绝对是亏了。”

消息传递的速度超乎想象。在顾余滑完整套短节目之后，微博、贴吧还有论坛一起炸了。

顾余在这次短节目里做出的跳跃分别是 3A、3Lo，还有一个 3F+3T 的连跳。

这样的跳跃难度已经完全能匹敌国外现役的一线女单选手。无论是难度步法还是旋转，顾余在这次短节目中的表现都不差。

没有任何失误，顾余完美 clean（干净的；花样滑冰中指所有动作都按计划干净地完成）了这次短节目表演。

完成节目的那一刻，站在冰上的顾余自己都觉得有点不真实。

她的这种不真实感很快被观众席上无比热情的观众打破。数量众多的鲜花束和毛绒玩具从观众席不断地扔下来。顾余不由自主地弯下眉眼，笑着面对观众席抬起手挥了挥。

在这么多给她扔毛绒玩具的人里，顾余的视线往她刚才进场的位置一望，看见了正冷淡着脸拎着一只胖啾玩偶的年轻男人。

在顾余和对方视线相交的那一刻，她看见谢临仿佛很是随意地，把手上那只毛绒玩具扔到了冰面上。

冰上少女的那双漂亮鹿眸马上变得明亮了。谢临被顾余用这种眼神注视了几秒后，退败地先移开视线。

第一次这么明显地落于下风，谢临表现出来的只是面无表情地先一步转身去等分区。

花滑比赛的等分区有一个很出名的别称，kiss&cry（吻与泪）。

因为这是一个承载了选手们太多欢笑与泪水的地方，所以等分区就有了这个贴切而浪漫的名字。

选手的节目表演结束后，教练和选手需要到等分区等待成绩公布。

谢临已经先一步到了等分区。顾余后脚跟过去，在谢临旁边坐下。

选手等待分数的时候无疑都是会紧张的，跟学生等考试成绩一个道理。即使顾余觉得自己今天的状态很好，堪称超水平发挥，她此时也不免忐忑。

挨在自己旁边的少女微低着头，葱白纤长的手指扣在了一起，一看就是紧张的样子，谢临于是开口说："你滑得很好。"

这句话似乎没能起到什么安抚作用，顾余该紧张还是紧张，直到分数公布的那一刻。

"顾余选手的得分：技术分 43.31，节目内容分 37.20，总分 80.51，目前排在第一位。"

这毕竟是国内赛，裁判都是自家人，不存在因为国籍而影响打分的情况。

按常理来说，顾余作为第一个出场的选手，节目内容分多半是会被压的。但她开场成功跳出的那个 3A 直接震惊了所有人，无论技术分还是节目内容分，裁判们都克制不住地唰唰往上打。

假如能看到顾余的小分表，她的 GOE 执行分那一栏上面一定是一水地写着 +2、+3。

毫无疑问，这是一个会让后边出场的选手感受到极大压力的分数，可以说直接坐定了今天短节目第一名的位子。

顾余在听完分数的瞬间就一点都不紧张了。她心里蹿起纯粹的喜悦，然后在这种心情驱使下，她非常自然地一下子侧身抱住旁边的人。

而谢临，整个人僵了。

对突然扑进怀里的雀鸟，即使是平时一直平静地养着这只小啾的饲养员也会感到猝不及防。

在干脆就这么把这只小小的雀鸟拢在怀里和忍耐着不要去碰触之间，冷淡又克制的性格让谢临产生了犹豫。他最终选择了前者。

回抱了一下扑进自己怀里的少女，谢临总是情绪平淡的双眼垂落，视线默默地停在表情快灿烂成一朵太阳花的少女脸上。

也是在这个时候，谢临在他二十三年的人生里，第一次颇为突然地产生了一个陌生的念头。

他好像喜欢上了这个小姑娘。

除顾余一个新人以外，其他参加这次联赛的女单选手对在场的观众来说，都已经是熟面孔了。观众对其他选手所握有的最高难度也有基本的了解。

顾余这次短节目中的跳跃难度直接比其他参赛选手高出一截，高难度意味着高基础分。

光是基础分就已经把其他人甩开了可观的距离。更何况她是无失误地完成了表演。短节目的分数出来，大家差不多就知道了今天的比赛结果。

在等分区把扑进怀里的小啾拢着抱了一下以后，谢临放开手，留给旁边少女能看见的侧脸看不太清楚表情。

“在外面不要随随便便乱抱人。”

谢临总觉得自己旁边的这只小啾，搞不好雀跃起来时往谁怀里都能扑。这个设想让他将本就没有多少弧度的嘴角抿平了。

因为嘴角抿平，谢临的侧脸神情很自然地会显得更加冷淡。他的这个表情就让旁边的人误会了。

“对……对不起啊。”以为谢临是不高兴她刚才的肢体接触，顾余迅速态度小心地道了个歉。

她像一只忽然受惊的小啾收拢起自己的翅膀，小心翼翼地蹲在一边。

谢临很快反应过来原因，某种搬起石头砸自己脚的感觉再次出现，让他感觉有点糟心。

“不是在说你刚才对我做的事。”谢临淡淡地补充了一句。

嗯？

顾余一听，知道谢临并没有因为她刚才一时兴奋做出的行为而生气，顿时又恢复到弯眼笑着的神情。

随便有一点阳光就能报以灿烂，天空对这只小啾来说似乎永远没有阴霾，那双过分清亮的眼睛让谢临心中腾起一阵保护欲。

在这种保护欲出现的时候，谢临倏忽发现这并不是他第一次产生这种情绪，许多年前也有过一次。

很凑巧，令他产生这种情绪的对象是同一个人。

第一个出场的选手表现得过于出色，对后面出场的选手造成了很大的心理压力，于是就造成了一种现象。

在今天的短节目比赛里，除了顾余一个人毫无失误地 clean 了，其他选手均出现了大小不一的失误，在跳跃时出现摔倒的选手数量接近三分之二。

早上的比赛结束以后，聚集着国内诸多花滑爱好者的贴吧和论坛都变成了以下画风——

“今年联赛的那块冰是有毒吧，怎么一个两个上去都摔了，我在现场看着都惊了。”

“不是冰有毒，你也不看看我们阿啾开场是个什么表现，你是后面的选手你能不慌啊？”

“这位贴吧七级的大兄弟你怎么半天下来也跟着一口一个‘我们阿啾’了，早上不还新人、新人地喊？”

“我好难受啊，我看完男单和双人滑的短节目比赛后就走人了，根本没去滑冰馆看今天的女单短节目，现在后悔得要死……”

国内出现一个能在正式比赛里跳出 3A 的女单选手，这在国内花滑圈里已经是无异于八级地震一般的轰炸性新闻。

再加上顾余在整场短节目中的其他表现也都非常出色，今天早上比赛一完，还没到中午，她就被送上了微博热搜的中段。

挂在热搜上的是她的微博昵称，一只肥啾上青天。

顾余从比赛完到回去酒店休息的期间都没看微博，不知道现在什么情况。她的几个同门师哥师姐在一旁看得津津有味，脸上甚至还有点骄傲自豪的样子。

看看，他们白星虽然这么多年没一个女单选手，可今年一拐到一个，不就马上横扫全场了吗！

扬眉吐气的感觉让众人神清气爽，不过许望在这时还是发表了一下他的疑问：“顾余啊，我记得你这套短节目的跳跃安排本来应该不是这样的吧？”

“原本第一个跳跃应该3Lz，然后是一组33连跳，最后是一个2A。”许望斟酌着他的语气，尽量温和客观地表述，“你跳3A应该是有点冒险的。你的3A现在还不算非常稳定，怎么会在上场之后突然想改编排？”

虽然自行改了跳跃安排，但顾余无失误clean了自己的节目，其实也没什么可说的，许望只是以同门师哥的角度关心询问。

顾余唔了一声，停下吃小饼干的动作：“因为上冰的时候感觉今天的状态特别好……”

就算这么说，她也确实是做出了有点冒险的行为。顾余望着手上啃了一半的小熊饼干，忽然胆子特别大地生起了某个甩锅念头。

“而且临哥说，如果我在他休赛期间让他身败名裂，等回基地后他就罚我去跪仙人掌。”顾余认认真真地说出这句话，然后用一本正经的表情再补一句，“我一听，想着那不行，我得滑好点，所以就想跳3A了。”

整个客厅突然陷入一片沉默，不一会儿后还是由许望打破了这片安静。

“临哥你这样不行啊，哪有教练在赛前这么恐吓自己教导的小朋友的啊！别人家的教练都是鼓励加油，怎么到你这就画风突变了。”许望一脸无语的样子。

“有。”谢临岿然不动，淡淡地再回一个字，“我。”

众人对这回应表示：不愧是临哥。

顾余甩完锅才想起来自己这是干了什么事。在谢临被许望用夸张版痛心指责的眼神望着的时候，顾余一边啃着小熊饼干，一边小心偷瞄一眼谢临的表情。

她偷瞄的这一眼刚好和谢临的视线对上，被抓了个正着。

求生欲让顾余尿得很快，正当顾余把饼干袋放下，坐正身体准备深刻反省自己错误，她听到谢临对她说："又不会真的让你跪仙人掌。"

顾余眨一下眼，到嘴边认错反省的话又吞了回去。

语毕，顾余手上被谢临塞了另一包她刚才望了好几眼，但因为懒得起身而没去拿的巧克力味的小熊饼干。

"别吃太多，等会儿出去吃饭。"谢临淡淡地结束了对话。

旁边的男人似乎没有要计较她甩锅行为的样子。被投喂食物的顾余低头看了看手里的饼干袋确认了这一点后，拆开小袋子，弯着眼安心地继续啃饼干。

以上互动进行得十分自然，客厅里的其他人也已经看得挺习惯了，没觉得有什么特别。

许望这时刚好刷到一条微博，带图的那种，他一看就乐了。

"发现件事儿，我在今天的比赛场上看见临哥主动抱了一下小姑娘，还摸了小姑娘的头，这是不是我们单身了二十三年的临哥即将要谈恋爱的讯息？！"

这条微博的配图是眉眼冷淡的年轻男人俯身轻抱住少女的画面，拍摄角度选取得还挺好。

"哈哈哈，微博上竟然有人把临哥和顾余凑一对，脑洞真是突破天际，我要给他点个赞。"许望边笑着边把赞给点上，算是对这人想象力的鼓励。

旁边的庄延一听，也点点头："这人要是来我们基地观摩一天训练，这种幻想应该就会自动破灭了。"

谢临一言不发，面无表情地瞥了两人一眼。

作为当事人，顾余顿住自己吃饼干的动作。她这个角度刚好能看见许望的手机屏幕，一不小心看到那张谢临俯下身来抱住她的照片。

不知怎的，之前在现场经历的时候，顾余还只是感受到紧张的情绪被安抚下来的安心感。

现在以旁观的角度去看这张照片，顾余却觉得她脸上的温度好像唰唰上升了几度。

也不是因为尴尬，顾余觉得这可能是因为被她丢掉一年半的少女心突然跑回来了，所以才会有这种结果。

毕竟平心而论，以谢临的条件，一切女性都会喜欢上他。

长得好看，能力、名气都有，还特别有钱。

在拥有以上条件的情况下，再加一条过往感情史特别简单，甚至好像是空白，顾余不由得觉得对方会有那么多女友粉和老婆粉也是完全正常的。

就是有时候太毒舌和冷酷无情了点，会把人支配得瑟瑟发抖。

压下自己突然跑出来的少女心，顾余低下头继续卖力吃饼干，装作一副两耳不闻窗外事的样子。

少女咔咔吃着饼干且微鼓着腮帮的样子像只松鼠，作为当事人仿佛对许望刚才说的事情毫无反应。

于是谢临再次感受到一阵糟心。

谢临由于种种原因，比如考虑到顾余职业生涯的成绩以及认为顾余现在还太小这一点，他即使发现自己喜欢上了这个小姑娘，也暂时不会做出太明显的举动。

因为年长所以会考虑更多事情，谢临不会因为喜欢而让自己成为影响对方的因素，他觉得要再等一等。

想是这么想，谢临现在却觉得自己不一定能忍耐得了这么长时间。

理智上应该克制；情感上他想直接动手把这只老在他眼前无所顾忌飞来飞去的小啾抓住，然后拢着不让飞走或者直接揣进兜里。

早上结束比赛，下午和晚上就该是选手好好养精蓄锐的时间，明天还有自由滑节目要比。

可因为吃完午饭后，顾余说还要去商场买零食，她和谢临就去了离住宿酒店最近的一家购物商场。

其他人先一步回去酒店，谢临算是个陪护人，免得顾余路上搞出什么意外或者把自己给弄丢了。

顾余高高兴兴地在商场里买了一小袋零食。谢临全程表情冷淡地跟着陪逛，但也没有任何不耐烦的样子。

女人的天性，逛商场是很难只逛一个区域就打住的。等顾余从零食区逛到日用品区的时候，她忽然听见旁边的一对情侣在吵架。准确地说，是小姐姐单方面生气。

“烦死了，别老催我，让你陪我逛个街都这么不耐烦。你看看别人男朋友，一路逛下来说什么了吗？！”妹子横眉生气着说这句话的时候，手抬起来指着顾余这边。

忽然被指着的顾余有点蒙，她也不可能在这个时候凑上去跟人解释情况，只能抽了抽嘴角当没听见。

这时，妹子旁边的那个男的哄着说：“哎，愿意陪女人逛街的男人一定都是真爱。我就是实在逛累了才催一催你，这不还在陪着你逛嘛！你们女人在逛街的时候到底哪来这么多精力，脚不疼吗？”

这句话的声音越来越远，顾余被提醒后打住了继续逛商场的脚步，改往出口走去，边走边对谢临说：“刚才那位大兄弟一看就不了解我们女性。女人在逛街的时候，脚累和脚痛都是无法让我们停下来的。”

“是吗？我觉得他说得挺对。”谢临冷不丁地说。

挺对？哪句话？

顾余不由得回头思索了一下刚才那人说的话，猝不及防地想起对方开头说的那段——

愿意陪女人逛街的男人一定都是真爱。

顾余前进的动作一僵，然后赶紧晃晃脑袋。

不不，肯定不是这段……

付完款从商场里出来，顾余和谢临在回去酒店的路上刚走到一半的时候，天空就不给面子地下起雨来了。

“我的这把伞有点小，不然临哥你在这里等我一下，我回商场再买把伞过来？”顾余撑开自己带出门的那把折叠太阳伞，发现这把伞两个人撑实在有点困难。

硬是两个人一起撑的话，估计两人都得湿半边衣服。

“走回去太麻烦。”谢临皱了皱眉。

顾余也想不出更好的方法了，看来只能两个人各湿一半衣服凑合凑合，还好距离不算远。

当顾余在心里做好了这个打算，准备淋半边雨回去的时候，她看见旁边身影修长的男人往她跟前走了一步，然后背对着她蹲下。

“上来。”前边传来谢临冷淡的声音。

顾余足足愣了两秒，然后才犹犹豫豫地把身体靠了过去。

顾余撑伞，谢临背着她，这确实是两个人都淋不到雨的办法。顾余整个人靠在谢临背上，她觉得自己快要被某种微妙得很难形容的情绪给逼傻了。

鬼知道她干吗紧张，一路上尽在那没话找话。

“临哥临哥，告诉你一件事情啊！”顾余绞尽脑汁找着话题，终于又找到了一件能说的事。

背上少女的呼吸喷在他的耳旁和颈侧，谢临的下颌线微微地绷紧着，他说话的语气依然没有什么变化：“有话就说。”

“就是……从小时候到现在，除了家长，只有我六岁时遇到的那个小哥哥这么背过我，临哥你是第二个！”

“哦。”谢临平淡地应了一声。

听见平淡的应声，顾余想了想，这确实不是什么值得比较的事。

实在找不到话题，顾余把刚才那句话说完以后也不说话了，选择在沉默中装死。

背上的少女不说话了，谢临同样也没主动挑起话题，只在心里冷静地想着——

他其实是第一个。

当谢临和顾余一起回到住宿的酒店后，刚好在走廊站着没进房间的方明颇为惊讶地看了他们两人一眼。

只带了一把伞从这雨中走回来竟然还一身干爽，只能说这伞打得十分有技术。

顾余从方明的眼神中猜测到了对方的想法。想到自己上一分钟还待在谢临的背上，她顿时有点眼神游移，默默地在旁边当个小哑巴。

方明很随意地打个招呼就进去了自己的房间。等他的身影消失以后，顾余才放松下来。

接下来应该各回各的房间，谢临的房间就在顾余对面。

两个人一起走到房间门口的时候，顾余侧过身面对着谢临。尽管感到有些不好意思，但她还是大大方方地面对着说了一句："嗯……临哥，谢谢你啊。"

谢的当然是麻烦对方一路把她背回来这事，这段路程少说也有十几分钟。

按过往的经验，顾余以为谢临只会淡淡嗯一声，然后特别高冷地进去房间，却没想到她陡然听见了意料之外的话。

"怎么谢我？"

确实也是预料中很平淡的语气。仔细听完这句话的内容，顾余在原地愣了愣。

啊？

等顾余在茫然中抬起头，她看见谢临正垂着眉眼看她。那双眸色偏深的眼里像是敛着什么情绪，藏得很深，让人难以窥探。

正常来说，谢临的目光很冷，和他对视的人没有机会探究他的情绪。顾余之前有好几次不小心和他对视上的时候也是这种感觉。

但最近，特别是现在这次，顾余在对视中却感觉好像有点不一样。

像是被允许了。

在顾余仅仅是因为好奇而去窥探的时候，在她前面表情冷淡的男人允许了她的这种肆意妄为。

大概是看顾余蒙着半天没回应，问出刚才那句话的谢临过一会儿就像放弃了什么似的，主动转移开话题。

"回房间好好休息，你明天还有自由滑比赛。"谢临不紧不慢地说出这句话。

顾余反应过来哦了一声，拎着自己的那一小袋零食迅速滚进房间。

谢临看着少女做完这一系列动作，等到对面关门声响起，他才收回视线，然后微微皱起眉。

还是有点太着急了。

怪某只小啾总是扑腾着翅膀在他附近飞，一点防备心都没有就算了，时不时还可能扑到他怀里或者蹲在近处用明亮的眼睛看他。

谢临觉得他还没拿绳子去绑住这只小啾的一只爪子，让对方再也不能随便往外乱飞，已经是相当有克制力了。

第二天的自由滑比赛也是在早上进行。此时，在A市市中心的一家三甲医院里，一名正坐在病床边陪护着病人的年轻人低头看着手机。手机屏幕上播放着的就是这场自由滑比赛的直播。

“在看顾余的比赛？”躺在病床上的陈济其实觉得自己不用问都能知道答案。不过见坐在旁边的年轻人这么神情专注的样子，他忍不住开口问一问。

“嗯。”陆越应了一声。

“唉……不好意思啊，阿越。”陈济有点愧疚，“我这脚扭伤得不太是时候，不然你人应该都跟去帝都了吧。”

陆越有一瞬走神，还是摇了摇头：“没事。”

诸如陆越、许望之类能在世界排名挤进前列的选手，国内赛的参与会比较少。像他们两人就都没参加今年的俱乐部联赛。

国内赛对陆越来说已经没什么意义了，但顾余要参加今年的联赛。

这对后者来说是国内的亮相初战，陆越本来是准备去现场看的。然而计划受到了意外的影响，他没去成。

“你说你，这么在意她，当初怎么就跟人闹掰了。”陈济有点感叹地说出这句话。他知道白星的那名新人对陆越来说有些特别。

年少时朦胧的好感，就像偷偷长出的花苞，却还没来得及绽放便已凋零。

属于少年的青涩只余一分，坐在病床旁边的陆越视线微顿，眉眼间常驻的那种不驯神情被收起。他沉默了几秒，终于开口：“可能因为我那个时候还不够好吧。”

确实还不够好。

自从在白星基地进行交流训练时被提醒，陆越回想起以前的事，才蓦地发现自己曾经是一个多么自我的人。

这份自我让他错过了在意的人一次，给了他足够印象深刻的教训。

陈济闭着嘴没说话。

看见平时非常骄傲的人低头承认错误，陈济觉得这实在是个奇观。但这话题不太美好就是了，听着怪惨的。

单人病房里回归到安静状态。陆越低着眼，视线跟随在手机屏幕中正表演自由滑节目的少女身上。

他以前就见过顾余滑冰的姿态，非常好看，现在看到的却更加夺目耀眼。

那种隐藏着的灿烂光芒他以前从来没发现，直到现在有人将遮挡物摘开，他才后知后觉地看到。

和短节目的比赛一样，把《假面舞会》作为自己自由滑配乐的顾余在第二天的比赛里也赢得毫无悬念。

她在自由滑里没跳 3A，但节目中的跳跃编排在难度上依然甩开其他选手一截，并且技术动作的完成质量比她之前直播练习的那次还要好上许多，节目得分直接上到了 153.17。

加上短节目 80.51 的得分，总分达到 233.68，顾余以横扫全场的绝对优势站上了这次联赛第一名的最高领奖台。

在短节目比赛的时候，观众席上还有不少空位。但在今天的自由滑比赛里，整个滑冰馆已经完全能用座无虚席来形容。

举着顾余名字条幅的观众也比昨天多了好几倍，观众席上冰迷的热情十分高涨。无论是微博，还是贴吧、论坛，国内花滑圈一时之间全是关于她的讨论。

毫无疑问，通过这次联赛，顾余从只有一部分粉丝知道的新人，一跃成为令国内冰迷争相关注的超新星。

真正做到了一鸣惊人！

比赛结束的这天晚上，顾余被她的同门师哥师姐拉去开庆功宴，地点在帝都市中心一家贵得要命的五星级餐厅。

顾余盯着手上的菜单，快要被每道菜后面的四位数价格给晃得眼疼。

这家餐厅为什么比A市那家老字号餐馆还贵！！

谢临就坐在顾余的邻座。他垂眼看见旁边的少女正牢牢地盯着菜单上的价格看，视线移也不移的样子，不由得屈起手指轻敲了一下对方的脑门。

“不要你付款，你只负责吃就行。”谢临语气淡淡的。

就算谢临这么说，顾余看着这价格也还是心有戚戚焉。她诚恳道：“每次被临哥你们带来这种餐厅吃饭，我都觉得我养不起自己。”

消费也太高了，什么时候她才能像她的这几个同门师哥师姐一样能赚钱啊……

“我养得起就行了。”谢临状似无意地应了一句。

这句话一说出来，桌上其他人的目光顿时都唰唰集中在谢临身上。

不是他们说啊，谢临这句话听着未免也太别有深意了点，让人想不瞎想都难。

后者此时的表情平淡，脸上半点端倪都看不出来，好似刚才真的只是随口一应。众人盯着他看了一会儿以后，就放弃探究收回目光了。

顾余刚才硬生生愣了两秒，反应过来后把拿着的菜单再举高了点，以挡住她可能有点温度上升的脸。

既然是庆功宴，酒肯定是必备物品。

但对顾余这个才刚满十八岁的小姑娘，谢临显然没打算给她碰酒。

“红酒兑雪碧总可以吧，这么一兑和普通饮料也差不多，临哥你就别管得太严了。”许望说着，把一杯兑了半瓶雪碧的红酒摆到顾余面前。

顾余侧头瞄一眼谢临的表情，得到勉为其难的允许后，她弯着眼把杯子端了起来。

说起来可能没人信，顾余长这么大还真没碰过酒。因为家里人也秉持着不给未成年人碰酒的严格规矩，她从小到大压根儿没有碰酒的机会。

红酒兑雪碧，还兑了足足半瓶，桌上谁也没觉得这么一杯带点酒精的饮料能让顾余怎么样，却没想她在喝完一整杯以后醉了个彻底。

“不是吧，这都能喝醉……”许望摆出一副被震惊到的表情。此时他接收到了谢临甩过来的一记冷冷的眼刀，顿时马上开始深刻反省错误。

“我错了，我就不该让顾余碰酒，兑了雪碧也不该让她碰。”许望一脸认真反省的样子，诚恳得就差当场写悔过书了。

喝醉了的顾余迷迷糊糊，她的脑子现在跟糨糊一样，已经丧失了思考能力。

但在这种状态下，顾余却表现得一点都不安分。她的视线游移在桌上的每个人脸上，一一扫过后，最后停在她邻座的谢临脸上。

在糨糊一样的思维里，顾余的视线在谢临的脸上停了好一会儿，忽然像是找到了什么似的露出开心的表情。

紧接着在众目睽睽之下，顾余从自己的座位上站起来，往谢临那边走近一步。再然后，她一下子窝进谢临怀里，跟只八爪鱼一样把对方抱住不放。

“小哥哥。”顾余咕哝着这个称呼，高高兴兴地把脸往谢临颈侧蹭了蹭。

第七章

好久不见

顾余突然来这么一出，原本气氛活跃的包间忽然变得很安静，似乎连一根针掉到地上都能听见。

桌上除了两个当事人，其他人脸上的表情都非常精彩。

能在喝醉酒以后撒酒疯往谢临身上这么一赖的人，除了顾余，恐怕再也找不出第二个。

接下来更让人跌破眼镜的画面出现了，顾余不仅抱着谢临不放，还得寸进尺地把头搁在了他肩膀上，左蹭蹭右蹭蹭，半点不得闲。

在场众人看得嘴角一抽，非常担心顾余下一秒会被谢临直接扔到地板上去。

这饭是没法儿继续吃下去了。许望反应最快，赶在顾余被扔在地上之前起身走到谢临旁边，尝试着把赖在对方身上的人拉走。

可结果他这一拉还拉不动。

跟只八爪鱼一样抱住谢临的顾余这时反抗得很明显，收紧了抱在谢临身上的手。许望在旁边拽都拽不动。

这就头疼了。

许望看一眼从刚才开始就把面无表情这四个字发挥到极致的谢临，打着哈哈劝道："临哥啊，顾余现在是个喝醉酒的小姑娘。她现在一点都不清醒，你总不能跟个酒鬼计较不是，忍忍吧！"

可当许望这么苦口婆心劝着的时候，顾余却还在火上浇油。

“嘻嘻，小哥哥……”仿佛是要挑战谢临的忍耐极限，贴在他身上的少女痴痴地盯着他的脸，“我要买糖葫芦！”

旁边众人一脸不忍直视，离得最近的许望已经干脆放弃般别开眼了。

还糖葫芦呢，这醉个酒，心理年龄怕不是回到了三岁小朋友的阶段，还耍起赖来了。

至于小哥哥这个称呼，求生欲挺强的众人不约而同地选择当没听见。

“先回去。”谢临似乎非常冷静地说出这句话。

他冷静地让服务员进来包间，冷静地在服务员异样的眼神注视下刷卡付款，再冷静地抱着个化身八爪鱼赖在他身上的醉鬼坐上回酒店的出租车。情绪收敛能力满分。

除了谢临自己，在场大概没有人发现他刚才一瞬的狼狈。

一行人分坐两辆车回酒店。与谢临同车的许望和方明听着贴在他身上的顾余一路上还在糖葫芦、糖葫芦地小声嚷嚷，并且手还不依不饶地扯着谢临的衣服，两人纷纷忍不住流下一滴冷汗。

他们真担心顾余明天酒醒之后会被谢临弄死。

谢临是个不怎么喜欢和人有肢体接触的人。在同一家俱乐部基地里待了这么些年，许望等人对这一点早有共识。

即使是面对那些对他表现出特别热情的粉丝，他最多也就是愿意签个名，对营造平易近人的人设显然没有半点兴趣，高冷得让他的一部分粉丝硬生生变成了抖 M 属性。

然而他现在坐在车里，被某个醉酒少女紧巴巴地缠着。

谢临到现在还没打开车窗把缠着他的这个醉鬼扔到外面的大马路上去，许望觉得这可能是对方这么多年来所表现出来的最大仁慈了。

等一行人前后回到酒店，他们最先想着的当然是安置顾余。

叶茜帮忙从对方的小包里翻出房卡打开房间门，谢临抱着人进去，目标明确地往床边走。

谢临好不容易把身上八爪鱼一样的少女弄去床上躺着。在他刚把人放下准备直起身体的时候，顾余又立马故技重施把之前做的事情再干了一回。

围观众人不敢说话。

“算了，我留下来照顾她。”谢临皱着眉说出这句话，看在其他人眼里像是已经被折腾得没了脾气的样子。

让两人独处一室其实不太合适，毕竟是一男一女。

但眼下这情况众人都看见了。而且他们知道谢临绝对不是那种会对喝醉酒的小姑娘做什么事情的人。考虑几秒之后，叶茜等人也就点点头，相继离开了房间。

等人全部都走了，房间里只剩下自己和一个醉得什么都不知道的人，谢临一路上紧绷着的神经才终于有了一丝放松的空间，他能稍微冷静一些地面对现在的状况。

“小哥哥？”造成这种情况的罪魁祸首此时对着谢临把头一歪，眼神其实是一片迷茫的，却不知怎么认定了谢临。

“你真的知道我是谁吗？”谢临向来冷淡的声音低缓下来，尾音听起来有点近似于低沉的叹息。

谢临并不认为顾余认出了他。但对方喝醉酒以后制造的这个巧合不得不说让他感到猝不及防，让他在处理情绪时甚至有些狼狈。

像是不明白谢临为什么要问这个问题，顾余眨了一下眼没说话。

“以后你再敢喝酒试试。”也并不执着于刚才的话题，谢临皱着眉说出这句话。

醉了的人天不怕地不怕，顾余慢吞吞地回答：“以后还要喝。”

“不准喝。”

“要喝！”说着，顾余蓦地凑近去吧唧一口亲了一下谢临的脸颊。

这吧唧一口对谢临来说就仿佛是一张定身符。他的瞳孔有一瞬的放大，冷淡的表象出现裂痕，然后整个人定在了那里。

都把谢临刺激成这样了，此时作为一名醉鬼的顾余却毫无自觉，甚至还变本加厉。

又是吧唧一口，顾余抓着谢临的衣服，眼巴巴道：“要买糖葫芦。”

从餐厅一路说到回酒店，现在还继续说，可见顾余对这件事情的执念有多重。

谢临抿紧了唇，脸上的平静冷漠已经没办法维持。他只能不让自己的动摇表现得太过明显。

“大晚上去哪儿给你买糖葫芦。”谢临移开视线，不让自己和面前的少女对视。

“糖葫芦……”顾余继续咕哝着。

谢临拒绝不了，没过几秒就松了口：“明天早上去给你买。”

听见谢临答应给自己买糖葫芦，顾余顿时又嘻嘻笑着把脑袋往谢临身上蹭。

在喝醉酒后像糨糊一样的思维里，顾余的某种认人本能反而强烈了起来。她在盯着谢临看的时候，谢临的冷淡眉眼和她记忆里的少年恍惚重合。于是，她直接把这两道身影当成了一个人。

非常后知后觉，顾余现在才想起来问一个问题。

“小哥哥，你为什么长高了那么多啊？”顾余很是不解地问。

谢临垂了垂眼：“因为已经过去很多年了。”

顾余没听懂，但这不影响她问下一个问题：“那你为什么突然不见了，我去溜冰场都找不到你！”

从某种程度来说，谢临当年其实算是不告而别，以至于他在听到这个问题的时候，内心有一闪而过的心虚。

“被家里人带回了 A 市，没来得及告诉你。”谢临尽量语气平静地回答。

一来二去折腾半天，谢临终于让某只喝醉酒的小啾乖乖躺去床上了。问题是对方虽然肯躺下，却不肯让他走，并且睡前还要跟他提要求。

“亲亲，要亲亲。”顾余伸出一根手指指着自己的额头，一本正经，“晚安吻啊。”

“没有，快睡。”谢临语气生硬地回应，天知道他是怎么受得了对方这么死命折腾他的。

顾余毫不气馁，还故意拖长语调：“小——哥——哥——”

谢临终于受不了了。他冷淡的眉眼垂下来，下颌线始终绷紧着。他最后低下头在注视着他的少女额上落下了一个很轻的吻。

尽管一触即离，谢临在那一瞬间，身上的冷漠感消除了，甚至表现出呵护着重要事物的温柔。

得到晚安吻，顾余总算肯乖乖闭眼睡觉了。她睡前也没忘记要抓着谢临不放，导致谢临只能和她躺在一张床上。

第二天清晨。

虽说顾余的酒量低到了令人惊叹的程度。但毕竟没有摄入多少酒精，她第二天睡醒的时候并没有感受到宿醉的那种头痛。

可以说一觉睡醒就跟没事人一样了。

嗯，没事人……

顾余躺在床上睁开眼。然后这一睁眼，她就遭受到了十多年来人生最大的惊吓。

她和一双目光冷淡的眼睛四目相对。但重点不在这里，重点是她整个人正蜷缩着窝在这双眼睛的主人的怀里，她还抓着对方的手没放。

“临哥？！”顾余噌地坐起身来。在一片极度混乱的思维中，她忽地说话都开始结巴了：“我……我昨晚没对你做什么吧？”

话一出口，顾余才意识到这好像不该是她的台词。不过话说出口，已经收不回来了。

谢临面无表情：“有。”

“你像八爪鱼一样死命地抱着我不放，然后还往我脸上亲了好几下，对我嚷嚷着要买糖葫芦。”谢临慢条斯理地陈述事件。当然，他省略了过程中的许多事情。

随着谢临的描述，顾余混乱的记忆浮现。

她……她昨天晚上喝醉以后好像认错人了。

因为喝醉酒脑子成了一团糨糊，她把谢临当成了小时候遇见的那名少年，还把自己当成六岁小朋友。在师哥师姐都还吃着饭的时候，她晕乎乎地整个人靠到了谢临身上，然后一脸开心地在那喊小哥哥。

后边发生的事情，顾余的记忆其实有点模糊了，但谢临又不会说谎骗她。

在谢临的目光注视下，顾余脸上一阵红一阵白，她忽然感受到呼吸困难。

铲子呢？！

谁能给她递个铲子！

她现在就要挖个坑把自己埋了！

所谓丢人羞愧到窒息，顾余觉得说的就是她现在的情况。

铲子是找不到的，顾余艰难地与面前的男人对视三秒后，忽然猛地掀起被子，把自己整个人埋了进去。

埋进去以后，这团拱起来的被子就一动不动。

顾余打算在里边逃避装死。

她想逃避，旁边的男人却不一定同意。

谢临微挑着眉动手去扯了扯被角，冷酷无情地将被子掀开，暴露出被子下正用不雅姿势趴着的少女。

“逃避可耻且没用。”谢临低沉的声音听起来颇为平淡。他此时的行为毫无疑问算是在试探，悄无声息地把套了圈的绳子扔到某只小啾的爪子旁边。

顾余的脸在发烫，她涨红了脸，语速极快地说：“啊啊啊——临哥我真的不是故意占你便宜的，不是故意乱抱你亲你的，我是认错人了！”

占完别人便宜以后说认错人了这种话，仿佛是标准的渣男发言，顾余刚说出口就觉得有点不妥。谢临这时已经接过了她的话。

“你把我当成了谁？”

听见这样冷淡的声音，顾余分辨不出对方到底有没有生气。她坐起身小心瞄了一眼谢临的表情，斟酌了几秒后说：“就是……就是我以前说过的那个小哥哥啊！”

两人的眉眼真的有些相似，特别是那种冷漠的态度和神情，顾余并不敢在谢临面前把这句话说出来。

任谁听到自己被当成另一个人，应该都不会太高兴，这点道理顾余还是懂的。

“对他就能又亲又抱，占他便宜了吗？”谢临微眯起眼，向来面无表情的脸上似乎出现了点别的情绪。

顾余呃了一声，一时答不上来。

她是因为喝醉酒把自己当成六岁小朋友，才会那么肆无忌惮地去做那些事情。

对才六岁的小姑娘来说，对别的人亲亲抱抱不叫占便宜，只是一种表达亲近喜欢的方式而已。

“对不起，我错了，我以后再也不敢了。”顾余像上课的学生一样在床上坐正身体，抬眼望着谢临，态度非常端正地甩出认错三连。

可看着谢临的脸，顾余乱糟糟的记忆忽然闪现出一幕——

她笑嘻嘻地凑近这张眉眼冷淡的脸，吧唧一口亲在了上边。

顾余甚至有点记起来当她的嘴唇碰到对方脸颊的时候，所感受到的那种微凉的触感。

轰！

顾余好不容易冷却下来的脸又骤然发红发烫。她觉得自己这辈子都没有再碰酒精的勇气了。

对顾余的认错道歉，谢临不置可否，只在静静看着她低头装鸵鸟的姿态一会儿之后说：“差不多去洗漱下，你现在的头发就跟鸟窝差不多，我们回 A 市的航班在早上十一点。”

“哦。”顾余强装镇定地迅速应声，然后马上下床跑去房间里的卫生间，啪的一声关上门把自己关在里边。

看出少女明显是羞耻心爆棚的样子，谢临倒是意外地勾了勾唇，嘴角上扬的弧度直到走出房门以后才压平。

顾余在卫生间里折腾了很久，主要是她想冷静冷静。

酒是肯定醒了。一大清早就受到这么大的惊吓，人简直不能更清醒。

心脏怦怦直跳的速度快得让顾余甚至有点担心自己会得心脏病。她对着镜子拍拍自己发烫的脸，在心里不断暗示自己不要再去想从昨天晚上到刚才为止发生的事情。

可越是暗示，之前谢临对她说的那句话，不知怎的反而越变得清晰了。

“你像八爪鱼一样死命地抱着我不放，然后还往我脸上亲了好几下，对我嚷嚷着要买糖葫芦。”

一回想起，顾余就像不忍直视镜中的自己般捂住眼睛，把额头往旁边的墙上磕了磕。

直到磕出一个浅浅的红印子，她才停下了这个自虐的行为。

等终于折腾完从卫生间里出来，顾余一眼就看见桌上无端出现的一个颜色鲜明的物体——

红艳艳的。

一串糖葫芦。

要去机场赶十一点的航班，顾余洗漱完以后就出去和其他人会合。在下去一楼大厅的路上，她手里就拿着一串糖葫芦在咔吧地咬着

眼看着顾余在昨晚那一通操作过后，非但没被谢临弄死，今儿还吃上了糖葫芦，已经在一楼大厅等着的众人都不禁感叹起对方的高级待遇。

“临哥对你可真好。他以后对自己的夫人估计也不过如此了。”许望发自内心地感慨着，末了还不忘笑嘻嘻补充一句，“当然有老婆的前提是能谈恋爱。照临哥这不咋爱搭理人的性格，恋爱恐怕是谈不上了。”

假如谢临有心想谈，愿意跟他处对象的年轻女性怕是一大堆，从白星基地门口排出去恐怕能排到另一座城市。其中也不乏长得漂亮又门当户对的人，但许望就没见他动心过。

别说动心了，肯稍微给点特别反应的都没有。

许望甚至怀疑谢临心里根本没有“喜欢”这种概念，或者说就算有，也被他用理智和冷静压得很低很低，没有任何一种喜欢能越过他的理智线。所以谢临才能什么时候都保持着一副冷淡的样子。

这简直是凭实力在单身，许望甘拜下风。

许望刚才这句话纯属是在调侃，听见这话的顾余却差点被吃着的糖葫芦噎住，没忍住咳了两声。

听见这阵低咳声，谢临微冷的眼神往许望那里瞥了一眼，视线的温度明显比平时要低。

许望莫名其妙吃了这一记眼刀，还以为谢临瞥他是因为他刚才公然调侃对方的事。此时他也没尿，反而不怕死地继续这个话题。

“临哥啊，今年你家里催婚你打算怎么推啊？感觉推得了今年也推不了明年，要不你就赏脸去见一次你家里人给你安排的对象呗。刚好你休赛也有空，顾余又不是小孩子了，不需要你每天像看小朋友一样看着。”

许望一副认真为谢临考虑的样子，说完还侧过脸问正在吃着糖葫芦的少女一句，“你说是吧，顾余？”

“啊？”被点名的顾余先是发出个茫然的单音节，然后略微迟疑着良久没有应声。

她在这时其实应该点点头说是啊，却不知道为什么有点说不出口。

谢临垂眸看一眼旁边还保持着咬糖葫芦动作的少女，忽然问了一句：“你也想我去？”

顾余把嘴边的糖葫芦移开一些。她的脑子现在转动得有点慢，想不出什么东西，本能地摇了摇头。

“你问顾余干啥，顾余想不想你去又能咋的……等等，临哥你该不是想让顾余替你背锅，好找个借口应付家里人的催婚吧。”许望越琢磨越觉得自己想得很有道理，谢临一定是打着这么个甩锅的主意。

套路太深了！

谢临没对许望的这番言论发表评价，仅仅是垂眸安静地注视着旁边的人。

在看见顾余摇头以后，他说：“嗯，我不会去。”

这样静静注视着说不会做什么，尽管声音冷淡，听起来也会让人感觉是在表达承诺。

“哦。”发出个音节，顾余低下眼继续努力消灭手上的糖葫芦串。

一行人前往机场。在路上，顾余没忍住问了她旁边的谢临一句：“家里人催的话，临哥你不去见一见介绍的对象也没关系吗？”

谢临今年二十三岁，过个年也就二十四，其实还很年轻。

以国内大多数人一大学毕业就要开始被三姑六婆问对象的情况来说，谢临会被家里人催着找个对象实在是再正常不过。

“有关系，但不是你不让我去吗？”谢临反问了一句。

实际去不去并没有什么影响。谢临之前也从来没去见过什么相亲对象，最多也就是每年回家的时候被叨叨半小时罢了。

顾余没想到会被这么反问，张了张口没说出话来。

“自己想要的东西不要让给别人。”谢临垂着眉眼教育他旁边的这只小啾，“谦让不是用在这种地方的。”

被教育的时候，顾余向来都会表现出良好的学习态度，但这次她有点似懂非懂。

谢临看着旁边少女的反应，觉得自己真是已经把要求放得很低了。

这样还没开窍的懵懂也不错了，至少不是完全茫然地让他对牛弹琴。

航班没有出现延迟，顾余一行人只坐了一个多小时的飞机就回到了A市。

这一次俱乐部联赛作为顾余在国内的亮相初战，可以说是取得了完全符合李冬等人预期的成果。顾余通过这次联赛在国内一战成名。

无论是国内的广大冰迷还是国家冰协都一下子注意到了她。顾余在这次联赛中的表现可以说是相当突出。

国家冰协的人绝对不会放过这么优秀的选手。根据李冬得到的消息，冰协那边已经准备开会讨论相关事宜了。

第一步迈出得非常漂亮。

国内花滑女单成绩已经低迷多年，国内冰迷谁都希望有一个选手能打破现今的格局。

顾余在这时出现了。

横空出世，一出现就表现得万分夺目。

就连近几年对国内花滑女单关注度降低的冰迷都重新燃起了热情。他们开始期待顾余出现在世锦赛上的情景。

顾余此人，是一个很“有毒”的人。

至少在圈内一部分选手的眼里是这个样子的。

在俊男美女数不胜数的花滑圈里，热门的明星选手基本都有一票的男友粉或女友粉。但打开顾余的微博，感受到的画风就格外不同——

“啊啊啊啊我们阿啾好棒啊，阿妈爱你呜呜呜呜……”

“阿啾在这次联赛中跳了3A，老母亲落泪。”

“老父亲也哭了。”

“我这几天在给家里人卖安利，他们被我叨叨弄得没办法，吃饭的时候跟我一起看了这次联赛的录播，然后他们现在都是阿啾的粉丝了。”

“我男朋友吐槽我说，咋我们俩都还没结婚，你就有个闺女了，被我严肃批评了一顿。”

顾余微博粉丝的数量在联赛结束后的这几天翻了很多倍。她最新那条微博底下的评论基本都是在问她之后的赛程。

联赛结束之后，顾余按谢临的计划，准备出国参加各种 b 级赛。

花滑里的 b 级赛指的是规格不如四大洲、世锦赛，但也会算入积分之类的重要国际赛事。

作为一名新人，顾余虽然靠着这次联赛在国内成功进入了冰迷和冰协的视野，但在国门以外的地方显然还没崭露头角。

无论是为了获取接下来四大洲和世锦赛的参赛资格 ，还是为了赚取积分在这些国际大赛中获得一个比较好的出场顺序，顾余都很有必要去参加一些 b 级赛。

“学校那边能兼顾得来吗？”庄延看着正在写一份高数练习题的少女，在瞄到纸上题目的时候不禁抽了抽嘴角。

天知道他多久没碰过数学这种东西了。庄延以前上大学的时候，为了躲避学数学，他果断选了一个文史类专业。

“嗯，没有什么难学的科目。就是请假多了，平时分那里可能会低些，要过期末考试还是没有问题的。”顾余点点头回答对方的问题，继续三下五除二地解决着上次高数课后布置的作业。

说到学习，顾余打小就是别人家孩子的那种类型。她是以高出 L 大分数线整整二十分的成绩被录取的。

L 大在国内的重点大学里也是排得上名号的，可见顾余是名妥妥的学霸。

“你最后一题算错了。”谢临坐在旁边，冷不丁淡淡地提醒了一句。

“啊？”顾余被这么一提醒，顿住准备把作业纸收起来的动作。

回过头再去仔细看看最后一题，顾余发现她还真是写错了，迅速重算了一遍写上正确答案。

对于看一眼就知道她算错题的谢临，顾余忽然想起来她以前在谢临的相关资讯报道里看见过，谢临好像是毕业于北大。

而且谢临当初是正儿八经考进去的，不是以特长生的身份降分录取的。尽管忙于赛事，他在大学期间每个学期的成绩依然很优秀。

“怎么会有临哥你这种人，令人嫉妒。”顾余说着，做出一个牙痒痒想咬人的表情。

除了冷漠毒舌，谢临身上简直找不到任何缺点。至少到目前为止，顾余还没找到。且严格来讲，冷漠毒舌好像也并不能算是缺点，只能说是个人性格。

谢临面不改色：“我太优秀也要怪我？”

客厅内众人反应一致地咬咬牙。

他们好想打人啊，有心没胆怎么办？

出国参加 b 级赛需要一笔颇为昂贵的费用。参赛费用是一方面，其次还有交通和吃住的费用，整体算下来就不便宜了。顾余的联赛奖金大概只够她去参加其中一场。

在顾余说到她会找时间跟家里人提这件事情的时候，许望摸了摸下巴表示：“区区参加 b 级赛的费用，让临哥给呀。你可是他的得意门生，这点钱临哥肯定不当回事。”

许望本着专注坑谢临一百年的态度说出这句话。他说的确实也是事实，这点费用对谢临来说连九牛一毛都算不上。

许望把这坑钱的话一说完，满以为会收到谢临的一枚冷眼，却没想到谢临在那边很随意地嗯了一声：“其他事情都不用你管，你只用想怎么在比赛上拿到更好的成绩就可以了。”

顾余想说这不行。在她开口之前，谢临补充了一句：“非要还我什么的话，你可以考虑用别的方式。”

有什么别的方式？

顾余思考着这个问题，想来想去也没想出个靠谱的方法，只能纠结地暂时搁置。

顾余今天下午有一节课，于是吃完午饭，她被谢临送到宿舍楼下。

顾余下车才想起自己没带宿舍的钥匙，赶紧摸出手机在微信小群里问其他人回宿舍了没。

顾余低着头打字。这时，她听见一道声音在旁边响起。

“学妹，能不能加个微信啊？”很标准的搭讪方式，在走过来的三个人里，一名长相颇为阳光帅气的年轻人站到顾余前面。

这名年轻人笑眯着眼，笑的时候还露出一颗小虎牙。虽然是直白的搭讪，但也不会引人反感。

男生在大学校园里向第一眼看见有好感的女生搭话再正常不过了。高中时候被家长和老师压着不让早恋，上大学后没人管了，可不就齐齐进入了春天。

开学半个多月，说实话，这不是顾余第一次遇见这种事情。上个星期，她在去教学楼的路上就遇到过几次。

面对被人要微信的情况，顾余一般都挺干脆地让人加了，主要是觉得当众拒绝会让别人面子上不太过得去。

加上以后，这些人都会被她放在闲置的列表里。在被试探的时候，她也会说清楚自己没有恋爱交往的意愿。

这次顾余也是同样的操作。她闻言后随便应了一声，然后翻出自己的微信二维码，把手机屏幕摊到对方面前。

顾余没想到，她才刚这么做，旁边就有一只指节分明的手伸过来，把她的手机摁成了锁屏。

“咦，临哥你不是……”不是走了吗？

顾余没能把话说完。通过某种本能直觉，她感应到谢临现在的心情似乎不太美妙，一种隐隐约约的危险感让她渐渐消了声。

她刚才明明见着谢临把车开出去好几米了，不知道对方怎么又倒车回来了。

谢临面无表情。他觉得自己能被刚才在车后镜里看到的场面气一整天。

被别人要微信，某雄性生物这么明显的搭讪行为，他旁边的少女还真能大方地给。

“随便给陌生人微信像什么话。”谢临冷着眉眼，第一次对顾余用这么冷硬的语气，“不准给。”

顾余这边还没反应过来，她对面的那个年轻人已经挺识趣地把手机收回去了。

这场面一看不就是眼前的小仙女已经名花有主了吗？他总不可能挖

墙脚。而且这墙脚太硬，他挖不动。

无论看车还是看脸，他都输了，为了不被比得太惨，自己还是识趣点走人吧。

谢临往日的形象太过威严，一听他用这种语气，顾余就差马上立正站好，一个字也不敢反驳。

在这种莫名紧张的气氛里，还好顾余的舍友过来解救了她。

“感谢我今天吃饭吃得快吧，其他人还在饭堂待着呢！”叶倩爽快地笑着，忽然转过头对谢临说，“你放心，我以后一定帮你多看着顾余，不让别的阿猫阿狗靠近。”

谢临冷淡的眼神出现细微的变化。他没有出声辩解什么，相当于默认了对方的说法。

叶倩和谢临都理解这句话表达的意思，只有顾余一个人没听明白。她现在被叶倩拉着往宿舍楼里走。

“能不能告诉我，你是怎么做到在男朋友已经疯狂吃醋的情况下，还这么淡定地给别的男人微信的？”叶倩一脸惊奇。她没看出来自家这个舍友在谈恋爱上的段数竟然比她还高。

“什么？”顾余很蒙。

“嗯？我还以为你是故意想刺激他，原来不是吗？”叶倩反应过来了，她这舍友不是段数高，是真不懂。

作为一个过往恋爱史十分丰富的人，叶倩看着顾余这样，忍不住嘻嘻笑着当起了人生导师：“像你男朋友这种矜持高冷的男人吧，偶尔刺激一下是挺好玩的，吃起醋来的反应会特别有趣。”

“你要是告诉他，你之前被不少人要了微信，你看看他会是什么反应。他要是生气了，你就亲亲他，保准气不了一分钟就消气，哈哈哈。”

叶倩在无私地传授着她的经验。顾余在一旁早听愣了，甚至都忘了要解释谢临不是她男朋友这件事情。

顾余都不知道自己在那节思修课上发呆想了些什么。坐车回到俱乐部基地的时候，她看见坐在客厅沙发上的谢临那张神情冷淡的侧脸，脑子里莫名冒出叶倩说的那句话。

“他要是生气了，你就亲亲他。”

脸上的温度骤然上升，顾余看也不看客厅里的人一眼，迅速嗒嗒嗒踏着楼梯跑上了二楼。

上到二楼，顾余想起来一件事情，她把身体探出楼梯口问：“临哥，你帮我带回基地的那沓资料放哪了啊？”

“在我房间里。”谢临回答。

“那我进去拿了啊。”

听见谢临在下边淡淡嗯了一声，顾余转身走到谢临的房间门口。其实也就在她房间的旁边，刚来基地的那段时间，她有时候还会差点走错。

顾余在今天之前还没进过谢临的房间。进去以后，她看见房间里的风格和她预料中的一样，规整又一丝不苟，还特别干净，整体是冷色调，跟房间主人表现出来的冷漠性格差不太多。

忘了问具体是放在房间哪里，顾余的视线第一时间很理所当然地落到了房间里的那张桌子上。然后，她在这张桌子的角落里发现了一件小物品——

一只很小很不起眼的陶瓷小啾。

顾余下意识摸出自己的手机。林落送给她的那个陶瓷挂坠她一直当成手机链随身带着。

当顾余准确无误地摸到自己手机边上挂着的陶瓷挂坠时，她再抬起头望着前边桌上摆着的那只，脑子一时有点转不过弯来。

谢临房间的桌上怎么会有一个一模一样的陶瓷挂坠，顾余简直混乱了。

这个挂坠是特殊定制的商品，在外边买不到同款。再说那家饰品定制店早就关门了，她手上这个还是林落费了功夫特地找到已经转行的老板做的。

顾余想不明白，她走到桌边把那只安静蹲在角落里的陶瓷小啾拿了起来，然后发现这只陶瓷小啾的尾羽部分有一点小小的磕碰痕迹。

看着不太明显，摸着的时候会有感觉。

这个发现让顾余下意识往后退了一步。她蓦地意识到，这件陶瓷挂坠好像是……好像是她小时候送人的那个。

她把这个挂坠送给了一名性格冷漠但对她特别好的少年。

顾余屏住呼吸，她迅速把手上拿着的陶瓷小啾放回原位，然后拿起她用余光找到的那沓资料，以迅雷不及掩耳的速度离开房间。

出门，关门。

往左走。

开门，关门。

楼下众人听着二楼接连响起的两道清晰的关门声，还想着顾余的动作这么急干吗。

跑回自己房间的顾余带着怦怦直跳的心脏扑到床上，二话不说先用被子把自己给埋了起来。

她好像……又遇到了她小时候遇见的那名少年……

用被子把自己埋起来假装与世界隔绝三分钟后，顾余一个翻滚把被子拉下来，露出一个头发乱糟糟的脑袋。她拍了拍自己的脸，强迫自己冷静后，迅速坐了起来。

没去管自己的头发，顾余摸出手机，打开微信翻到一个三人小群，往群里发了一个句号。

一般只有当顾余想说什么，又不知道该从何说起的时候，她才会做出单独发出一个句号的行为。群里的另外两个人也很快有了反应。

落沐沐：“咋了你？”

苏秋：“？”

昵称“落木木”的人毫无疑问是林落，苏秋这个昵称是本名，两人都是顾余从小到大玩在一起最要好的朋友。

不过苏秋考去了国外的大学，所以她们有一段时间没见面了。

之前顾余生日的时候，苏秋也从国外给她邮寄了礼物，结果运气不好被海关给扣了，她为此气了老久。

顾余拿着手机，在输入框里写一段——

删除。

再写一段。

再删除。

写写删删几分钟，她终于发出去一句——

“你们还记得我以前跟你们说过的，我小时候遇见的那个小哥哥吗……”

没过几秒，聊天界面几乎同时弹出两条新信息。

落木木：“哦，你那个初恋啊？”

苏秋：“你初恋？”

看到“初恋”两个字，顾余直接抄起枕头把自己的脸死死捂住。就像被戳中什么死穴一样，她紧接着拿着这个枕头当武器捶打了无辜的床铺好几下。

啊啊啊——

显然小群里的另外两人并不能“get”到顾余此时纠结又抓狂的心情，还兀自在群里继续发着新消息。

苏秋：“其实我也不懂当时你一个六岁的小萝莉懂什么喜欢，跟我们提起你初恋的时候还那么真情实感。”

落木木：“是的，听着我都觉得要是他那时候没有不告而别，搞不好你高中那会儿跟陆越什么事也不会有了。”

苏秋：“那不能这么说。我说句公道话啊，陆越对我们阿啾其实挺好的，只是他们两人吧，相处起来需要磨合磨合。”

……

两人用一连串新信息刷屏，刷了几分钟后才发现正主似乎不见了。

苏秋：“人呢？”

这时顾余也终于稍微冷静下来放过了她无辜的枕头和床，捡起手机回复消息。

“我又遇到这个小哥哥了。”

落木木：“哪儿？谁？！这神一般的缘分，你不如赶紧把人抓来当男朋友吧，到嘴的初恋不吃白不吃！”

顾余选择性忽略对方的后半段话，尽量保持冷静地回复。

“基地里。”

“谢临。”

看到这里，林落和苏秋双双回复了很长的一串省略号。隔了好几秒，她们才重新组织起语言。

苏秋：“真的？”

落木木：“唑，有点刺激。”

倾诉发泄完，顾余理了理自己乱糟糟的心情和头发。把头发弄成能见人的状态后，她站到房间门口。下楼前，顾余还在纠结着一个问题。

她现在知道谢临是她记忆里的那个小哥哥了，那谢临还记不记得她？

要说记得，从对方的表现看又实在不太像是记得的样子。确实，小时候的她，也只是谢临二十多年的人生里出现过那么短短大半个假期的小姑娘而已，并没有什么值得让对方印象深刻的地方。

要说不记得，谢临房间桌子上又还摆着她小时候送的那只陶瓷小啾。

想到这里，顾余蓦地记起来，自己之前还在谢临面前大言不惭地说过她喜欢小时候遇见的那个小哥哥。她现在恨不得能坐个时光机，回到过去捂住说这句话的自己的嘴。

她竟然说过这种话？！

顾余忽然觉得谢临还是不记得她是谁比较好，这样她就不用觉得没脸见人了。

等顾余下到一楼的时候，刚才在客厅的人还是整整齐齐地坐在那里。今天是周末，大家都准备给自己放一天假，就都不去冰场了。

尽管顾余还存在着某种羞耻逃避的心理，但知道谢临就是自己小时候遇见的那名少年，她的强烈好奇心和求知欲又让她特别想靠近观察对方。于是，顾余照旧坐到了她平时习惯坐的那个位子上。

这个位子就在谢临旁边。顾余坐下以后，目光并不怎么掩饰地盯着对方。

大概被盯了三四秒，谢临有反应了，他没什么表情地回视顾余：“什么事？”

其实没什么事，顾余纯粹是在对比谢临和她记忆中的小哥哥的样子。但被问了，她就找了个理由回答——

“昨天吃的松鼠鱼，今天晚上还有吗？”顾余眨巴了一下眼，说着她还真的有点馋，“还有糖醋排骨！”

“没有。”谢临声音冷淡地回答，表面上不为所动，“别老想着吃甜的东西。”

谢临的眉眼十分冷漠，当他说出否决话语的时候，自带一种威慑力，让人不敢继续试探或提出要求。

假如是之前，这个对话到这里就该停止了，顾余会乖乖哦一声结束话题。一旦把谢临当成自己小时候认识的那个小哥哥，顾余觉得自己的胆子莫名大了起来，有种不知从何而来的勇气。

“但是我想吃松鼠鱼。”顾余字句清晰地重复了一遍自己的诉求，视线依然放在谢临的脸上，眼睛格外明亮。

大约在这个状态下僵持了不到两秒，谢临移开眼。

“只有今晚有，明天以后没有了。”

顾余听见这句话，先注意到的不是“明天以后没有了”这个说辞，而是前半段。

谢临真的就这么答应了她的要求。这个发现让顾余有种近似于发现了什么秘密的感觉。

顾余小时候像小尾巴一样粘着她记忆里的小哥哥的时候，她就发现那名冷漠的少年对她来说完全是纸老虎，戳戳就破。

当知道谢临的身份后，顾余才忽然发现……

现在的谢临好像也还是这样的。

“哦。”顾余仿佛很听话地应了一声。

当天晚上，谢临雇佣的私厨送来的饭菜里果然有一道松鼠鱼，还有一道糖醋排骨。顾余在桌上咔吧咔吧吃得特别欢，看得桌上其他需要克制饮食保持体态的人一阵眼热。

说好的明天以后没有了这句话也在隔几天之后作废。

谢临甚至都没反应过来是怎样的过程，在他眼前飞来飞去的这只小啾好像突然没有之前那么乖巧安静了，而是隔三岔五就飞过来用尖尖的鸟喙啄一下他，啄完就跑，他还不能怎么样。

顾余准备要参加的b级赛——挑战者系列赛从九月份就开始了。第一站，她选择了法尼亚站，举办地点在法尼亚被称为艺术之都的多利尔，同时是这个国家历史最悠久的城市。

跟学校那边请好了假，为了不让行程太赶，顾余和谢临在比赛正式开始前的三天就到达了这座城市。

到了异国他乡，顾余完全没有什么水土不服的情况。尽管比赛将至，她在来到这个城市的第一天甚至还有旅游的心思。

肆意张扬的火红枫叶铺满了这个国家的每个角落，与充满艺术感的建筑相衬，景色说不出的绮丽动人。

九月份正是这个国家的旅游旺季，多利尔这个城市也热门得很，街道上的行人游客不是一般地多。

“别瞎跑，一眼不看你人就能不见。”谢临伸手扯住又忽然不知道因为看见什么东西而想跑过去的少女，皱起眉说，“我真应该在出门的行李里多带一个防走丢手环。”

“我又不是小朋友了。”顾余小声咕哝了一句。

所谓防走丢手环，就是大人给小孩子用的那种，一人手上套一个，中间连着一条可伸缩的牵引绳。

谢临垂眸睨她一眼：“你觉得你自己在这半小时里的行为跟小朋友差很多吗？”

顾余站定思考了几秒，发现好像还真差不太多。于是她想了个解决办法，她伸手去牵住了谢临的左手。

“这样就丢不了了！”顾余为自己想出这么个解决方法而志得意满。牵上谢临的手以后，她兴冲冲就往自己刚才看中的小商贩的位置跑。

谢临完全被动地被扯着小跑，却也并没有做出任何反抗的动作。年轻男人沉默不语，冷淡着眉眼，可却由着少女拉着他去哪就去哪。

“我想买这个。”顾余指着商贩正在售卖的枫糖棒棒糖。

多利尔是一个讲法语的城市，这点顾余还是在来到这个城市以后才知道的，这让她有点措手不及。她本来想着在法尼亚用英语沟通对她来说没什么障碍，结果碰上法语，这就有点为难了。

她正蒙着，谢临在旁边给她现场展示了一口口音纯正的流畅法语，把顾余惊呆了。

人和人真是不一样，谢临这个人让顾余明白了这一点。

说买就买，谢临把买回来的那根棒棒糖塞到顾余手里。然后他看着少女有了棒棒糖只顾着吃，就把他忘到一边了。

谢临在旁边低垂着眉眼，最终还是放弃了某种矜持等待，自己伸手去牵了少女垂着的右手。

“让你出来玩也只有今天，明天你给我好好在酒店待着。哪个选手在比赛前跟你一样，又不是出来旅游的。”尽管点头同意让对方出来玩的人是自己，谢临在说这句话时的声音还是既低沉又冷淡。

“那等比赛完了能不能多留一两天啊？”顾余抬头望着旁边的人。

这个国家和这个城市实在很美，难得来了，顾余想多看几眼。

牵着的手被轻晃了晃，这种晃动也像在动摇谢临的内心，让他不得不微微绷紧身体才能维持住自己的平淡表情。

“如果你这次比赛成绩足够好的话。”这句话其实等同于同意。谢临就是不会直接点头说好，他下意识用这种伪装来掩饰自己的动摇。

从树上落下的枫叶铺在地面形成了一张色彩绮丽的地毯，顾余和谢临手拉着手踩过这张绵长的地毯，来到一个人特别多的喷泉池面前。

这个喷泉雕刻着华美的塑像，来到这个喷泉周围的多是成对的两个人，一男一女。顾余听着路人的对话稍微了解了一下才知道，原来这个地方是恋人的专属地，还流传着听起来不怎么靠谱的传说。

和初恋在这里互相告白，两个人就能永远在一起。

“初恋……”一听见这个词，顾余脸上的温度就蓦地有点升腾。

她不久前才被她的两个好朋友提醒了她的初恋是谁。在谢临在场的情况下听到这个词，顾余整个人都不太好。

听旁边少女在小声咕哝初恋这个词，谢临的脸当即一黑，眉梢眼角冷得跟冬天结起的冰似的，脸色要多难看有多难看。

牵着他的手，回忆初恋。

很可以。

谢临发现了旁边少女的脸有点红。他想到对方也许是在想着陆越，一股莫名其妙的烦躁让他紧紧皱起眉。

虽然谢临知道顾余和陆越从来没在一起过，但他也知道两人曾经对彼此都有过朦胧的好感。这种朦胧的好感也可以被定义为初恋。

顾余总算以某种动物的直觉，敏感地察觉到了旁边的人变得不太好看的表情，她这次比较用力地晃了晃两人牵着的手。

“临哥？”不明白旁边的人怎么突然不高兴了，顾余试探着再晃了晃手。

谢临有反应了。他垂眼望着顾余，语气生硬的说：“初恋都是没有结果的。”

顾余一愣，没等她去想谢临怎么突然跟她说这经典的人生哲言，她就因为说这句话的人是谢临而稍稍压下了一路上的雀跃。

“喔。”顾余没来得及整理心情，随便点点头应了一声。

接着，顾余把手上拿着的枫糖棒棒糖咔吧咬下大半个缺口，把那甜滋滋的味道吞进肚子里之后，她开口说：“后面两天待在酒店里的时候，临哥你教我法语吧，教我一些日常用语就好了。”

谢临闻言轻嗯了一声，算是同意了。

“那现在教一句？”顾余眼睛闪亮，跃跃欲试想要证明自己在语言上的天赋。

谢临有几秒钟的短暂沉默。他的视线匆匆掠过不远处的那座喷泉，然后对上旁边少女明亮的眼睛。

“Je t'aime。”谢临用冷淡的声音说出这句话，声音比平时要轻许多。

顾余发挥她的瞬时记忆能力，稍微有点生涩地复述：“Je t' aime？”

“嗯。”谢临的目光移向另一处。

“这句话是什么意思啊？”顾余求知若渴。

谢临把视线移回来，面不改色，表情淡定道：“好久不见。”

“哦……那这句话好像基本用不上。”顾余纠结地用手指挠挠脸颊。她在法尼亚可没有认识的朋友能让她说这句话。

谢临站在一旁不作声，他本来就没想让旁边的少女对别的人说这句话。

虽然明知道是建立在谎言上听见的话语，谢临依然在听见刚才那句话时，心底产生了欺骗自我的喜悦。

Je t’aime——

我喜欢你。

第八章 初恋的色彩

在结束了一天放松身心的游玩之后，接下来的两天时间，顾余就按谢临所说的乖乖待在酒店里。

这家酒店的外观看起来像一座古老的城堡，顾余在宽敞的套房里练累了，就跑去窗边眺望外面的风景。

入目是满眼的青草绿意与火红的枫树，顾余觉得，她就算是为了能在比赛结束后多游玩这个城市几天，也一定要拿到个好成绩才行。

赛前过度训练有害无益，表演一套节目显然不能靠临时抱佛脚。所以顾余在完成一天的训练量之后，兴冲冲地跑去隔壁敲了敲谢临的房门。

没过几秒，谢临开了门。顾余第一次看见发型和衣着这么随性的谢临。

以往总是打理得好好的头发，现在看起来就没那么听话，衬衫最上边的两颗扣子也是散开了的，不像平时那样一丝不苟地扣着，依稀能看见脖颈儿下的锁骨。

谢临还是面无表情的冷淡模样。他身上那种冷漠的禁欲感仿佛变得更加清晰，一眼看去甚至有点……撩人。

顾余猝不及防看见这么个画面，一愣，脸立马红了。

竟然会被美色吸引，顾余想抬手捂住自己的脸遮掩一下，她这也太不争气了点！

所幸顾余并没有把愣神表现得很明显，在门打开一道能进人的空隙之后，她一溜烟钻了进去。

少女身上穿着单薄的睡裙，肤色白皙的细胳膊和小腿都露在外边。她穿着自己带出门的小黄鸭拖鞋踩在他房间的深色地毯上，画面让谢临觉得有点扎眼。

她到底是多没有防备心和自我意识，才能就这么穿着一身睡裙跑到他的房间。

可钻进了谢临房间的顾余显然没觉得自己的行为有哪里不妥。在俱乐部基地的时候，她穿着睡衣跑到一楼客厅是常有的事，谢临又不是没见过她穿睡衣是啥样。

但顾余没意识到，穿着睡衣跑到大家都在的客厅，和穿着睡衣跑到一个成年男子的房间里是不一样的行为。

“临哥你昨天答应了要教我法语的。”顾余拿着空白的小笔记本，身体往后靠，整个人陷到柔软的沙发里边，明亮的目光注视在谢临身上。

倚靠在沙发上的少女在那无意识地晃着腿，还把拖鞋给晃掉了一只，露出白嫩的脚丫子。那纤细的脚踝仿佛能被他用一只手握住，谢临只看一眼就即刻让自己移开眼睛。

大概是需要拥有强大的自制力才能在这种时候维持冷漠的表情，谢临把视线固定在他随手从旁边拿起的一本书上，语速不快不慢道：“你想先学哪句？”

“随便哪句日常用语都可以。”顾余用笔帽戳了戳自己的脸颊，状态随意。结果啪叽一声，她不小心把另一只拖鞋也甩掉了。

顾余看了一眼被甩得稍微有一点远的两只拖鞋，这个距离她用脚够不到。

下一秒，顾余就因过于懒惰而放弃了走过去把鞋穿起来的想法。

反正这家古堡酒店的房间地毯干净得几乎一尘不染，且是一客一换，她在房间里穿不穿鞋都没什么关系。

谢临从眼角的余光不可避免地还是看见了那两只扎眼的脚丫子。他忍了又忍，终究没忍住，走过去捡起那一双被少女甩到不远处的小黄鸭拖鞋，然后把这双拖鞋放到对方脚边。

“穿鞋，像什么样子。”谢临面无表情地说着。

顾余没反应过来。在她还像个没骨头的生物一样瘫着的时候，帮她把鞋子捡过来的男人似乎实在看不过眼了，他握住她的脚踝帮她把两只拖鞋给穿上了。

给她穿完鞋，男人就跟没事人一样冷淡着脸坐回原来的位置。顾余隔了几秒反应过来，脸噌地又红了。

可做出这一举动的人都不觉得有什么，顾余看着谢临一脸平淡的样子，觉得似乎是自己反应太大，赶紧收敛心神好让自己的脸降温。

可再怎么收敛，顾余也花了好几分钟才平静下来。

于是在这期间谢临教她的几句日常用语，全成了耳旁风。

“记住了没？”

“没有。”顾余诚实地摇摇头。

谢临微微皱起眉：“一句都没记住？”

顾余继续万分诚实地点头。

谢临片刻无言。

假如对象换成别的人，谢临为数不多的耐心早就已经告罄了。但面对的人是顾余，他只能再教一遍。

就算这一遍对方再跟他说没记住，谢临恐怕也只能听之任之。

当意识到这一点的时候，谢临觉得自己的这种状态很危险。

通常来说，越过理智线的东西，谢临要么把它拉回来，要么干脆剪断不要，可他现在显然两种方法都没法选。

只有他一个人兀自情绪起伏，谢临看着眼前的少女毫无察觉的样子，不由得一阵糟心气闷。

不仅毫无察觉，甚至在他教完第二遍之后，顾余看着写了记录的笔记本开始自我学习。结果学着学着，她头一歪睡倒在了沙发上。

睡在布艺沙发上，穿着浅色睡裙的少女越发显得娇小。明丽的面貌此时安静而柔美，像一只拢着翅膀在枝头睡着的小雀。

谢临把手上其实一行都没看进去的书放下，他不知道该怎么形容自己现在的心情。

“就这样随随便便在一个男人的房间里睡着，到底是谁给你的勇气。”尽管知道沙发上的少女已经睡着了听不见，这也不妨碍谢临冷着脸说出这句话。

“你就是被人卖了，指不定还要帮人数钱。”

就算是熟悉的人，她也该意识到他是一个成年男子，多少该有点防备心才是，可她竟然这么毫无防备。

是信任他不会做什么，还是说对方压根儿没把他当成需要注意这些事情的异性看待。

两者选其一的话，谢临倒宁愿是前者，后者听着过于糟心。

看了正歪头睡着的少女一会儿，谢临低不可闻地叹了一口气，他走过去，伸出手抱起这只睡在枝头的小啾。

少女很轻，谢临抱着人走到房间里的那张大床旁边，然后把人放到了床上。

把自己房间里的床让给顾余，谢临本打算把人抱上床后便坐回沙发那儿看书打发时间。可当他俯下身去给她拉被子时，视线不小心在少女那像嫣红花瓣一样的唇上多停留了几秒。

视线一旦被吸引就很难移开。谢临顿住目光，他的头脑在短短几秒间为他做出了一个相当逾矩的决定。

谢临低下头，受到蛊惑一样地偷吻了一下少女的嘴角。

这个行为太过逾矩，只轻轻碰上一秒，谢临就准备离开。

顾余其实睡得挺浅，她在谢临过来把她从沙发上抱起的时候就醒了。但因为听见谢临的那两句话，她决定继续闭眼装死。

本来打算继续睡到底，可躺到床上，顾余感受到一道靠近的呼吸，这让她不由自主地屏息。

按正常言情文里女主角拿着的剧本，接下来的剧情应该是她等谢临亲完并离开以后再睁眼，然后自己躺在床上一阵脸红心跳地疯狂纠结谢临为什么亲她。

顾余觉得她恐怕是当不了女主角了。她压根儿没办法演这种经典剧本。光是感受到谢临靠近的呼吸，她就紧张得有点装不下去。

顾余觉得她忍不了，所以当感受到贴到唇边的柔软唇瓣的时候，她霍地睁开了眼睛。

四目相对，这可能是顾余第一次这么清晰地从谢临眼睛里看见冷淡以外的情绪，有一瞬的愕然。

因为措手不及，谢临甚至忘记了他现在该往后退开。于是现场出现了一个很难形容的画面——

四目相对的两人眼睛里存着不一样的情绪，但两人都愣怔着。谢临温凉的唇还吻在少女的嘴角，画面定格。

窗外枫叶的火红色似乎也不及这一画面明烈，灿烂的心情里带着心脏怦怦地跳动。

这是名为初恋的色彩。

假如以旁观者的角度看，房间里的两人此时仿佛是以恋人般的亲密姿态靠在一起，视线相接、呼吸交融。

只有两个当事人知道，他们现在各自是个什么样的处境。

男人低头亲吻少女嘴角的画面定格了将近三秒，最终是谢临先往后退开。

这一步退得颇有些仓促。退开之后，面对这一场面的谢临一时间没能开口说出任何话。

所有干坏事被抓住的人的反应都差不多，即使是谢临也无法在这种情况下继续保持冷静。

他虽然不至于像别的被抓住的人那样表现得惊慌失措，但毫无疑问是有情绪外露的，刚才一瞬间越过冷静线的愕然就是最好的证明。

谢临此时紧抿着嘴唇，透过随性散开了两颗纽扣的衬衫能看见他修长的脖颈儿泛起了红。由于他的肤色冷白，使得这种淡薄的红变得更加显眼。

这可能是谢临这辈子战斗力最弱的时候。

此消彼长，和他此时的战斗力相比，本应该在这种场面下头脑空白的顾余反而变得很能打。

就算提前睁开眼制造了这种尴尬的场面，按正常言情女主角的剧本，女主角现在好像应该红着脸低头等待对方主动开口。

顾余觉得她刚才反正已经把剧本扔了，干脆就自暴自弃扔得彻底一点。她坐起身向谢临凑近了些，然后抬头盯着对方看。

“为什么要亲我？”顾余忍住紧张，用一种充斥着求知欲的目光望着谢临。

像一只瑟缩又充满好奇心的小啾，从巢里探出头来张望，还偏要把视线放在一只对它来说可能是非常危险的猎食者身上。

可这名猎食者此时并不像平日里那样危险凶猛。它任由这只小啾在观察后扑腾着翅膀飞到它头上，甚至还由着对方用两只小爪子在它头上玩儿似的左踩踩右踩踩。

谢临沉默了。如果不是因为现在做错事的人是他，且这里就是他的房间，他可能会因为想要躲避眼前少女过分清亮且直接的目光，而伪装成面无表情的样子离开现场。

但事实是，谢临现在的状态非常被动。这种被动是他从未经历过的，以至于他不知道在这时候该采取什么样的行动。

可飞到凶猛野兽头上的小啾，在发现自己无论在这猎食者身上怎么蹦跶，对方都不对它做出攻击动作，甚至也不驱赶它的时候，这只幼小的雀鸟就变得肆无忌惮了起来。

顾余再挪动身体凑近一点，毫无顾忌地继续张口就来：“临哥你亲我是不是喜欢我的意思啊？”

没等谢临回答，她又接一句：“不喜欢我的话为什么要亲我，喜欢我的话，是从什么时候开始的啊？”

为什么会逮着机会追问这些问题，顾余对此并不是茫然无知的状态。

刚才被谢临亲吻嘴角的时候，顾余仅仅是下意识地屏息和心跳加速，却没有任何反感的情绪。

这已经说明了一件事情，她对谢临是抱有一定程度的好感的，顾余意识到了这一点。

被眼前少女这样步步进逼，谢临甚至显出了一丝狼狈。

谢临绷着身体，在床上少女又再挪动身体往他靠近了一点，并且又不知道想张口对他说什么话的时候，谢临终于忍无可忍。

他低下头，直接吻上向他凑近过来的少女的唇瓣。

这一次不再是吻在嘴角，是真正地吻在唇上。尽管只是一个如羽毛般轻的吻，但这个吻表明了谢临的态度。

这样将错就错地亲吻完以后，谢临注视着眼前的少女先说了一句抱歉，然后他向对方承认了自己的感情。

“我是喜欢你。”这句话谢临说得很清晰。这样冷淡的声音在说到喜欢的时候，听起来就格外动人。

“没经同意对你做出刚才那种事，我会负责。”

说会负责，谢临紧接着就冷静地提出了他的负责方式：“求婚地点和戒指款式随便你选，订婚仪式就在我家的私人庄园里举行。你如果觉得不满意的话，也可以更换地点。”

顾余直接听愣了几秒，好一会儿都没能反应过来。

片刻后，她瞄了面前的男人一眼，呃了一声以后斟酌着说：“这好像……太快了吧？”

真的太快了，怎么能一下子跳过恋爱，跑到谈婚论嫁去？！

他这完全是不按套路出牌，顾余一脸蒙。

亲一下就需要用婚姻负责那是封建社会，他们现代社会早就没有这样的规矩了。

谢临听着眼前少女的小声回答，微微垂下眉眼。

快吗？

其实如果不是考虑到眼前的少女还是个小姑娘，没到法定结婚年龄，谢临刚才就不会说订婚，而是直接跳去结婚领证了。

在没经同意的情况下擅自亲吻了一个小姑娘，谢临刚才提出订婚是为了向对方表明他的喜欢和重视程度，以免小姑娘觉得他的态度不够端正。

顾余刚才的话在谢临这里是拒绝的意思。

尽管知道她会认为进度太快是正常的事，谢临还是不由得想起少女昨天在他旁边咕哝初恋时有点脸红的样子。他反射性地冷下脸来，变得面无表情。

谢临冷不丁问一句：“还忘不掉你的初恋？”

顾余眨眼，没说话。

“我比他好，任何方面都是。”

谢临说着，开始用冷淡的声音陈述例子：“我不会在你没事先得知并同意的情况下离开去别的地方，也不会逼你去做任何你不喜欢做的事，我会优先考虑你的心情。”

“初恋这种东西，因为是第一次喜欢，你才会觉得它好，事实上这种美好是加了滤镜的。”谢临在说到“第一次喜欢”这几个字时略微绷紧了下颌，但他还是冷静地把这段话说完了。

“把滤镜摘掉，你就会发现初恋什么也不……”

说到这里，谢临的声音倏忽顿住。因为他注视着的少女的脸庞突然在眼前放大，然后，她亲了亲他的脸颊。

正冷着脸的男人身体微微僵住，眼波摇曳。

顾余不止亲了一下。在让谢临顿住声音之后，她又尝试着在对方那张好看的脸上多亲了亲。

跟一只小啾用鸟喙啄人似的，充满了好奇心。

在谢临眼里，她的初恋是陆越。

就算她跟陆越从来没在一起过，谢临也还是这么认为。

意识到这一点，顾余这才后知后觉地发现，她眼前的男人好像在吃醋。

他刚才的表现确确实实就是吃醋的行为。这个发现让顾余感到万分新奇和惊讶。如果不是亲眼看到，她大概永远也没办法把“吃醋”这个词和谢临联系在一起。

因为谢临平时表现出来的性格太过冷淡，顾余觉得对方就算喜欢上什么人，心里的感情波动应该也不会太大。

但她现在发现，现实并不是她所以为的样子。

其实，她现在就该告诉对方她的初恋是谁。但面对谢临的目光，顾余总觉得这句话很难对当事人说出口。

得换一个合适的时机，她酝酿好情绪和勇气时才能说。

亲了谢临两下，顾余才回到原来的位置抬头望着他。男人冷漠的眉眼在被她亲的时候舒缓了下来，一时之间竟然让人产生了一种温顺的感觉。

像危险的野兽被安抚了，猎食者暂时放下了它的狩猎天性，只因为有一只幼小的雀鸟飞过来对它啾啾叫了两声。

“觉得刚才说的那些太快了，那你想要怎么样？”谢临不再揪着初恋的问题，换回原来的话题。

顾余眨一下眼：“当然要从谈恋爱开始。”

谢临没说话，默认了眼前少女的说法。

“那我可不可以有一个要求？”趁着谢临现在好说话，顾余发挥本能，赶紧得寸进尺了一下。

没问是什么要求，谢临表情平淡地点一下头。

这时，顾余对谢临竖起一根手指比了个“1”的手势，并用清亮的眼神望着对方说：“临哥你生气的时候不要对我那么凶，平时最好也不要凶我。”

“我没有凶过你。”谢临把视线往别处偏移。

“你有。”顾余一脸正色，“你以前说我的小脑发育情况有待观察。”

谢临一时无言以对。

“你还说我摔跤的镜头能进今年联赛的十佳镜头集锦。”

顾余再想了想，开口道：“还有……”

没等顾余把话说完，谢临先出声打断了她。

“以后不会了。”妥协般地，谢临说出这句话。

妥协完以后，谢临恢复到面无表情的样子：“恋爱是谈到结婚吗？我不建议你在这件事情上对我耍流氓。”

眼前的少女还是个刚满十八岁的年轻小姑娘。尽管谢临刚才那么笃定地说，他任何方面都比她的初恋要好，但谢临知道其实有一点不是的。

二十三岁和十八岁，他比眼前的小姑娘大了很多，是整整五岁的年龄差。

她完全可以在大学里找到比他年轻的男生谈恋爱，或许这会比和他在一起有激情得多。

“嗯……如果临哥你这几年没有突然喜欢上别人，那我们应该就是……谈到结婚吧。”顾余低头绞着手指。不知道为什么，开口说到结婚这个词时她会觉得脸有点发热。

“我不会喜欢上别人。”谢临用陈述的语气说出这句话，声音平淡却笃定。

“所以二十岁之前，你不要乱跑。”

谢临说不会喜欢上别人，这句话他并不是随便说出口的。

他本来就不会轻易喜欢什么人。以谢临的性格，他说出口的承诺都是会做到的。

并且能像眼前少女这样动摇他心神的小姑娘，谢临认为不会有第二个。

顾余闻言本来想反驳说她才不会乱跑，但在谢临那沉静认真的眼神注视下，她顿时贼兮兮地微弯下眼，又顺着杆子往上爬。

“你对我特别好，我就不会乱跑了。”顾余脸不红心不跳地说出这句话，半点不为自己的得寸进尺感到可耻。

谢临望着对方，语气淡淡地反问：“怎么样才算对你特别好？”

尽管语气很平静，但谢临表现出的态度就好像只要眼前的少女说了，他就会做到一样。

这反而把顾余问住了，她唔了一声，回答不上来。

谢临也不是一定要对方的答案。他垂眸看着正坐在他床上抬着头和他对视的少女，片刻后用低沉的声音说：“我会对你好。”

顾余慢半拍才哦了一声，脸微微有点红。

“在不涉及原则性问题的情况下，你想做什么都可以。”谢临在后边补充了一句。

“什么原则性问题？”顾余偏着头问。

谢临面无表情：“比如训练偷懒，或者和别的雄性生物过分亲近，特别是你那位初恋。”

“你可以暂时忘不掉他，但跟我在一起的时候，不准想他。”

顾余瞄了面前的男人一眼，做了一番心理准备之后，鼓起勇气想要坦白：“其……其实我的初……”

只听到这里，谢临面无表情的脸已经冷了几分，他打断说：“也不要在我面前提他。”

顾余被噎住，实在忍不住咕哝一句：“可是明明这几次都是你先提起的啊……”

“我可以提，你不能。”独裁者谢临发言。

这大概就是只许州官放火，不许百姓点灯的典范了。

顾余眨一下眼，忽然哼哼两声说：“你对我不好。”

谢临因为这句话而微僵住身体。他垂着眼，仿佛不知道该怎么应对这种情况。

最后他俯下身，轻轻吻了一下少女的脸颊。

这个微凉的吻里有着小心的意味，与他微垂眉眼的神情结合，无声中透露出一种珍视。

顾余刚才的那句话本来就不是认真的。结果看到谢临这样的反应，她很快就绷不住了。

“我有一个问题。”顾余忽然表情认真，用食指碰上自己的唇瓣，特别正经地注视着谢临问，“刚才那个，是不是临哥你的初吻？”

谢临并不回避，他冷静点头道：“假如不算上婴儿时期被长辈强吻的情况，那就是吧。”

在遇到顾余以前，谢临过往二十多年的感情史干净到一片空白。他之前要兼顾赛事和学业，说实话并没有那么多的空闲时间。

出于冷漠的性格，谢临显然是一个非常洁身自好的人。

所以，他的家里人才会在这几年越发着急。眼看着谢临到现在都还没找个对象，这种情况搁谁家里都得催。

顾余闻言从旁边拿起个枕头挡住自己的半张脸，剩下一双明亮的眼睛望着对方：“哦，我也是。”

谢临没料到这个回答。他在闻言一瞬就紧紧地盯住那正抱着个白色枕头的顾余，像是想确认对方这句话的真实性。

在少女那双清亮的鹿眸里看着自己的倒影，谢临假装忽略从心底涌现的喜悦，别开眼不想暴露自己的情绪。

谢临的侧脸总是很容易显得神情冷淡，但顾余盯着看了几秒，没被这种伪装骗过。她抱着枕头嘻嘻笑着，又眨巴着眼追问了一句：“那我是不是你的初恋？”

谢临再次点头，淡淡地嗯了一声。

“我……我也是。”顾余鼓起勇气坦白，她这句话的意思挺明显了。

知道这是一句谎话，谢临没生气。他认为他面前的小姑娘是想让他高兴才这么说的。

谢临垂着眼：“这种谎话就不用说了，我又不是不能接受你在我之前喜欢过别人。”

不是不能接受，但介意得要命。

不过想想眼前少女的初吻是自己的，谢临的心情又好了不少。

说真话竟然不被相信，顾余张了张口，纠结得一时没能再说出别的话来。

把原因归结为时机不对，顾余轻扯了一下自己的头发，干脆抱着枕头往床上一躺，然后以侧躺着的姿势打了个呵欠，望着谢临说：“临哥你不困吗？不然一起睡午觉吧！”

顾余说完甚至还很自然地拍了拍自己旁边空着的位置，表情相当坦然自若。

这么随意的态度，不知道的人可能会误以为顾余才是这个房间的主人。

在两人现在是恋爱关系的前提下，在顾余看来，两个人躺在同一张床上睡觉这事要多纯洁有多纯洁，她完全不会觉得有什么不好意思。

谢临实在不知道这正抱着枕头的小姑娘为什么能对他这么没有防备，就这么穿着一身单薄的睡裙躺在他的床上，还问他要不要一起睡觉。

由于打了个呵欠，少女的眼角看起来有点微红，眼睛也因为蓄着的一点生理性泪水而变得湿润，偏偏还用这双眼睛望着他。

谢临没有睡意，但被顾余这么望着，他最终一言不发地躺上了床。

这家古堡酒店的床都是双人大床，两个人躺在上面，位置也还是很宽敞。

旁边躺着的少女很娇小，根本占不了多少空位。她把枕头当成抱枕，没一会儿就真的睡着了。

这一次不是浅睡，顾余不仅入睡得快，睡得也还挺沉，让在旁边看着的谢临无语了好一会儿。

“哪来的信心觉得我不会对你做什么。”谢临都不知道自己现在该是什么感觉，有种因为家里的小姑娘太缺乏戒备心而无言的气闷感。

他确实不会做什么。

少女抱着白色枕头，侧躺的睡姿渐渐变成蜷缩着身体，整个人显得更加娇小。

不仅没有半点睡意，甚至还因为躺上这张床而变得相当清醒的谢临在静静地看了旁边睡着的人一会儿以后，伸出手碰到少女的脊背，不动声色地把这只小啾揽到自己身边。

当顾余睡了好几个小时终于睡醒的时候，她睁开眼就发现自己睡前抱着的枕头不翼而飞。

枕头没了也就算了，她整个人睡着睡着不知怎的窝进了谢临怀里。最可怕的是，她把谢临当成抱枕，用不好形容的姿势抱着对方。

顾余一阵窒息。

救命，说好的纯洁地躺在一张床上睡觉，她为什么会在睡着以后耍流氓？！

就算她承认自己今天确实有一点点觊觎谢临的美色，但也不该做出这种事情啊……

“我平时的睡相不是这样的。”顾余迅速往旁边退开，开口极力为自己辩解。

“我平时睡着以后都不会随便乱动的，这次是意外。”怕对方不相信，顾余又把话强调了一遍。

谢临脸上的表情看不出情绪，他闻言只低嗯了一声，看起来并没有要追究的意思。

谢临越表现得不介意，顾余反而介意了起来。她拍了拍自己的脸，想把脸上的热度拍下去。

谢临看着旁边少女轻拍脸颊的举动，忽然说：“喜欢乱动也没关系。”

“随便你碰。”谢临不紧不慢地补一句。

顾余脸上刚消下去的热度又噌地涨了回来。她从头到尾没看懂对方为什么能在表情冷淡的情况下说出这些话。

顾余觉得自己受到了一万点惊吓，除了惊吓，心脏还怦怦乱跳。

“后天就要比赛了，你说这些话会影响我的比赛心态。”顾余一本正经地说着。

谢临瞥她一眼：“那以后在赛后说。”

两天时间过去得很快，眨眼间就到了正式比赛的日子。

这次挑战者系列赛的法尼亚站门票变得特别热门，门票在发售当天就全部售空。这异常的销售速度把主办方都给惊动了，他们去了解了一番才知道原因。

在购买这次比赛门票的人里，来自Z国的观众占了挺大的一部分，原因似乎是他们国内出了一名备受瞩目的女单选手。

对于这名新人选手参加的第一场国际比赛，有不少热情的粉丝特意跑来法尼亚表示他们的支持。

关于这事，顾余已经在微博上看到了。

“当当当——这横幅帅不帅气！等阿啾比赛那天，我们在观众席上把这条横幅一拉，绝对没有别的东西能比它更显眼。”

“我手绘了一张海报！需要的人可以私信找我要图复印啊。”

“我每次看阿啾比赛，就感觉和自己当年高考的时候一样紧张是怎么回事，心里总是七上八下的……”

“风里雨里，阿妈在观众席等你，嘤嘤嘤……”

一名选手要怎么回报粉丝的支持和热情，顾余想了想，觉得还是要用成绩说话。

在世界瞩目的冰场上，证明自己是能配得上这些鲜花与掌声的人。

× ×

第九章

公民的契约精神

像挑战者系列赛这类的 b 级赛事，一线选手参加得比较少，但也不是没有。

据顾余所知，在这次的法尼亚站比赛里，就有一名来自因兰国的名将。

尤娜·科尔霍宁，目前世界排名第二十一位的女子单人滑选手，职业生涯中最好的成绩是世锦赛的第七名以及四大洲比赛的第五名。

在比赛正式开始前，顾余在场馆内就碰到了她。

这名因兰选手是一个金发碧眼的年轻女孩，长相艳丽，颇具攻击性。她的身高其实并不算高，不超过一米六五，但良好的身材比例还是让对方看起来高挑了不少。

在参加本赛季挑战赛法尼亚站的选手里，这名因兰名将的水平显然要比其他参赛者高出一截。所以在大多数人眼里，她不出意外会是这一站比赛的冠军。

就连她自己也是这么认为的。所以在场馆中，这个因兰美人表现出了非常轻松的姿态。

当双方碰面的时候，尤娜用带点好奇的目光对顾余微笑着打了个简单的招呼。打完招呼以后，她就把视线转移到了旁边的谢临身上。

许久没见，这名年轻男人还是这么冷漠俊美，从头到脚都吸引着他人的目光。

都是参加过世锦赛好几年的选手了，两人当然不会是第一次碰面。

视线一移过去，尤娜脸上就绽开了比刚才热情许多的笑容。

“好久不见啊，罗伊。”

对方交谈用的是英文，这终于是顾余能听懂的语言了，不像听法语那样两眼一抹黑。

罗伊是谢临的英文名，这个名字顾余没在国内的报道上看到过，不过她记得以前在外网上见过好几次。国外的冰迷好像都比较常用“罗伊”这个名字来称呼谢临。

对于这名年轻女孩的热情招呼，谢临只是略微点头作为回应，没有主动交谈的意思。

不过对于谢临的这种冷淡态度，同在一个圈子里的选手显然都已经习惯了，是以对方并不介意，也没有被打击到。

“看到报道说你这个赛季休赛的时候，我还失望了好一阵子。但没想到还能在挑战赛里见到你，真是惊喜。”

尤娜并不掩饰她对谢临的好感，言笑晏晏道：“对了，罗伊你赛后有空吗？应该不是马上回国吧，有空的话我想邀请你跟我做个伴，一起游览多利尔。”

顾余听到这里才终于品出了点什么，她不由得抬头去看谢临。

在顾余刚抬起头的时候，她发现谢临这时也在垂眸看她。

“恐怕不行，已经先答应另一个人了。”谢临微垂下眼望着站在自己左边的少女，回应的声音很平淡。

这句话里拒绝的意思表达得十分清楚，尤娜露出了点失望的表情。但她也没有纠缠不放，而是很干脆地点点头，笑着说：“是吗？那真可惜，希望下次能有机会。你是要陪你负责教导的这个小妹妹吧，祝你们这几天玩得愉快。”

说完这句话，这名金发碧眼的因兰选手就对两人挥了挥手，往场馆的另一片区域走去。

等人走远，顾余才眨眨眼对谢临说：“临哥你和她认识啊，你们很熟吗？”

“在大赛场馆里见过几次面，不熟。”谢临用一句简单的话把两人的关系撇清。

顾余哦了一声，又表情正经地说："作为女性的直觉，我感觉她好像喜欢你。"

说到这里，顾余想了想，其实对谢临有好感的花滑女单选手应该不止这一个。冰迷里喜欢谢临的女粉丝更是多了去了，女友粉从白星基地门口排出去都不知道能排到哪座城市。

"我感觉喜欢你的人特别多。"以旁观者的角度看，顾余才发现，她旁边的男人简直跟行走的人民币似的，人见人爱。

不止女粉，由于谢临在世锦赛场上成绩斐然，他的男粉丝数量也不少。

又因为谢临那张脸长得太好看，即使在圈子以外也有许多喜欢他的人，其中年轻女性占了绝大多数。

在顾余说完这两句话以后，她听见谢临淡淡地嗯了一声。

谢临是性格冷漠，但并不代表他对别人的有意示好会感觉不出来。他可以正常接收，只不过并不会去回应。

正当顾余纠结着想撇撇嘴的时候，她听到谢临用冷淡的声音对她说："但我只喜欢你。"

顾余一秒脸红，一瞬间简直想抬手捂住对方的嘴。

这个人到底为什么每次都用这种声音说出这样的话，就连表情也是冷冷淡淡的，可是说出来的话却让人承受不住。

等脸上的热度降下来，她忍不住又抬起头问："哎，临哥啊，我在你眼里是不是像还没长大的小姑娘啊，特别没有女性魅力的那种……"

顾余之所以这么问，是因为她发现虽然她刚才就站在旁边，那个金发碧眼的因兰美人却完全没把她当成感情上的对手，还是考虑都没考虑过的那种。在和谢临的对话中，对方把她称呼为"小妹妹"。

谢临垂了垂眉眼，暂时没有答话，两人继续往前走着。

顾余等了一会儿没听见回答，本来都准备把这个问题抛到脑后了。下一秒她却突然被旁边的男人拉进了刚好要路过的一个拐角处。

这个小拐角挺不显眼的，顾余反正没在这里看见人。不等她开口问什么，她已经被迫靠到了墙上。

她的手腕还被谢临握着，在刚感受到背部贴靠到墙壁的时候，她的唇瓣被谢临低下头来吻住。

这一次不是像之前那样简单的贴碰。贴合磨蹭了几下之后，顾余分明感觉到唇上的啄吻和轻吮。

双唇间的缝隙被轻轻划过，在顾余无意识微微张口的一刻，另一根舌头就强势而不容拒绝地探入她的口中。顾余一下子被抵弄到舌尖，反应过来的一瞬她就彻底屏住了呼吸，脸颊泛红。

虽然这个小拐角看起来没什么人会过来的样子，但顾余还是不由自主地觉得有点紧张，生怕突然有个人走过来看见他们。

要是被人看到，顾余都能想象到几分钟后外网上会出现什么热门话题。再过没多久，国内微博那边估计也收到消息了。

可紧张归紧张，顾余这时除了接受谢临对她的深吻，身体根本动弹不得。

她抵靠着墙壁的背上放过来了一只手，将她的背部和冷硬的墙壁隔开，这同时也让她被对方环抱着无处可逃。

由于周围太过安静，亲吻时唇舌相触形成的隐秘声也陡然被放大。顾余听着这种声音涨红了脸，都快把呼吸是什么给忘掉了。

直到呼吸微促的时候，顾余被环着她的男人放开了。

“你对你自己要有点自知之明。”谢临看似冷静地说着。假如忽略他此时并不是那么自然的神情与脖颈处隐约可见的轻微泛红，这份冷静确实无可挑剔。

对于无论是身材还是外貌都发育成熟得比较早的欧洲人来说，像顾余这样身形娇小的Z国女性在他们眼里确实就像距离成年还有好一段时间的小妹妹一样。所以刚才那个来自因兰的年轻女选手才会那么说。

在谢临看来，他眼前的少女已经出落得过分秀丽了。他甚至都不太希望对方过几年变得更加引人注目。否则，他估计得拿个手铐把人和自己铐在一起，才能不担心家里这只小啾被外面的阿猫阿狗叼走。

离眼前少女到二十岁还有近两年的时间，这两年发生什么都有可能。

毕竟是年轻的小姑娘，顾余会不会在这两年里喜欢上别人，谢临并不能确定。

倒不是对自己有没有自信的问题，是年轻小姑娘的爱情似乎都有保质期。

恋爱的时候轰轰烈烈，分开的时候也毅然决然，最后遗忘得一干二净，这似乎是一种相当常见的情况。

所以谢临之前才对他眼前的少女说，初恋都是没有结果的。

可眼前的小姑娘现在也是他的初恋，谢临忽然间都不知道要不要收回自己之前的那句话了。

收回吧，想到小姑娘的初恋，他又不太乐意。

不收回吧，现在又是搬石头砸自己的脚。

没等谢临为此皱眉，他就看见眼前少女捂着通红的脸对他说："我……我今天要是发挥失常，一定是你的错。"

"抱歉。"谢临闻言像是微怔一秒，却意外认真地道歉。

确实是他欠缺考虑。谢临为自己不够恰当的行为蹙眉，他的目光触及少女那被他刚才舔咬得嫣红且微微湿润的唇瓣，一时有些移不开视线。

谢临这么一道歉，顾余反而又顾不上自己那点属于少女的羞耻心了。她伸出食指轻挠了挠左边脸颊，解释道："我只是随便说说啦，发挥失常的话一定是我自己的问题。我觉得我今天的状态挺好的，跟参加联赛的时候一个感觉。"

"那你差不多可以想想明天结束以后的行程了。"谢临静静地望着对方，语气恢复到平淡状态。

如果比赛拿到了好成绩，他们就能在这个城市多留几天休假游玩，这是谢临在赛前答应过顾余的事，他准备兑现承诺。

顾余马上接过话，拉住旁边男人的手，笑弯着眼说："我要去佩诺公园，还有埃尔菲大教堂。"

谢临看一眼自己被小姑娘主动拉住的手，冷静地点点头。

等两人从小拐角走出来的时候，谢临的神情已经与平常无异，冷淡而看不出情绪。只有顾余脸上的热度还没完全退下去，嘴唇也还有一点被舔吻轻咬过的痕迹。

走出拐角，顾余就不拉着谢临的手了。

被小姑娘放开手的男人又垂眸看了一眼，想牵回来，却也碍于是公众场合没有办法，这让谢临不自觉又皱了皱眉。

他们两人谈恋爱并不是什么见不得人的事，但暂时还不是对外公开的时机。

现在公开，难免会有人拿这个话题做文章。

可能会有人说顾余在世锦赛场上还没什么成绩，却反而和自己的教练乱搞私人感情，这是谢临不想看到的。

假如不考虑这些，谢临早在两人一确定关系的时候就想对外公开，给顾余身上贴一个属于他的标签，免得外面还有阿猫阿狗对他的小姑娘有什么不该有的特别想法。

对于公不公开恋情这事，两人没拿出来谈过。虽然想法有区别，做法倒是非常默契。

谈个恋爱还不公开给人个名分，向来有责任感的顾余觉得她好像挺委屈谢临的。她走在一旁态度郑重地对他说："临哥你等我在世锦赛捧个奖牌回来，一定马上告诉大家你是我男朋友。"

顾余知道谢临的那一票女友粉有多真情实感。她拿世锦赛奖牌再公开恋爱的想法，和凑齐聘礼再迎娶人过门的概念可能差不多。

等她有了成绩再公开两人恋爱的情况，这样她就能让那一群小姐姐心服口服了，顾余是这么想的。

说拿奖牌也不是因为自信膨胀，是顾余希望自己能做到。

"前十名就可以了。"迅速扫了一眼周围，谢临还是伸手去碰了碰旁边少女的手，捉住对方的两根手指。

世锦赛奖牌不是说拿就能拿的。尽管谢临也认为自己教导的小姑娘非常优秀，不会输给任何人，但他总得给自己留条后路。

国内花滑女单已经很多年没有在世锦赛上拿前十名的选手了。能拿到这个成绩已经足够令绝大多数想要发出争议的人闭嘴。

顾余安安分分地让谢临捉住她的手指，直到两人走到有挺多工作人员待着的地方才各自放开。

这次比赛也是抽签决定出场顺序，参赛选手一共十五名，顾余抽签抽到第十三位，是相当靠后的排位。

顾余挺满意这个序号。看来除了俱乐部联赛的时候运气比较一般，她其他时候的运气都还不错。

顾余在赛前了解过其他竞争对手。对她来说，参赛选手里唯一有竞争力的只有之前打过招呼的那个因兰名将。

对方在这个赛季的短节目选曲是《小夜曲》，自由滑选曲是经典的《天鹅湖》。

《天鹅湖》这首曲子在每个赛季都有不少选手会滑，有一年撞车撞得特别厉害。世锦赛上连着四名选手的自由滑选曲都是这个，观众都有些审美疲劳了。

经典选曲之所以是经典，就是因为这首曲子与花滑的契合度高，在裁判那也容易有比较高的认同度。

所以就算是为了能在裁判那多得哪怕零点几分，也会有许多选手选择这些大热门到有点烂大街的曲目。

唯一有竞争力的对手是在顾余的前一位出场。在对方出场以前的选手大多表现平平，短节目得分普遍在 60 多分，最突出的一个法尼亚本国选手得分是 71.47。

到那名有着漂亮容貌的因兰名将出场时，对方在短节目里跳出了她拿手的 3Lz，还有标志性的 3F+3T。

尽管落冰后的滑出不算很好，但这在现场绝大多数观众眼里只是小瑕疵。对方的水平明显比前面的选手要高出一截，在得分上也明显拉开了差距。

77.62，这个短节目得分足以傲视前面所有的选手了。

这场比赛进行到这里，对场上的国外观众来说差不多是没有了悬念。

“啊啊啊，我们阿啾好像遇上了对手，裁判给因兰选手的节目内容分打分好高啊，是因为和前面那些选手对比显得特别出挑吗？”

“是有这方面的原因，但尤娜这场确实发挥得挺不错的，有点替阿啾担心。”

“莫慌，稳住，我作为特地跑到法尼亚看比赛的老父亲，现在正在观众席上给闺女举着条幅。”

“老父亲和老母亲那么多，闺女却只有一个。裁判要是敢因为国籍给我乱压分，比赛完了我就炸了裁判席。”

“大兄弟你这暴躁老哥的发言是想笑死我，要是裁判真的压分，你事后炸了裁判席也没用啊，咱们平心静气继续看比赛吧。”

因兰选手退场，下一个就轮到顾余了。

在花滑的国际赛场上，国籍确实会对一名选手的得分造成一定影响。像传统花滑强国，如 R 国，以及其他洲国家的选手，就比亚洲选手更容易受到裁判的青睐。

顾余要突破这种制约就得拿出绝对的实力。所以在这次比赛里，她准备挑战自己目前能达到的最高难度。

冰上穿着黑色小裙子的少女看起来并没有因为前一位选手的优秀表演而感到压力，神态自若地滑入冰场中央。

少女的模样很是秀丽，穿着黑色裙子待在冰上，看起来就像是夜色中闪烁的星星，自带吸引他人目光的光芒。

国外的观众并不认识顾余。但观众席上很多来自 Z 国的冰迷举着写了她名字的条幅，这让国外观众有点意识到顾余在自己国内的人气。

Z 国出了一个他们不知道的新秀选手？

抱着这个疑问，国外观众等来了响起的开场音乐——

《星坠之夜》。

完全没有给在场裁判以及国外观众留太多的反应时间，顾余在音乐响起十几秒后就做出了一个令他们措手不及的 3A。

这个 3A 顾余跳得比之前在联赛的时候更加干净漂亮，落冰平稳，滑出也相当赏心悦目，绝对是一个让裁判没办法不给加分的跳跃。

“都给我打 +3 分！再不济也得有个 +2！！这个水准的 3A，裁判敢只打个 0 或者 +1 的话，刚才那位说炸裁判席的大兄弟在哪，比赛完了我跟你一起去。”

“附议，这个 3A 不打个 +2、+3 那也太欺负人了。”

“我闺女好棒棒，老父亲举着条幅的手微微颤抖。”

用 3A 开场，冰上的少女仿佛存心要令在场观众更惊讶似的，在众人还没回过神的时候又给他们带来了一份新的刺激。

3Lz+3Lo。

落冰时稍微有一点点不够稳，但这极高难度的高级三三连跳毫无疑问是完成了的。场上的国外观众纷纷哑然，有点不敢相信自己的眼睛。

Z 国什么时候出了个这么厉害的女单选手。要知道像 3Lz+3Lo 这种难度的跳跃，放眼整个国际赛场，包括顾余在内，能做出来的选手恐怕三根手指就能数得完。

掌声分了两波响起。为了支持顾余而来到法尼亚的粉丝们反应得很快，国外的观众是在震惊中慢了半拍才开始鼓掌。

刚才的连跳有点落冰不稳，这个可能出现的失误在顾余的预计范围之内，所以她并没有惊慌，迅速冷静下来完成剩下的最后一个三周跳，以浮腿后抬，将冰刀提着举过头顶的贝尔曼旋转结束短节目。

顾余在结束姿势停了两秒，然后就笑弯着眼对给她扔鲜花和玩偶的粉丝们挥手。

在去等分区之前，顾余还从冰上捡了一只她喜欢的胖啾玩偶抱在怀里，对支持她的粉丝表达她对礼物的喜欢。

“嘿嘿，那只玩偶是我扔的！我就知道阿啾会喜欢这个毛绒玩具。”

“嫉妒，我下次也买这款，阿啾喜欢，我给她扔一百只都行！”

“先说好了，闺女这表现还不是第一我就去炸了裁判席。之前那两个说要炸裁判席的哥们呢，也带上我啊。”

顾余抱着只胖啾玩偶去到等分区。其实她并不紧张，她已经拿出了她目前能掌握的最高难度表演。除了有一次落冰不稳，也没什么失误，这已经是她目前能做到的最好的表演了。

“除了连跳的落冰有点问题，你其他都发挥得很出色。”谢临抬手摸了一下少女的头发，给出了他最客观的评价。

这夸奖让顾余眨了一下眼，她安分地在谢临旁边坐下，两人一起等待着分数公布。

“顾余选手的得分：技术分 45.32，节目内容分 36.13，总得分 81.45。”

在国际赛场上，这可能是裁判第一次对一名新人选手，且是来自亚洲的选手给分这么宽松。

尽管国内的冰迷觉得，这个分数还是有很明显的压分痕迹，但他们对结果也已经比较满意了。

81.45 分。

稳坐短节目第一名的位子。

原本在国外观众眼中没有悬念的法尼亚站比赛峰回路转，冒出来截和的黑马还是一名来自 Z 国的新人选手，这件事情足以在国外花滑圈里引起很高的话题度。

“今年参加系列赛法尼亚站的 Z 国女单选手是谁？”

“具备这样实力的选手，为什么在青年组的时候没有冒头？”

各种相关话题跑出来，顾余的个人履历差不多被国外冰迷扒了个遍。

甚至有人到微博那边找到了她在国内俱乐部联赛中的比赛视频，把视频下载下来之后又分享到了推特上。没过多久，分享的视频就收获了大量的点赞。

这条推特下面的评论无一例外是国外冰迷在表达惊讶或赞赏。顾余在联赛中的比赛视频为她迅速吸引到了国外观众的关注。她在这次法尼亚站比赛中明显更为进步的表现也让这些冰迷大为惊异。

这真的是一匹黑马了！

女子单人滑短节目 81.45 的得分，在目前的世界纪录里能排到第 10 位。

乍一听，好像这名选手还没有厉害到能威胁其他几个世锦赛夺冠热门选手。但只要想想这是对方在第一次参加国际比赛中获得的成绩，那这个分数就相当可怕了。

要知道裁判在给新人选手打分的时候，手通常都会比较紧，这就造成了一定的压分现象。

也就是说，在保持同水平发挥的情况下，顾余的短节目得分还有不小的上升空间。

国内的吃瓜群众一向消息灵通，在推特上出现的话题，国内冰迷没多久就接收到了消息。

“惊了，阿啾在联赛的节目视频被转到推特去了，点赞数还挺高。”

“宝藏一样的闺女被更多人发现了，阿妈既高兴又不高兴。”

“这种心情我懂，但作为粉丝，还是更希望能看见阿啾在世界舞台上发光发热，我们阿啾可是要飞上天的！”

那条推特使得第二天观看法尼亚站比赛直播的国外观众数量直线上升了一大截。对于挑战者系列赛来说，除非在某一站比赛中有热门的选手参加，否则直播的观看人数一向不是很多，这次是一次例外。

第二天的自由滑节目里，在国外冰迷眼里属于异军突起的顾余依然保持了良好的状态。

自由滑节目得分 153.31，加上短节目的分数，总分是 234.76。

顾余的这个分数可以说是直接吊打了除第二名以外的其他参赛者，就算是和位列第二的尤娜•科尔霍宁相比，也拉开了整整 10.03 分的差距，让现场与观看直播的国外观众都一片哗然。

这是顾余参加的第一场国际比赛，也仅凭这么一场 b 级赛，她就让国外冰迷相继认识并记住了她。

在国外的社交平台上，一时间冒出了许多和这次法尼亚站比赛相关的话题。虽说范围只在花滑圈里，可也算是引起了一阵热议。

然后顾余才知道，“歪果仁”吹捧起人来，和国内网友简直不相上下。

什么来自 Z 国的超新星、天才新人之类的称号都往她头上套，顾余被夸得心花怒放。但她一看旁边男人平静冷淡的眉眼，也就跟着收敛起了雀跃的情绪。

“坚决不被糖衣炮弹打倒。”在酒店房间里，顾余自动自觉地停下刷推特的手。

顾余以为谢临这时就只会对她轻嗯一声，没想到旁边的男人在她把手机放下以后，马上捉住她空下来的手，然后还低下头似乎很随意地吻了吻她的头顶。

“他们夸得也没错。”谢临把玩着捉住的几根手指，说话时还研究似的捏了捏少女葱白一样好看的指尖。

顾余对忽然这么大方夸她的谢临有点不习惯。要知道之前，谢临对她一直是呛来呛去，这么好说话的情况并不常见。

还有亲吻头顶这种动作，顾余莫名就有一种很安心的感觉。

大概是顾余的表情把她的心思表现得太明显，谢临垂眸盯着她看了两秒，慢吞吞地说：“不是你说，要我对你特别好的吗？”

“虽然没订合同和契约，但有口头上的约定。我现在履行我需要付出的部分，等你到二十岁那年，就轮到我收取回报了。”谢临用冷静的声音陈述，仿佛在说一件再正常不过的事情。

顾余记起两人那天的对话。她其实差不多知道谢临指的回报是什么，但还是忍不住问一句：“什……什么回报？”

谢临垂着眼：“戴上我给你的婚戒，这个回报。”

“作为公民要有契约精神。”谢临面无表情地补充一句。

未来会是什么样子，顾余不清楚。她本身并不是一个喜欢去构想未来的人。

因为未知事物充满了不确定性，所以她不喜欢去设想太多。

像她的二十岁会是什么模样，顾余在这之前想都没想过。她觉得这对现在的自己来说过于遥远。

此时听着谢临用冷静低沉的声音说出这些话语，顾余却觉得她好像能隐约看见未来的轮廓。

中间明明隔着两年多的时间，对象是谢临的话，存于未来的种种不确定性好像就能够被消除。这可能是因为谢临这个人本身能让人产生坚定的信心。

“一定要二十岁一到就结婚吗？”顾余抬手捂着半张脸，露出一双眼睛望着旁边的男人。

少女露出的那双鹿眸很是敞亮，谢临半晌不作声。一会儿后，他屈起手指敲了下对方的额头，说话时冷淡着一张脸：“不早点扯证，怕你跑了去找别的阿猫阿狗。”

谢临的这句话说明了他没有要强制限定对方的意思，却成功取得了以退为进的效果。

至少顾余听完以后，很完美地被套路了。

“扯就扯，不就是一个证嘛！”顾余哼哼两声，“我才不是那种会跑去外边找阿猫阿狗的人，我很专一的！”

小姑娘主动说自己很专一，这种说法在男方那边听起来和情话也差不多了。所以谢临沉默着盯了顾余好几秒，手指略微往回缩，最后装作若无其事地移开视线。

说得很无畏，其实顾余是想着，反正是两年多以后的事情，她现在这么放话又不需要马上兑现，根本不慌。

“而且外面没有阿猫阿狗给我找。我每天不是对着课本就是在冰场上对着你，假如有阿猫阿狗，那只可能是我的高数书。”顾余一本正经道。

谢临掀起眼皮，对顾余的说法不置可否。

要说阿猫阿狗，在她学校里多了去了。

光是他有一次送她去学校的时候，他就看见小姑娘被人要微信。类似场景其他时候发生过多少次，谢临可想而知。

没听见回应声，顾余侧头观察了一下谢临的表情。然后她凑近去亲了亲旁边男人的脸颊，很快看见了谢临微垂下冷淡的眉眼。

谢临微垂着眉眼的时候，通常说明他还处于比较好说话的状态。

发现真的每次这样亲一亲就能哄住对方，顾余偷偷把这个好用的方法藏在了心底。

本来把人哄住就完事了，顾余看着正微垂眉眼的谢临，她把自己整个人蹭过去挂到谢临身上，然后嘿嘿笑了两声，小声问：“临哥你是不是特别喜欢我啊？”

不然干吗怕她会在中途跑掉。

少女的鹿眸在问这句话时明亮得不像话。很难有人能在这样的眼神注视下说出否定的话语，谢临也不能。

尽管没办法撒谎否认，但矜持高冷惯了，谢临下意识选择以面无表情的沉默来代替回答。

可像只树懒一样挂在他身上的顾余没有轻易放弃。她得寸进尺，凑近去又亲了亲男人的脸，这一次碰到了嘴角的位置。

“是不是啊？”顾余笑眯眯的样子其实说明她已经认定了答案，就是还想听一听。

被亲到嘴角，谢临似乎终于妥协，从喉咙里低低应了一声：“嗯。”

不得不说顾余在国际赛场的第一次亮相非常夺目。不过在国外冰迷讨论纷纷，各国一线选手也将她归入竞争对手范围的时候，顾余正和谢临一起放松身心游览着多利尔这座城市。

按着顾余的兴趣，他们去了埃尔菲大教堂。

昨天才在酒店房间里谈论到未来扯证的事情，今天两人就来到教堂。原本只是单纯地想来这座有名的建筑看看的顾余，在到达地点的时候，脑子里不由得冒出了点乱糟糟的想法。

这座教堂是北美最大的教堂。顾余和谢临去的时间点刚好人少，所以当置身于这庞大建筑中的时候，顾余感受到非常安静的氛围。

教堂内部的雕刻看起来极尽华美，自带一种圣洁感。

在这安静的氛围里，顾余抬头望一眼站在自己旁边的谢临。他冷漠的神情照旧，这一整天下来陪在她旁边却是相当耐心。

谢临到底记不记得小时候的她，知不知道她是当年那个小姑娘，这个问题从之前就一直搁在顾余心里。

顾余感觉对方像知道又好像不知道，她也无从证实。

此时谢临正目视前方，顾余不知出于什么样的心态，她在这时试探着小声喊：“小哥哥？”

谢临下意识垂眸看她。

视线交接的那一刻，顾余觉得她知道了答案。

也许是因为谢临刚才的状态太过放松，又也许是因为从旁边少女口中说出来的那个称呼对他来说很特别，谢临在下意识垂眼去看对方之后，才匆匆想起这个称呼意味着什么。

他的小姑娘认出他了。

他这一垂眼，不小心暴露了自己早就知道对方是谁的事实。

果不其然，谢临下一秒就看见和他对视的少女露出了然的眼神。这个眼神令谢临的视线有一瞬的躲闪。

不言不语，谢临将自己的视线移到另一处。

先一步移开视线的行为可以解读为逃避或退让，发现事情真相的小姑娘显然没那么容易放过他。

上衣被少女伸过来的手揪住，谢临的目光移去了左边，可他没想到旁边少女一溜烟又跑到了他眼前。

这下子，谢临没法儿再欲盖弥彰地移开视线了。

对着男人很明显是故作平静冷淡的样子，顾余怎么想都觉得这事她比较占理，于是勇气十足地开始兴师问罪："为什么早就认出了我还不告诉我？"

谢临许久无言。

仿佛企图以消极应对来解决问题，谢临依然不开口。他那堪称完美的下颌线却微微紧绷着，显示出他被眼前的少女逼到了一种微妙的心虚状态。

顾余不依不饶，在这时还故意撇撇嘴说："你是不是觉得小时候的我很烦人，所以不告诉我。"

这两句话之间其实并没有什么因果关系，顾余说完后还自己先点点头认可了这个说法。

谢临没有办法，在微妙的心虚状态中，他很轻易就被顾余逼到了无法再后退的位置。

"不是。"谢临明确地回应，对于这件事情，他不能逃避回答，"我没有觉得小时候的你很烦人。"

确实没有。

对于在少年时的一个夏日假期里无意间遇见的、那个像条小尾巴一样跟在自己身边的小姑娘，谢临的感觉其实很特别。

可能因为小姑娘就像太阳花一样，每天围着他转，对他笑脸盈盈，年少时的谢临感受到了一种即使在家人身上也没有感受过的，被人特别对待着的感觉。

自幼时开始学滑冰，在谢临的记忆里，小姑娘是第一个在他摔倒在冰上时，会跑过来问他痛不痛的人。

她每次都像只小啾一样扑腾着翅膀快速跑过来，以至于当谢临习惯了这种关心以后，他被家人带回A市，有一段时间练习时摔倒再站起来后，会下意识往某个方向看一眼。

扫过去的位置很空荡，并没有一个会抬起头来眨巴着眼睛望着他的小姑娘。

“那为什么知道了不告诉我？”顾余很满意刚才听到的回答，此时笑弯着眼的表情有点贼兮兮的。

谢临明白眼前少女刚才是在套路他，但他已经接受套路了，现在只能继续一条路走到黑。

“因为不想让你知道，我是那个教了你错误跳跃的人。”谢临微抿着唇，嘴角弧度被抿得很平，表情看起来似乎有种不悦。

这种不悦并不是针对顾余，是对于他自己。

谢临不是一个不愿意承认错误的人，他只是不悦于他的这种错误做法让他眼前的小姑娘多走了一段曲折的路。

“我不应该乱教你。那个时候的我根本没有能够正确教导别人的能力。”谢临冷静地说出这句话，坦白自己的错误。

在花滑这一领域，谢临毫无疑问是个天赋出众得令他人嫉妒的天才。天才自己学习进步得很快，却不代表会教人。像少年时期的谢临就不懂得教小姑娘学习适合自己的跳跃。

听见谢临这么说，顾余唔了一声，抬手挠了挠脸颊：“也是我自己说要学的啦，不能怪你。”

“因、因为觉得你的跳跃很漂亮，我就想要学，当时特地跑回家拿止血贴也是为了跟你套近乎来着。”这句话顾余说得比较小声，还有点扭捏，不太想承认自己小小年纪就会套路人了的事实。

无师自通纯天然的套路，一套就把少年时的谢临给套上了，让后者心甘情愿被缠着。

谢临在听到眼前少女说他的跳跃很漂亮的时候，眼神像是有些不自在地微微动了。

要是别的人说出这句话，谢临不会有什么反应。但从顾余口中说出来，他的感觉就不一样。

被喜欢的人欣赏，这无疑是令人喜悦的事。

但谢临没那么容易放过自己的错误。顾余瞧着前边男人还微皱着眉的样子，她脑子里忽然冒出一个格外作死的念头。

“不然这样，临哥我去给你买把锤子吧。”顾余装作一本正经地说出这句话，脸上也满是正色。

谢临眼皮一跳。

其实不需要顾余提醒，谢临也很清楚地记得自己曾经说过什么话。这也是他迟迟不肯主动告诉顾余他是谁的原因之一。

“把你这些不该有的想法收回去。”尽管形势很被动，谢临在依然保持住了面无表情的样子。他屈起手指不轻不重地敲了一下眼前少女的脑袋瓜子。

顾余完全没被震慑住，她一脸理直气壮：“临哥你说话不算数，说好的要拿锤子敲一敲头。”

“这句不算。”谢临现场演示了如何面不改色地收回自己曾经说过的话，姿态冷静得可以去拿个吉尼斯纪录奖了。

被顾余这么一打岔，谢临就没再皱着眉，只不过神情冷淡的脸上多了几分不自然，眉眼耷拉着。

谢临的冷漠姿态对现在的顾余来说毫无意义。顾余像小时候那样，跟牛皮糖似的粘到谢临身上，眨巴着眼小声说：“小哥哥。”

这不是少女醉酒以后迷迷糊糊喊出来的称呼。被清醒着的小姑娘这么喊，谢临很快失去抵抗能力。

谢临不作声。他不想暴露自己此时的状态，可也于事无补。

只要把谢临和记忆里的少年看成一个人，顾余就特别懂得怎么攻破他的防线。

顾余话音刚落，就凑近到男人的侧脸上吧唧了一口，然后望着对方把刚才的称呼再唤了一遍。

“小哥哥。”顾余继续眨巴眼。

明知道眼前的少女是故意这么做的，谢临还是伸手把小姑娘往自己怀里揽。

“你又想做什么？”声音冷淡，但很明显不是不耐烦的语气，更偏向于像习惯了般的纵容。

“没有啊。”顾余偏头，笑眯眯回一句，“就是想喊喊你。”

怀里的小姑娘格外肆无忌惮，谢临面无表情地盯着她看了几秒，最终却是在与那双明亮眸子的对视中落败收回视线。

输了。

输了一次，就会有第二次、第三次。谢临感觉，他怀里的小姑娘可能不会再怕他了。面对他的时候，顾余的胆子真是越变越大。

去完埃尔菲大教堂，顾余又拉着谢临去了多利尔的好几个有名地点。

一天走这么多的路，到下午的时候，顾余终于走累了。

然后在顾余说脚走得有点疼的时候，她人就到了谢临的背上。

顾余本来是说休息一下再继续走。走在她旁边的谢临一言不发地把她扔到自己背上。

两人经过红色枫叶飘落的小道时，顾余的下巴正枕在谢临的肩上。她稍微侧过头，正好能很方便地瞄见谢临的侧脸。

背上少女的呼吸一下下喷洒在谢临的颈侧。连呼吸都能察觉到，这也说明了两人此时的亲密。

顾余手里拿着一片从树上落下来的枫叶。她看了谢临的侧脸一会儿以后，忽然凑近一点说：“小哥哥，我喜欢你啊。”

谢临脚步微顿。两人虽然已经确立了恋爱关系，但这是谢临第一次听到顾余对他说喜欢。

不算小时候的玩笑话，小姑娘在这之前还没对他说过类似的话。

顾余不说，谢临就不确定她的心里是怎么想的。

现在的年轻小姑娘谈恋爱，许多都是虽然还没到喜欢的地步，但也可以先谈着试试看。

虽然知道或许这句喜欢也只是对方很随意说出口的，谢临还是把这句话往心里去了。

明明是挺好的气氛，谢临却在这时冷不丁问一句：“比对陆越喜欢？”

顾余噎了一下。这简直是个死亡话题，她以前怎么没发现谢临这么能吃醋——不，也许是发现了的……

她小时候对别的少年喊小哥哥被谢临现场抓住时，谢临就冷着脸表现得不大高兴。

“这个不能这么比。”顾余想了想，觉得自己不能把这两种感情放在一起比较。

她对陆越的好感在朦胧阶段就已经停止了。这份朦胧的好感还没来得及生根发芽就被封存了起来。

说完这话，顾余想起来一件事情。她用脸蹭了蹭谢临的颈侧，微红着脸，还是鼓起勇气说：“我……我小时候就说过喜欢你啊。所以我说你也是我的初恋……这句话是真的，我没有说谎骗你。”

“虽然我那个时候还小，但长大一些以后再想想，觉得自己是真的喜欢你的。”

长大到十几岁，小姑娘开始懂得感情的时候，发现小时候遇见的少年比她后来见到的每一个人都好。

那名少年能满足年幼小姑娘的一切少女心幻想。顾余单方面把对方当成了自己的初恋。

少女的这两句话对谢临的冲击实在有点大。他完全来不及再去计较什么陆越，直接停下了前行的脚步。

此时小姑娘还在他耳边咕哝：“但是你之前说初恋都是没有结果的，那我们怎么办啊？”

“这句话也不算。”谢临极其冷静地再一次把自己说过的话吃回去。他说这话时甚至连眼皮都没动一下。

“骗你的，当我没说过。”

第十章
要报警了啊

法尼亚站的比赛结束后，顾余和谢临在多利尔这座城市待了几天。顾余基本上把想去的地点都逛遍了，拿着第一名的奖牌心满意足地回国了。

经过在法尼亚站的惊艳露脸，顾余在国外冰迷的眼里，毫无疑问是本赛季会出现在世锦赛舞台上的选手。

假如以顾余这样的表现还得不到世锦赛的参赛名额，估计不止她在国内日渐增长的粉丝会不满，就连国外的冰迷也会对此质疑了。

挑战者系列赛有很多站比赛，顾余作为一名新人，在四大洲比赛与世锦赛来临前，得奔赴各个系列赛的赛场，在这些比赛里尽可能多地刷取积分。

除了刷分，多参加国际比赛也是为了能更熟悉赛场，同时在比赛中得到锻炼。

国际滑联在花滑每个赛季的十月份会举办一项比挑战者系列赛要重要得多的比赛——世界花样滑冰大奖赛。这一比赛的重要程度可以说仅次于世锦赛和冬奥会。

有资格参加这项赛事的选手无一例外都具备一流水平，总决赛中的竞争尤其激烈，大赛也因此看点十足。

假如顾余能在去世锦赛之前，先在大奖赛里有个锻炼是再好不过。但很可惜，由于大奖赛的参赛规则，顾余和当前赛季的大奖赛没有缘分。

大奖赛的参赛名额是直接分配到个人。能收到邀请的都是世界排名或者上赛季最好成绩排名前二十四名的选手。

顾余作为新人，她在上赛季的履历一片空白。花滑选手的世界排名是由当前赛季以及过去两个赛季的积分加权总和决定，顾余这个赛季才开始参赛，世界排名想爬上去还早着。

不过本赛季，顾余在这次挑战者系列赛的法尼亚站里已经刷出了一个非常不错的赛季成绩。

且不说她的这个成绩还有进步的空间，就算以她目前 234.76 的成绩纪录，要挤进当前赛季最好成绩排名的前二十四名多半也是稳的，基本能确定下一年大奖赛的参赛资格。

虽然这个赛季的大奖赛顾余参加不了，但她在十月下旬的时候，也准备预留时间去现场看某一分站的比赛。

十月上旬没有比赛，等中旬她再奔赴一站系列赛就差不多了，顾余这个月的行程基本排满。

回国的飞机延误了一小时，顾余和谢临回到俱乐部基地的时候，已经晚上八点了。

一回到俱乐部基地，打开屋子的门，站在门口的顾余听见几道响声。然后，她的头上就挂上了一圈彩带。

“恭喜师妹拿到法尼亚站比赛的金牌。”许望笑眯眯地说着，把手上用完的彩带小拉炮以完美的抛物线扔进不远处的垃圾桶里。

顾余被这阵仗弄得愣了一下，一时都忘了要把挂在头上的彩带扒拉下来。等她反应过来的时候，谢临已经帮她把彩带都弄掉了。

谢临做这件事情的时候脸上没什么表情，看起来似乎只是顺手帮忙。

顾余侧过头和谢临的视线对上的时候，她看着手上拿了一团彩带的年轻男人，不由得眨了眨眼。

迎在门口的不止许望一人，叶茜等人也站在一边，面带笑意地望着进门的两人。

“你们怎么……”对这番阵仗不太理解，顾余抬手挠了挠脸颊。

叶茜推开挡着她的方明，乐呵呵地说：“这不是给你庆贺一下在国外的初战告捷嘛。国内的冰迷最近都跟过年似的，都夸你争气。”

作为新人，能在国际赛场露脸的第一场就拿到这么好的成绩，实在是很惊艳了。就连国外冰迷都在推特上甩出惊叹三连，毫不掩饰他们的讶然。

听叶茜这么说，顾余不免有点感动。

他们的飞机晚点了一小时，叶茜等人估计就在客厅等了一个小时。

“你也知道，我们国内女单的成绩低迷很多年了。现在有一个你冒出头来，大家肯定都会对你抱有很高的期望，等着你挣脸面……”叶茜说着，声音顿了顿，“你别有什么压力就好。”

期望也是一种压力。他们就怕国内冰迷最近表达的各种期望让顾余觉得压力大，反而影响了她的心态和发挥。

想当初，许望就是一个活生生的例子。

顾余倒是表情轻松地弯了弯眼：“不会。把压力变成动力，这个我特别在行。”

旁边的谢临在这时语气不冷不淡地插了一句：“她的心态没许望那么脆弱，至少也是钢化玻璃和普通易碎玻璃的区别。”

突然躺枪的许望一脸无语。

钢化玻璃这形容词半点不符合少女心，但难得被谢临夸，顾余竟然还有点高兴。

一定是因为对象是谢临，顾余对他夸人的标准都降低了。

不管用什么语句，夸了就行。

在门口被这么迎接完，两人也就带着行李上楼，回到各自的房间里安顿。

在房间里洗漱完换上睡衣后，顾余躺在床上抱着谢临送给她的那只大号胖啾玩偶，一直百无聊赖地左右翻滚折腾到十点。然后，她在床上坐了起来。

之前在法尼亚的时候，后边几天她都是和谢临住一个房间。今天晚上回到自己房间一个人睡，顾余有那么点不习惯。

顾余坐在床上纠结了一会儿，把头发抓得乱糟糟的，最后还是下了床。

顾余打开房门出去，先是做贼似的偷偷摸摸观察一下周围，然后轻手轻脚地跑到隔壁房间门口。

门口传来轻轻的敲门声，刚从浴室出来的谢临很随意地掀起眼皮望过去一眼。

等他表情平淡去开门的时候，看见穿着睡裙的少女，谢临不明显地微愣了一秒。后者马上就跟兔子似的一溜烟蹿进了他的房间里。

等谢临反应过来关门回头，他看见那胆子特别大的小姑娘跑到了他的床上，此时正拿着他的枕头挡住半张脸，露出一双漂亮的眼睛望着他，吞吞吐吐地对他说："那个……晚上在房间里看不到你有点不习惯。改习惯要有个过程的嘛，所以从明天开始再……"

顾余说话的声音小小的，像是怕被其他人发现她跑进了谢临的房间。但人已经把枕头给抱住了，看起来没有要走的打算。

谢临望着那在他床上的少女，眼神微微变动。

他维持着面无表情的冷淡样子，开口却说："你是不是存心想折腾我？"

顾余眨一下眼，没听明白。

"我是不会对你做什么，但不代表我不想对你做什么。"谢临觉得他很有必要跟自家小姑娘说清楚这件事情，免得对方认为两人纯盖棉被睡觉这事很纯洁，就可以往他这里瞎跑。

这下顾余听懂了。她整张脸迅速涨红，身体下意识往后缩了缩，企图让抱着的枕头把她整个人挡住。

谢临走过去把被顾余当成挡箭牌的枕头抽出来，放回原来位置，让她直接面对着他。

"你需要意识到，我，"谢临平静地指了指自己，"是一个二十三岁，马上要二十四岁的成年男人。"

谢临用一脸冷淡的表情说出这两句话。话的内容却和他平时充斥着禁欲感的形象不符，对比之下形成了一种极具冲击力的鲜明反差。

看着快要像鸵鸟一样把自己缩起来的少女，谢临罕见地勾了勾唇，不紧不慢地说："这次就算了，以后再这么随便往我房间里跑试试。到时候你就知道后果了。"

顾余扯起被子往自己身上盖，盖好以后抬眼偷瞄谢临一眼，诚实道：“我会有点怕。”

“怕就别这么没有防备地往我这跑。”谢临垂眸对上少女的视线。

顾余把被子稍微拉高点，脑回路清奇地回答：“我……我尽量克服害怕。”

谢临的眼皮跳了跳。

大概是怎么也没想到会听见这样的回答，谢临盯着床上的小姑娘沉默了好几秒，最终从喉咙里低不可闻地叹了一口气。

“真怀疑我上辈子欠了你家一笔巨债。”谢临面无表情地抛出这句话，“这辈子你家里人才派你过来跟我讨债。”

能怎么办。

自己喜欢的小姑娘刚满十八岁没多久，谢临觉得他不能这么着急。

偏偏这小姑娘经常无意识地撩拨他，让谢临有什么感觉都只能自己忍着。他看着毫无察觉的顾余，真是气也不是，不气也不是。

听谢临这么说，顾余反而是一脸笑嘻嘻的样子，有点得意地回答：“是啊，我是个讨债鬼。”

可大概是她这过分得意的样子让谢临看不下去了，他冷静地说：“好，那我们现在来翻翻旧账。”

顾余微愣。

什么玩意儿？

“你高考志愿填L大是因为陆越让你考的，是这样吗？”谢临皱着眉。

顾余头上冒出一个问号。

“之前我们两家俱乐部交流训练的那天，你是特地出去给他开门的？” 谢临脸色越来越不悦。

两个问号。

“你会做这些事情，说明你还有点喜欢他。我需要知道你的这‘有点’具体是多少。”

三个问号。

天大的误会！

在谢临的目光审视下，顾余从被子里抽出一只手，举起来做出报告的动作："陆越是想让我考L大，但是我的高考志愿填L大是因为林落在那里。而且我感兴趣的专业在L大排名很靠前，各方面资源都挺不错。"

"还有，特地去给陆越开门这说法又是哪里来的？那天是我看其他人都还在吃着早餐，只有我和你吃完了。那我总不能让你去开门，所以我就很自觉地去了啊。"顾余一脸无辜和不解。

谢临瞅了她一眼，慢吞吞道："基地大门可以遥控打开。"

顾余相当后知后觉地啊了一声："我忘了……"

看出小姑娘说的是实话，谢临顿时有些无语。敢情他之前介意的那些事情都纯属想太多吗？

顾余算是知道她眼前的男人有多能吃醋了。她掀开被子坐起身，一副坦坦荡荡的样子说："你还有什么要问的？赶紧问！"

谢临不动声色地看了小姑娘一会儿，片刻后开口："你们以前牵过手没有？"

"勉强也算牵过吧，但……"顾余小声回应。

谢临的脸顿时臭了三分。

"拥抱？"

"有过友情的拥抱，我跟其他朋友也有过的。"

谢临脸一黑，他忍了又忍："那亲吻？"

敏感地从这句问话里嗅到一点危险的感觉，顾余赶紧摇头，又迟疑地点了一下："有一次我走路不小心摔了，刚好扑在他身上，脸颊意外地擦过了他嘴唇这种算不算？除了这个，没有别的了。"

谢临不说话，本就面无表情的脸现在冷得和冰块差不多。

明知道的问题为什么要问，谢临给自己强行灌了一缸醋，大晚上的睡意全无。

气死他了——

看谢临面无表情地吃醋其实是一种特别有新奇感的体验。为了避免被殃及池鱼，顾余在观察了一会儿以后，忽然像只树袋熊一样挂到谢临身上。

“哎，都是过去的事情啦！”顾余一本正经地说着。

谢临刚从浴室里出来不久，身上仍带着些许水汽。顾余凑近对方身边的时候就闻到了沐浴露的味道，挺清爽好闻的。

少女凑近到他的颈侧做出一番嗅闻的举动，谢临不可避免地微僵身体，连下颌线都跟着紧了紧。

因为觉得好闻，顾余就蹭近多闻了几下，浑然不觉自己的这一举动是在耍流氓。

鼻尖不小心蹭碰到谢临喉结的时候，顾余还好奇心特别重地伸手去摸了摸。

她之前有一次不小心碰到过这个位置。当时只顾着慌慌张张起身，现在可以随便摸了。

不过在顾余刚用手指触及的时候，她发现碰到的喉结微微动了动。

她一抬眼，对上谢临情绪不明的眼神。

“你别乱摸，也别乱动。”谢临把话说得言简意赅，声音听起来像是比平时低沉了几分。

顾余没有马上意识到问题所在。谢临这句话的语气并不强硬，所以她还偷摸着伸出一根手指去轻轻戳了戳对方的喉结。

然后，谢临的喉结就更明显地上下滚动了一下，衬着男人的冷淡表情，看在顾余眼里，莫名觉得有点儿……

性感。

这个词一在脑子里闪过，顾余赶紧晃了晃自己的脑袋，把这想法甩开。

谢临的美色真是太可怕了。顾余觉得自己以前从来不会对男性有这样的感觉。

刚还把自己扔进醋缸里的男人已经被挂在身上的小姑娘折腾得没脾气了，他面无表情地把乱动的少女往床上摁。

摁倒以后，他一只手撑在少女的脑袋旁边，身体覆过去，在上方把人牢牢困住。

顾余迟钝地反应过来。她眨了一下眼望着上边的男人，脑中那根粗得不行的神经终于被拨动，有了一丝名为紧张的情绪。

“说了让你别乱动。”

谢临用不带情绪起伏的声音说出这句话，实际动作却和声音截然相反。对方话音刚落，顾余就感觉唇上轻微一痛。

她被男人不轻不重地咬了一下唇瓣。

没等顾余感受这点疼痛，她刚才被咬过的位置又被男人描摹似的细细舔舐，类似于大型猫科动物舔舐伤口的举动，顾余当即红了红脸。

轻微的疼痛感很快消除。在几下啄吻之后，顾余就清楚地接收到男人所表达出的让她张口的意图。顾余刚松开牙关，他就毫不客气地闯了进来，舌头在她口中肆意探索。

顾余被吻得有些喘不过气来，在偶尔有的空隙中不由得发出一点哼声，被谢临听见的时候，似乎就会吻得更加深入。

在顾余感觉呼吸困难之前，谢临结束了这个吻。

谢临的左手搭在她的腰上。结束这个吻之后，谢临把头再低下一点，往左微偏，然后顾余感受到了在她耳朵上的轻吻。

与温热的鼻息一起，那种微凉柔软的触感从耳郭慢慢转移至耳垂。当耳垂被上边的男人猝不及防含住的时候，顾余啊了一声。

完全是下意识发出的声音。由于耳朵位置敏感，顾余这时已经涨红了脸。

顾余紧张得不行，但谢临很有分寸，他最多也只是吻了吻身下少女的颈侧，在接近锁骨的地方留了个印记，然后就停下来了。

谢临往后退开，松开对少女的禁锢，脸上恢复到没有表情的状态：“要不是我的良心不允许，凭你刚才对我那样耍流氓的行为，足够让我‘礼尚往来’办了你了。”

说完这句话，谢临深呼吸了一下，稍微平复情绪。

顾余被放开以后，马上抬手捂住脸。她的脸红得跟番茄一样，脸颊发烫。

正用双手捂着脸的顾余看见已经从床上起身的男人站在床边垂眸看她一眼，然后面无表情地再次走进了浴室。隔了没一会儿，顾余听见浴室传来淅沥的水声。

明明才刚洗完澡没多久，被顾余这么一折腾，谢临不得不再进浴室一次。

作为这件事情的始作俑者，顾余不由得有点心虚。

以至于当谢临洗完冷水澡从浴室里出来的时候，他看见他的小姑娘正安静地躺在床上，模样看起来要多安分有多安分。

睡衣没有完全遮挡住少女形状漂亮的锁骨。谢临慢吞吞扫了一眼自己留在上边的显眼痕迹，片刻后颇为满意地收回视线。

仿佛这么打个标记，眼前的小姑娘就确定是属于他家的一样。

并不知晓男人这种可以称为有点幼稚的心理，顾余正为自己刚才做的事情心虚地反省。等谢临躺上床了，她蜷缩起身体挨过去，态度有点讨好地窝到对方旁边，非常安分地没有做任何其他动作。

一个冷水澡让谢临的情绪以及某方面反应都一起冷静了下来。他侧身躺着，把旁边表现得特别安分的少女往自己怀里再揽近一点。然后，他关上了房间的灯。

“睡吧。”

在一片黑暗的空间里，顾余听见旁边人的低沉声音。冷淡的声音里像是带了几分安抚意味。

顾余顺从地闭上了眼。然后，她感觉到额头上落下了一个很轻柔的吻。

也不知道是不是这个晚安吻特别有用，顾余在闭起眼后没多久，脑子里原本胡思乱想着的东西就都不见了，没一会儿便沉沉入睡。

人在刚进入黑暗环境的时候不能视物。习惯了这个环境以后，睁着眼还是能看到一些东西。

旁边少女的呼吸已经变得均匀清浅，谢临静静地看了对方的睡脸一会儿。半晌后，他声音低低地说出一句话：“别让我等太久。”

希望眼前的小姑娘快点长大，最好一眨眼立刻到二十岁，那谢临一定二话不说马上把人娶了。

这也只能想想，现实还是得慢慢等。谢临只能耐心等着喜欢的小姑娘长大。

第二天醒来的时候，顾余让已经洗漱好的谢临先去门口看看走廊里有没人。房间门虚掩着，她等谢临说没人的时候再出去。

许望这时刚好从自己的房间里出来。他看着一直在房间门口站定不动的谢临，走过去有点奇怪地问："临哥你站这儿干吗？不下楼吗？"

谢临直接忽略前一个问题，目光扫过他，很随意地应一声："嗯，准备下去。"

听谢临这么说，许望也没想太多。他把视线移到隔壁靠角落的房间："顾余不知道醒了没。茜姐说她今天下厨给我们做早餐，不能让师妹错过这种好事。"

许望说着就准备往角落的房间走，想去敲门看看人醒没醒。他的这一行为被谢临当场制止了。

"她醒了，我刚才听见了声音。"

以房门颇为良好的隔音效果，谢临站这么远能听见个鬼的声音。即使如此，他在说这话时也依然面不改色。

大概是谢临的高冷形象塑造得太成功，许望完全不疑有他，完全被说服。

"那我先下去了。"许望打了个呵欠，说完就转身往楼梯口走。

等许望走下楼梯，顾余才拉开虚掩着的门，迅速蹿了出去。

蹿出去以后就安全了，顾余拍了拍胸口，呼出一口气："还好临哥你刚才机智。"

谢临垂眸看着对方，慢吞吞地说："让基地里的人知道我和你谈恋爱也没什么关系，这只是对内公布。不过，让他们看到你从我房间里出来是不太好。"

假如是反过来，让其他人看到他从顾余房间里出来，这倒是没什么。

前者被看见会显得小姑娘不矜持；后者么……谢临想了想，他大不了被其他人用谴责的眼神望着。

"我知道啊。"顾余挠挠脸颊，"但我怕太突然了，会让他们受到惊吓。我们找个时间正式点说？"

谢临没马上答话。其实他想说，无论以什么方式告诉其他人，他们都会受到惊吓。

为了不让小姑娘纠结，谢临选择把这句话吞回肚子里，非常淡定地点了点头。

等两人相继下到楼下，其他人都已经吃上早餐了。

今天的早餐是叶茜自己做的饺子和皮蛋瘦肉粥。因为是自己做的，用料当然就比在外边买的要丰盛。

顾余不喜欢吃皮蛋，所以她舀粥时比较小心，免得皮蛋到她碗里浪费了。但不可避免地还是舀了一些到碗里。

对于顾余有点挑食的状况，谢临已经挺了解了，包括对方不喜欢吃皮蛋这件事情。

所以在顾余舀完粥捧着碗回座位的时候，谢临在众目睽睽之下把小姑娘的碗挪过来，把里边的皮蛋一一挑到自己碗里，又把自己碗里的肉分一部分过去，最后把碗挪回给顾余。

一套动作完成得行云流水。过程中谢临那张面无表情的脸上甚至没有丝毫波动。

围观众人惊呆了。

客厅里的其他人顿住了他们吃早餐的动作，用一种说不清道不明的复杂眼神望着两人。

这两个人是怎么回事？！

谢临这个行为倒也不能说是故意的，他只是丝毫没有遮掩的打算，刚好借着这一行为把两人的关系摆在明面上。

反正再怎么正式说明，基地里的其他人也会被他们惊吓到。谢临不想让小姑娘多费脑子纠结，假如能就这么摊开了也挺好。

顾余最近被谢临照顾得太习惯，等旁边的男人把碗给她挪回来的时候，她非常自然地拿起勺子开始从碗里舀粥喝。

等吃了几口发现桌上的氛围实在太过安静，顾余才后知后觉地抬起头。但她依然没有从其他人的异样目光里意识到有哪里不对。

顾余没反应，谢临也一副若无其事的样子。

只不过前者是真的毫无察觉，后者则是心理素质过硬。哪怕知道桌上其他人在想什么，也能保持面无表情。

两个当事人都这么淡定，围观群众里反而有人忍不住了。许望把碗一放，实在按捺不住地说：“你们俩去一趟法尼亚回来之后是怎么回事啊。临哥你老实说，你该不是真对顾余下手了吧？？”

许望问这句话，他心里其实还是比较信任谢临的。毕竟谢临高冷惯了，基地里无论是谁都想象不出他谈恋爱的样子，更何况顾余还是个小姑娘。

主动给小姑娘挑走碗里的皮蛋，又把自己碗里的肉分过去这事未免也太亲昵了。就算是关系特别亲近的朋友，也不一定能有这样的互动。这让许望想不想歪都不行。

客厅里的众人都等着谢临回答。没想到谢临就只不冷不淡地瞟了问他话的许望一眼，却并没有反驳对方的话。

他们看见坐在谢临旁边的顾余忽然把勺子一放，头也稍微低下去，耳尖看着还有点红，一副被戳中死穴后没脸面对众人的样子。

得，看顾余这样子，这事是没跑了。

清楚地意识到这件事情后，客厅里除两个当事人以外的其他人，表情顿时都格外精彩，就像调色盘里的颜料一下子哗啦全糊到一起，那叫一个色彩缤纷。

最先反应过来的人无疑是许望。他脱口而出一个脏字，随即带着万分强烈的谴责眼神指着谢临：“你你你……临哥你居然是这种人。顾余还是小姑娘呢，去一趟法尼亚你竟然就把人给拐了？！”

说完这句还尤觉不够，许望一脸震惊外加痛心疾首：“之前是谁跟我说，自己不是那种会喜欢刚成年的小姑娘的变态。结果出个国回来，你就告诉我你们俩谈恋爱了！我坐个火箭的速度都没你们俩进展快。你们在法尼亚到底干啥了，临哥你做人了吗？！”

面对许望的指控谴责以及客厅里其他人的同仇敌忾，谢临面不改色，脸上的表情纹丝不动，甚至还有空拿起放在桌子上的水杯喝一口。

喝完一口热咖啡，谢临用平静的声音说：“总之，就是你们认为的那样。”

至于许望刚才说他曾经说过的那句话，谢临选择性忽略，避而不答。

自从和顾余闹过一次关于初恋的误会事件，谢临对把自己说过的话收回去这技能已经运用得十分得心应手。

心理素质够硬就完事了，只要不承认、不理会，当没听见，那就没有收不回的话。

谢临这句话一说出来，客厅众人里就连除顾余以外年纪最小的曲一帆也加入了谴责大军。

要知道对这个年轻的后辈来说，谢临一直是他非常尊敬的前辈。训练时被谢临指点，他都是说一不二地去执行，平时更是非常懂事礼貌的性格，对谢临绝对干不出像谴责这种事情。

感觉自己再不出声，谢临就要被当成诱拐小姑娘的罪人了。顾余在这时抬起头，小声说："那个……临哥没对我做什么啊。我们最多最多也只是躺在一起睡觉，其他没别的了，现在是正常的男女朋友关系。"

纯盖棉被睡觉，啥事没干，不是一般地纯洁。

顾余不说还好，一说，众人的谴责眼神反而更加强烈了，许望更是又将一句脏话脱口而出。

这还得了，才刚在一起没几天就把人小姑娘给拐上床了，就这还说没做什么。

"临哥，做个人吧！"许望表情沉痛，特别语重心长地说出这句话。

和喜欢的小姑娘躺一张床上还能不做什么？同样作为雄性生物，许望总觉得这话有点不可信。

说没做到最后一步吧，这许望还是愿意相信的。除了最后一步做了什么，那就不好说了。

没等谢临出声说什么，顾余大概读懂了其他人的反应是怎么回事。她赶紧举起手语气认真地强调："真的就只是躺在同一张床上盖被子睡觉的那种，没有任何不可描述情节。"

说到"不可描述情节"这六个字的时候，顾余自己先微红了脸。这种事情光是用说的，都已经很触动她的羞耻心了。

一般来说，顾余都是穿着睡裙下楼吃早餐。今天，她回房间换了身衣服才下来。

想到那个留在她接近锁骨位置的红印子，顾余的表情略微有点不自然。但她说刚才那句话时的坚定语气还是让众人信服了。

客厅众人的表情和谴责眼神都相对缓和下来。众人中性格比较稳重的庄延在这时开口说：“我稍微提醒一句，结婚前就对小姑娘做什么可不太好。”

“没错。”许望马上应和，“临哥你做个人啊！”

眼看着旁边的小姑娘被说得捂起了脸，谢临冷静地回应一句：“我的良心还在，不至于对一个刚成年的小姑娘下手。”

许望闻言，第一反应是——

呸，你之前还跟我说，你不会喜欢才刚成年的小姑娘呢，现在还不是当放屁了。

不敢把这话这么直白地说出口，许望只能一脸正色道：“我现在对临哥你说的话，信任度已经打折一半了。你再也不是以前那个说话能让我深信不疑的你了。”

谢临表情不变，眼皮稍稍掀起来瞥了对方一眼。

看看这人面不改色的样子，看看这理直气壮的态度，许望不禁扼腕叹息：“顾余啊，你怎么就着了临哥的套路。他是怎么就把你给拐了，你看看他这人吧……”

说到这里，许望顿了顿，片刻后不得不承认：“是还挺优秀。”

要脸有脸，要钱有钱，就连冷漠和毒舌现在都不能成为攻击对方的点了。没看人刚才还帮小姑娘挑碗里的皮蛋吗？说明对小姑娘挺宠。

“我看你们两人是之前就有苗头。我就说临哥对你特别不一样，就连你之前喝醉酒当个醉鬼抱着他喊小哥哥，还嚷嚷着要买糖葫芦，他都能忍你，换个人早被扔地上去了。”许望说着，深深感觉之前的自己果然是火眼金睛。

听到“小哥哥”这词，顾余挠了挠头，尝试组织语言：“我小时候遇见过临哥，六岁的时候。我那时候是喊他小哥哥的，他照顾了我差不多一个暑假的时间。”

为了澄清自己当时喝醉以后不是故意往谢临身上挂，顾余又补充一句：“我之前没认出来，是在去法尼亚的前一个星期才发现的。”

顾余浑然不觉自己说出了什么爆炸性信息。客厅众人的表情逐渐往目瞪口呆的方向靠拢，一直没出声的方明也不淡定了。

“所以说，顾余喝醉酒以后对临哥喊的那句小哥哥还真撞对人了？”方明表情复杂。

许望表情更复杂，且他的重点有点歪：“临哥你小时候真给顾余买过糖葫芦啊？”

“买过。”谢临并不否认，语气平淡，“不止一次。”

顾余从小就喜欢吃甜食。谢临每次在小姑娘一张口喊他小哥哥，并且眼神发亮看着某样东西的时候，就会牵着小姑娘去买她想要的东西。

虽然谢临本人对甜食并没有兴趣，平时完全不会碰，但在小姑娘分给他吃的时候，他多少会赏脸吃几口。

“这是什么奇妙缘分？！”叶茜感叹了。

假如是有这样的缘分，那这两人会走到一起似乎是命中注定。无数的巧合拉扯在一起，偶然就成为必然。

虽然中途有过道路偏差，但最终的结果却没有改变。

这一大清早的，众人吃个早餐接收到的信息量实在太大，以至于今天的训练谁也不能正常地进行下去。于是他们干脆给自己放了一天假。

谈个恋爱，众人有种谢临整个人仿佛都不毒舌了的错觉。

这一整天下来，他们就没见谢临再说过顾余一句，和之前拉人训练时一天不呛不舒服的状态截然相反。

然而，这也只是错觉。面对其他人的时候，谢临的表现一如既往。

“基地里谁都有资格说别人状态发挥不稳，你就算了。你忘了你把大奖赛参赛资格都摔没的那年？”在众人聊天讨论到圈子里最近冒头的一些新人选手时，谢临抬眼瞥了许望一眼，“如果我是你，现在已经开始深刻反省自己了。”

许望被噎了一下。

他就是疯了才会感觉谢临不毒舌了。

整个基地里只有顾余才拥有不被呛的特权，许望深刻意识到了这一点。

但他大概想破脑袋也想不到，谢临在面对顾余的时候之所以消除毒舌属性，并不是因为不想呛，而是因为不太敢呛了。

有时候训人的话到嘴边，谢临还得面无表情地吞回去。

怕再多训几句，小姑娘要说他对她不好。

谢临对这句话就很没辙。

要是因为多训了几次，小姑娘一气之下跑了，甚至可能跑去找陆越，那他岂不是得糟心怄气到吐血。

划不来。

不训了，忍着。

当天晚上，众人差不多都陆续上去二楼的时候，顾余先走回自己的房间里，准备洗漱睡觉。

走廊里还站着许望和方明。他们看着谢临表情淡定地跟在小姑娘后边，后一步进去了小姑娘的房间。

许望和方明的表情顿时都变得很精彩。

他们要报警了啊！

虽然跟在小姑娘后头进了房间，但谢临只是进去和顾余说一下关于十月份另一场挑战者系列赛的事情。待了没多久，他就从小姑娘的房间里出来了。

待在走廊里的许望和方明还凑在一起用犹豫的眼神盯着角落的房间。当看见谢临从顾余房间里出来的时候，两人仿佛都松了一口气。谢临眼神淡淡地瞥了两人一眼。

被谢临这么一看，许望举起右手，诚恳道：“我们都很相信临哥你的为人，刚才绝对没有想过要报警。”

谢临的视线收回。

也不计较对方这故意耍宝的行为，谢临默不作声，径自走回自己的房间。

顾余十月上旬还比较闲。她这些天也就是待在基地里训练，为后面的比赛做准备。

训练时间可以自由把控，顾余偶尔会把她日常练习的场景拍下来发到微博，和自己微博上的粉丝互动，粉丝自然而然地增加了不少。

两场比赛下来，顾余的微博粉丝已经疯涨了一波。而且，特别令人啧啧称奇的是，这群粉丝对顾余的支持和喜欢看起来都非常真情实感。

不只是对国内崭露头角的新秀选手的那种喜爱，不少在顾余微博底下留言的粉丝现在都一口一个闺女地叫着，也不知道是哪个人带起的风向。

“闺女今天也努力训练啦！”

“虽然训练要紧，但也要注意休息啊，别把自己累坏了。”

“期待阿啾在后面的比赛继续刷新纪录，比心心。我们会组团去现场给你扔玩偶的！”

“闺女是不是喜欢那种胖啾玩偶啊，我们到时候人手一只给你扔，要多少有多少。”

……

后面那条评论被顶到了前排。看着评论内容，顾余不禁怀疑她下次比赛的时候可能会收到一地的胖啾玩偶。

在许望的微博上，他很早就发过的关于谢临在训练时是什么魔鬼的视频，近期又多出不少新评论。

和最早时候大家都一片哈哈声的情况截然不同，近期在他这条微博下面的新评论画风彻底变了个样，具体来说大概是这样子的——

“一人血书，求求饲养员在训练时对阿啾好点吧！”

“闺女这么可爱，临哥确定是魔鬼本鬼了。”

“希望临哥能好好照顾我们阿啾……”

是好好照顾了，只不过照顾成了能睡一张床的那种关系。

看着这些新冒出来的评论，许望心里不禁想着，要是让这些粉丝知道真实情况，一个个都得受到像被雷劈了一样的惊吓。

十月第一个星期的尾巴到了。周日这天，白星基地里的一群人打算放个假一起出门去休闲一下。

不过在他们出门之前，先有一辆兰博基尼停在了白星基地门口。

车身是银灰色的，造型看起来一点也不低调。从监控画面里，顾余看见车主人从车窗里伸出手来对着监控挥了挥。

“咦，今儿是什么风把这分分钟几百万上下的大忙人吹来我们基地了。”许望也看见了监控画面，顿时发出一句疑问。

“谁啊？”顾余好奇地问。

“谢亦啊，临哥他弟。”许望很快回答。待在近处的谢临对顾余点了点头，表情没什么波动。

顾余欸了一声，好奇心更重了几分。

基地大门被遥控打开，那辆招摇的跑车开进了白星基地里，在别墅门口停下。

屋门是叶茜走过去开的。从门口走进来的年轻男性是标准的通勤衣着，衬衫、领带、西装裤，鼻梁上还架着一副金丝边框眼镜。

对于从来没见过谢亦的顾余来说，她实在有点惊讶。因为对方和谢临真是从头到脚都找不出什么相似点。

虽然是亲兄弟，长得却不怎么像，类型完全不同，但样貌都非常出挑就是了。

谢亦的五官也生得好，有一双看起来挺风流多情的桃花眼，戴着金丝边眼镜的样子特别能招惹年轻小姑娘。偏偏对方嘴角还总挂着若有若无的笑意。

配上衣冠楚楚的样子，怎么说呢……

看着特别雅痞吧。

“过来做什么？”并不做什么多余的寒暄，谢临不冷不热地直接进入正题。

“来看人啊。”谢亦的视线在客厅里随便扫了一圈，十分迅速地把目光锁定在了之前在白星基地里没见过的顾余身上。

就这样看着顾余，谢亦说：“爸妈和爷爷让我过来看一眼未来嫂子，回去给他们汇报，确认一下事件的真实性。”

在顾余和谢临待在法尼亚的最后一天，谢临的家里人给他打了一通跨国电话，又开始了对他找对象这事的日常关心。

还说什么，再过几个月都新年了，你爷爷奶奶、外公外婆就指着你带个对象去眼前晃晃。

这么早就拿新年的事来催，即使是谢临也觉得无言以对。

如果是以前碰到这个内容的电话，谢临大概就是把电话接通，然后把手机放桌子上三十分钟，到时间拿起来淡淡地嗯一声，差不多就能结束通话了。

但这次，谢临没等家里人说几句，就在电话另一头平静地说："我有女朋友了，等她到二十岁就结婚。今年能不能带回家给爷爷他们看要问她的意见。她同意才行，我不能决定。"

谢临这一通爆炸性发言说出去以后，电话那头果然就炸了，一下子嘈杂了起来，好几道声音混在一起，谢临简直产生了挂电话的冲动——

"什么女朋友？姓什么，叫什么，是哪里人？"

"长什么样啊，发张照片过来给我们看看。"

"女朋友还没到二十岁？那就是十八九岁的小姑娘吧，不过这年龄差女方不介意就好。"

"最主要是性格好，人品好，其他方面怎么样都没太大关系的，你喜欢就行了。"

"没到结婚年龄，你不会先拉小姑娘订婚吗？你这没出息的孩子，你新年要是不把小姑娘领到爷爷眼前，爷爷就拿拐杖抽你，听见没有。"

"叫顾余，今年刚加入我们俱乐部的新人。"忍耐着听完轰炸，谢临面无表情地说完这句话后马上挂了电话。

由于谢临挂电话太快，他的家里人在他回国后的今天就派了谢亦过来。

看见对方把在自己旁边的小姑娘打量了一番，谢临淡淡地看他一眼："确认完了吗？"

"没有。"谢亦回答，"你们俩看起来不太像是……"

不太像是在一起的样子。

还没等他把这句话说完，谢临就低头去亲了亲旁边小姑娘的脸颊，再抬起头时神态自若地说："现在你应该确认完了。"

被谢临的这一举动直接噎住，谢亦嘴角若有若无的笑意都消失了，一副被镇住的样子。

谢临是他亲哥，谢亦当然知道他会去亲小姑娘一定是因为喜欢。谢临可干不出像他一样找个假女朋友应付家里人的事。

就是因为干不出这样的事，谢临这两年才会被家里人三催四催。

谢亦就不一样了。他一被家里人催，就马上找了个肯跟他合作的“女朋友”。

假如双方合作愉快的话，后边还可以来个契约婚姻，既解决了双方家人的催促，他们婚后互不干涉也能有足够的自由。

对谢亦来说，这是非常完美的方案。

在谢临的弟弟面前被亲脸颊，顾余不免有那么点不好意思，但也不至于脸红就是了。

“确认完了的话，你可以走了。”谢临冷酷无情地说着。主要是他不想弟弟让旁边的小姑娘觉得不自在，所以赶人赶得十分干脆。

谢亦哪能不知道自己亲哥的想法。他扫了一眼客厅，发现大家都是一副准备要出门的样子，于是略微勾唇笑眯眯地说：“你们是不是要出门玩啊，也带我一个吧。今天好不容易借着爷爷的圣旨偷懒离开公司，我可不想现在就跑回去处理文件。”

因为在花滑上没有天赋，谢亦走上了和谢临完全不一样的路，早早被爷爷拎去公司为继承家业做准备。现在的他已经坐到了执行总裁的位子上，经常忙得要死要活。

还真别说，谢亦在商业上相当有头脑，在经营公司方面的能力很出色，许多人都说他这点是继承了他爷爷。

要不是谢临这些年都在拿金牌，他也是要被他爷爷押着去公司里的。现在他爷爷虽然不指望谢临去公司，但未来该分给他的股份还是在那留着。

谢亦都这么说了，其他人也不可能开口赶客。所以，他们最后的出行队伍里就多了一个人。

休闲出行，众人去了A市的一家高级私人会所，在里面打发时间。

叶茜等人正玩到高尔夫项目。顾余对打高尔夫球没兴趣，所以跑去了餐饮设施附近，想拿份雪糕回去吃。

也就几步路而已，顾余自己去了。她刚拿完一份巧克力雪糕球转身，就看见戴着金丝边眼镜的年轻男性笑眯着眼对她指了指不远处的座位。

“我们可以谈一谈吗？”谢亦微笑着问。

顾余没拒绝，点了点头，先一步走过去坐下。

谢亦也在对面的位子坐下。他看着对面并不拘谨，甚至已经开始挖雪糕吃的小姑娘，其实有点不知道从哪里开口比较合适。

“那个啊……我想问一下，你今年满十八岁了吗？”实在不能怪谢亦会开口问这个问题，眼前的小姑娘虽然样子很秀丽好看，但看着也着实是太娇小了点。

也看出眼前的小姑娘应该是南方人，但这并不能打消谢亦的疑问。

提到年龄，顾余挠了挠脸颊：“刚满。”

顾余话音刚落，坐在她对面的年轻男子已经陷入一阵沉默，就连一直笑眯眯的表情都变得有点复杂了。

他怎么不知道自己的亲哥是那种会喜欢刚刚成年的小姑娘的人——

这让他回去以后怎么跟家里人报告？

总觉得内心受到了冲击，谢亦定了定神，又问：“那你觉得我哥怎么样？”

“挺好的啊。”这个问题顾余就回答得很快，连思考都不用就开口了。

确实挺好的。在一起以后，谢临也不训她了，对她也基本有求必应。就算他有什么生气的事情，也能用亲亲解决，实在不行就喊小哥哥……

这样谢临一定消气，怎么想都符合她理想男朋友的类型。

谢亦闻言眨了一下眼，小姑娘的回答让他放心了许多。

两兄弟的关系不冷不热，在外人眼里肯定不算亲近。事实上，他们俩的关系也的确不能以亲近来形容，是一种挺微妙的关系。

谢临的冷漠性格是怎么形成的，随着心智成长，谢亦不是毫无所觉，和他其实有些关系。

因为他小时候很想跟父母和哥哥一样学花滑，又实在没有天赋学不好，低落过好一段时间。从那段时间开始，父母总是关心他更多一些。

关心他更多，认为长子优秀不需要操心，就会疏忽对谢临的关爱。

长大以后，谢亦意识到了这一点。

“我哥他人确实挺好。他的性格吧，有一个最优秀的品质就是专一。他说喜欢你，就肯定不会和别的小姑娘勾勾搭搭。”为亲哥的冷淡性格着急，谢亦又补充一句，“虽然他可能不会对你说什么软话，喜欢的表现可能也不会很强烈，但他会对你好的。”

这时谢亦特别想挑明了问他们俩啥时候订婚好定下来。想了想这句话太唐突，他还是把话给憋了回去。

“嗯，我知道。”顾余回了他一个大大的笑脸。

话题聊开了，能聊的东西就多了。有意想跟顾余再多聊聊熟悉一下，谢亦又在脑子里搜了个能聊的话题出来，仍然是关于谢临的。

“说起来我哥他小时候还有个白月光，别误会，就一个六岁的小朋友。当时小姑娘送他的陶瓷挂坠，他还留了好几年，现在不知道还在不在。”

谢亦自认为他这个话题找得很有技巧。首先话题人物是谢临，且又是对方小时候的事，顾余肯定会感兴趣。

说起那个小姑娘，谢亦其实也觉得挺可爱的，是个善良又漂亮的瓷娃娃，现在长大了肯定也很讨人喜欢。

顾余眨眨眼。

哦……

她就是那个白月光。

顾余想起来了，她小时候好像也见过谢亦，她甚至还和对方说过话。

少年站在冰场外望着里面正在滑冰的人，顾余瞧见了对方的眼神。她进去冰场找谢临之前，还跑过去眨巴着眼对对方说：“哥哥你是想进去吗？我还有多的零花钱，可以借给你买门票。”

因为少年的眼神透着太明显的渴望，那时候的顾余才会那么说。

她问完之后，少年换了一副笑眯眯的表情对她说：“谢谢你啊，但是我不擅长滑冰，在这里看看就好了。”

为什么会确定记忆里的这个少年是谢亦，是因为顾余记起来，她有一次看见谢临和他在说话，且少年也是有一双桃花眼。

谢亦以为顾余会很感兴趣追问谢临小时候的事情，却没想到小姑娘在愣了一下以后，迟钝又慢吞吞地哦了一声。

后面两人又随便聊了点别的事情。感觉时间差不多了，谢亦屈起手指轻轻敲了敲桌面，露出难得真实的微笑："其实我从小时候就一直挺羡慕我哥的。"

羡慕谢临在花滑上的天赋。

谢临的人生轨迹其实才是谢亦想要的。但他明白，每个人都有合适自己的道路要走。

"这个给你，见面礼。"说着这句话，谢亦从自己的钱包里掏出一张黑卡，直接塞到顾余手里。

"你在卡后面签个名就能用了。"谢亦说完，站起身，借机偷懒大半天，他也该回公司去了。

谢亦的一系列动作过于迅速。顾余还没来得及反应，他就已经离开了。

这时因为小姑娘迟迟没回来而找来的谢临看见桌子上那张卡，很快明白自己的弟弟做了什么。

兄弟关系不亲近并不是因为父母更关心弟弟，纯粹是性格使然，谢临对谁都这样。

对家人，谢临的态度其实已经很和缓了，耐心也成倍地增长。否则，他根本不会听家里人念叨完他并且把话回答完以后再挂电话。

谢临走过去，垂眸看一眼被他弟弟那番操作弄蒙了的小姑娘，很淡定地说："刷吧，他给你，你就不要客气，随便刷。"

反正这种事情，她以后还得遇到——

思及家里人的性格，谢临冷静地想着。

× ×

第十一章
新手男朋友

完成了侦查任务，谢亦当晚回家后，不出意外地在家里接受了三堂会审。

面对家里人，谢亦最终憋着，没把他亲哥的恋爱对象是个今年才刚满十八岁的小姑娘这事说出口，免得他爸妈要想什么乱七八糟的东西。

等新年到了，要是谢临能把人带回家，这些个长辈自己开口问就好。

“你给人家送见面礼了没？”坐在主位上精神矍铄的老人很关心这个问题，问话时还用手里头的拐杖轻轻敲了敲地板。

看着这用拐杖敲地板的动作，谢亦估摸着他要是敢说没有，那老人的拐杖下一秒可能就要抽到他身上了。

“送了。”谢亦微笑着回答。

老人听着稍微满意了点，又沉着声问：“送的什么东西？没随便糊弄人家小姑娘吧，这是态度问题。”

“卡。”谢亦应答如流。

送卡，这倒是还可以。

老人点点头，放过了谢亦。谢父谢母在旁边听着，表情也还和缓。

假如是谢亦的对象，他们不会一上来就对姑娘家好到这种地步。主要是因为他们清楚谢亦的性格，对方就不喜欢被绑着，搞不好和女朋友谈着谈着就随便分手了。

但谢临不一样，谈恋爱肯定是会谈到结婚的那种，基本没有主动和小姑娘提分手的可能。

如果分手的话，只可能是小姑娘把他甩了。

谢父谢母想了想自家优秀的长子，应该怎么也不至于被小姑娘甩这么惨吧。

虽然可能因为过分冷淡而缺乏情趣，嘴巴还经常不饶人，但除了这两个缺点，其他不都是优点嘛！

听说现在的年轻小姑娘在谈恋爱的时候都得被宠着才高兴，谢父谢母想到自家长子那冷着脸的样儿，他们顿时又对自己刚才的想法不确定了起来。

唉，那可不就得他们这边对小姑娘好点，让小姑娘对他们家有个好印象，这样还能给谢临加加分。

浑然不知谢临的家人都脑补了什么，顾余在回程的路上试图把那张黑卡塞给谢临。后者垂眸淡淡地看她，拒不接受。

“我不需要这个，如果你不想用他的，可以用我的。”说着，谢临也把一张卡塞到顾余手里。

顾余手里的卡顿时从一张变成两张，她一脸蒙。谢临这时还说：“比赛奖金、商演，还有代言的钱都在这张卡里。”

“你这听着怎么这么像上交工资卡……”顾余闻言，这句本来只是在脑子里想想的话，却无意识脱口而出了。

在旁边听着的谢临静静地看了她一会儿，然后用冷淡的声音说：“不是像，本来就是。”

顾余被对方这淡定自若的举动闹得抬手捂了一下脸，接着壮起胆子说：“那我搞不好明天就卷款跑了！”

“卷款可以，把卡刷爆都随便你。”谢临冷静地回答，后边紧接一句转折，“人不准跑。”

大概没有一个还拥有少女心的小姑娘能拒绝这种话。顾余把脸再捂严实了点，趁周围人没太注意这边的时候，伸手把谢临的头往她这边再拉低一点，然后极其迅速地在对方的脸上亲了一下。

谢临慢吞吞地看了小姑娘一眼，眉眼上的冷淡神情在被她亲吻的时候消退许多。如果不是车上还有其他人，他现在应该会把小姑娘抱到自己腿上。

两人在这边偷偷摸摸腻歪，但车上其他人既不耳聋，也不眼瞎。此时方明就揶揄说：“肯主动上交工资卡的男人现在多难得啊，遇到就嫁了吧！”

说完他还不忘戳戳谢临的死穴：“可惜顾余离到二十岁还远着，临哥还得守着小姑娘过一年才行。”

戳完死穴，方明不出意外得到谢临的冷眼一枚。

谢临身上冷气阵阵，顾余因为挨得近也感受到这阵冷气了。她眨一下眼，再次偷偷摸摸凑近去跟谢临咬耳朵。

“小哥哥，我长大以后嫁给你啊。”顾余小声在谢临耳边说着，声音虽然非常小，但也清晰地传到了谢临耳里。

谢临整个人像是被定住了。他面无表情地看着旁边眼睛格外明亮的小姑娘，下颌绷紧。大概好几秒钟以后，他才低低嗯了一声。

十月上旬维持着训练，中旬的时候，顾余再次出国参加了厄迪杯。这同样是属于挑战者系列赛中的一项赛事，在罗尔举办。

在这一站比赛里，顾余再次刷新了她的赛季最好成绩，短节目82.14，自由滑154.29，总分236.43。

由于顾余过于稳定和优秀的表现，国内冰迷在这个十月中旬，都不是和往年一样开始讨论即将到来的大奖赛，而是反常地关注起厄迪杯这b级赛来。

在国外冰迷眼中，顾余这个刚崭露头角就迅速刷新成绩的新人的存在感也越来越强。她已经被大多数人纳入了本赛季的关注范围。

甚至有很多人失望于顾余不能参加今年的大奖赛。否则，今年大奖赛的竞争一定更加激烈精彩。

像大奖赛这么重要的比赛，白星本部的选手都收到了参赛邀请，肯定也都是会去参加的。

顾余提前买好了大奖赛科亚站和契罗站的门票，准备从国外回来后去看比赛。

大奖赛的举办流程很长，从十月下旬开赛，到十二月中旬才结束。

大奖赛有六个分站赛和一场总决赛。接受邀请参加比赛的选手抽签决定参加一到两个分站，然后凭从分站赛中获得的积分，决定是否有资格参加总决赛。

买比赛门票的时候，顾余也不只买了女单的。因为要捧捧师哥师姐的场，契罗站那边，顾余还买了男单和双人滑的门票。

能在大奖赛里拿到好成绩的选手，毫无疑问在本赛季的状态都相当不错，差不多能预测到选手在世锦赛会有什么样的表现。

六站比赛，顾余只挑了最感兴趣的两站去现场观看，其他的准备看直播。

这两站比赛的间隔时间有一个月，她还能抽出时间再去参加一场b级赛。虽然撞上大奖赛，她在b级赛里肯定遇不上有竞争力的对手了，只当攒个积分和在裁判面前刷脸。

两个月的时间说长不长说短不短，在有计划安排的训练和比赛中，这两个月时间在顾余这儿很快过去了，她等来了今年大奖赛的总决赛。

今年大奖赛的总决赛就在他们国家举办，这对有心观赛的顾余来说方便了很多。

成功入选大奖赛总决赛的六名女单选手毫无疑问会是顾余本赛季的劲敌。她在观众席看比赛的时候除了欣赏，心里也还有一丝压力和紧张。

“拉伊莎和真纪的跳跃是不是都比我好？”看比赛竟然也会看出压力，顾余在观众席对谢临问出这话的时候，内心实在有点忐忑。

拉伊莎是来自R国的天才选手，从青年组开始的出色表现就已经备受本国冰协关注。藤井真纪作为与之同时代的女单选手也毫不逊色。两人上一赛季在各大赛事中的胜负比率大概持平。

两人也都是本赛季的热门选手。关于本赛季的世界冠军，其实圈子里的大部分冰迷都认为会出现在这两人之中。

论跳跃的高度和距离以及延迟转体的滞空感，顾余的跳跃和她们比确实稍微逊色一点点。谢临不会在这种事情上说谎哄小姑娘，所以他嗯了一声。

“但是藤井的用刃没你清晰，而且她的跳跃有时候会错刃。刚才的短节目里也错刃了，你没发现吗？”谢临用他冷淡的声音分析着，“拉伊莎的话，跳跃和滑行是挑不出什么毛病，不过表现力没你好。”

虽然这些都不是什么安抚语句，顾余听着就是莫名地定下心来，她对谢临眨了一下眼。

“总的来说就是，你别自己吓自己。”谢临微垂下眼，像是随意地抬手摸了摸旁边小姑娘的头，“没有必要拿别人最优秀的地方跟自己比，你可以反过来比，这样就不会有压力了。”

顾余唔了一声，试着采用这种精神胜利法给自己增添信心，然后发现好像还真挺有用的。

女单的短节目比赛结束，拉伊莎和藤井两人的得分不相上下，也都比顾余目前的赛季最好成绩高一点点。但差距并不是很大。

明天是男单的短节目比赛，顾余想着去选手住的酒店那儿慰问一下她的师哥。结果她和谢临一起去的时候在电梯口碰上了陆越。

陆越当然也参加了今年的大奖赛，且夺冠势头很猛。在之前的两个分站赛里，他都发挥出色拿了第一名，比赛里的表现一下子引起了国内外冰迷的关注。

十二月份的帝都已经入了冬，在陆越眼前的少女虽然用厚厚的衣服把自己裹了起来，毛绒手套和帽子也都齐活了，看起来却还是很娇小，或者说看着像毛茸茸的小动物一样。

“等比赛完了，我们见面谈一谈？”陆越用平静的语气说着，望向少女的目光却十分专注认真。

在被陆越那样问的时候，顾余先瞄了一眼谢临的表情。在这个角度她只能看见男人的侧脸，眉眼冷淡得并没有表现出什么情绪。

这个反应应该是默许她去吧……

这么琢磨着，顾余对陆越点了点头。

陆越看见前面的少女点头，表情稍微放松了些，又看了看少女空空如也暴露在寒冷空气中的纤细脖颈儿，他开口说：“我把围巾给你？”

假如两人还像以前那样亲近，陆越现在应该直接摘下自己的围巾帮顾余系上了。

想到这里，陆越即使有想做这件事情的冲动，也被他克制了下来。

不合适这么做。

他如果这么做了，可能会让对方因为这种不合适的过分亲近而感到抵触或者讨厌。

在性格成熟以后，陆越渐渐学会了询问意见。

没戴围巾出门是顾余失策。在户外的时候，她的脖子确实一阵冷飕飕，特别是风一吹，那感觉就更酸爽了。

“不用了，酒店附近有家商场，我等会儿自己去买一条就好。”顾余用很正常的态度回答。

陆越也并不纠结，只是顺从地应了一声好，然后走进到达一层的电梯。

顾余和谢临也一起走了进去。他们找许望要去十五楼，陆越住的房间在十三楼。所以，后者先一步走出电梯。

等陆越离开以后，狭小的电梯里只剩顾余和谢临两个人。几乎在电梯门关上的同一时刻，顾余就感觉她的左手被旁边的男人捉住了。

握得还稍微有点紧，让顾余不由得轻轻挣扎了一下。

感受到这种轻微挣扎，谢临很快放松了这种禁锢。但他依然牵着小姑娘的手。

还没等顾余察觉什么，电梯已经到了 15 楼。等两人走出电梯门，谢临停下脚步的时候，顾余才有点疑惑地抬起头去看他。

谢临此时的表情不太好解读，下颌线略略绷紧，眼神有点冷。顾余觉得对方好像有些生气。

难道还是因为介意她答应和陆越见面谈一谈的事？

“我……”顾余刚开口，旁边男人就用冷淡的声音打断。

“是我没有注意到。”垂着眼说出这句话，谢临又声音低低地补了一句，“抱歉。”

顾余有点没反应过来。但她很快发现谢临的视线在她的脖子上。这时，她终于知道谢临指的是什么事情了。

完全没想到谢临会因为这种事情跟她道歉。顾余眨一下眼，她尝试着轻轻晃了晃旁边男人的手：“其实我也不怎么觉得冷。”

没有说一定要男朋友注意到这件事情，顾余没这么矫情。而且本来就是她自己出门的时候疏忽了。

谢临不发一语，定定看了顾余几秒以后，才拉着她的手继续往许望的房间走。

一敲门进去许望的房间，顾余就听见他在一脸惆怅地感叹：“唉，我就知道，就算分站赛不撞到陆越这小子，总决赛里也还是得碰面。”

这个赛季，陆越的发挥实在非常好，抽签选到的两个大奖赛分站赛都是一路横扫过来的，势头在许多人眼里快赶得上之前的谢临了。他现在是男子单人滑里冠军最热门的竞争者。

房间里人很齐，在许望感叹完以后，庄延也客观地评价了一句：“陆越的四周跳比以前更稳定了吧，在之前两场分站赛里的节目都clean了。”

今年的大奖赛，白星里进入总决赛的选手只有许望。总决赛一共六个入选人，除了陆越和许望，其他四个是来自国外的选手。

今天没有比赛的叶茜等人也在这里。此时站在叶茜旁边的方明就说：“怕什么，以前你在赛场上对上临哥的时候怎么不愁？”

许望一本正经地回答：“可能因为和临哥吃住训练都在一起，熟悉得让我忘记了这份忧愁。”

他还有兴致说笑，看来面对总决赛的心理压力也并没有那么大。

顾余拉着谢临过来的目的和其他人一样，都是来给明天就要比赛的许望加油打气，顺便闲聊缓解一下对方的压力。

等做完这件事情，顾余就被谢临带着去到酒店附近的那家商场。顾余全程像挂件一样被拉着走，其间四处张望怕被别的住在这酒店附近的参赛选手看见。

不过看起来选手们应该都宅在酒店里。这一路上走过来，顾余一个认识的人都没碰到。

“要哪个？”把顾余拉到商场里摆着各种围巾的地方，谢临垂下眼望着小姑娘问。

“这个。”顾余挑了挑，最后伸手指向一条杏色的羊绒围巾，款式简单，围起来应该还挺好看的。

谢临顺着顾余的视线把那条围巾从架子上拿下来，然后就拉着人去结账。

付完款离开商场的收银台以后，谢临微低下头，动作非常不熟练地给旁边的少女围围巾。

嗯……客观评价，围得还真是不大好看。

但看着谢临垂着眼面无表情地做这件事情，顾余却忽然有点想扑过去抱抱对方，她也确实这么做了。

“干什么？”谢临声音冷淡地问，他已经反射性把扑过来的小姑娘抱住。

顾余眨一下眼，理直气壮地回答：“就是突然想抱一下你。”

面对谢临的时候，顾余总觉得自己的心理年龄会退化，真的跟个小朋友似的想做什么就做什么，事情干完以后还理直气壮。

谢临看着对他越发肆无忌惮的小姑娘，并不发表什么意见，只是用平静的声音说：“以后如果还有什么我该注意但忽略了的事情，你可以直接告诉我。”

这句话说完以后，顾余抬起头看见谢临把脸往旁边偏开了一点，然后声音低沉地接一句：“第一次当男朋友，不熟练。”

“哦。”顾余嘻嘻笑着应了一声。然后，她伸手把谢临微微偏开的脸扳回来，毫不畏惧地在这张眉眼冷漠的脸上亲了一口。

男子单人滑的自由滑比赛结束的那天，如所有人所料，陆越站在了属于冠军的领奖台上。

戴上金牌的年轻人脸上难得出现明快的笑容。这笑容很浅，大概只是微微扬起嘴角的程度。

这一刻，陆越那张英俊的脸上似乎已经褪去了所有属于少年的青涩感，取而代之的是成年男性的沉静成熟，可眉眼间仍然有几分骄傲与不驯的神采。

作为一个经常被拿来与谢临做对比的后起之秀，陆越在今年大奖赛上的表现无疑有足够的分量，让国内外冰迷重新审视和定义他。

“啧啧，临哥你有危机感了吗？”比赛彻底结束之后，许望与顾余和谢临碰面时，忍不住调侃了下谢临。

许望指的当然是陆越今年的成绩，短节目甚至打破了谢临在上一赛季创下的世界纪录。总得分的最高世界纪录还是由谢临保持着，陆越目前排在第三位。

总分第二的世界纪录依然是谢临创下的，分数让其余大多数选手只能仰望。

本来第三也还是谢临，现在被陆越刷到第四去了。

许望在这次比赛中的发挥也相当不错，可惜还是被陆越压一头，摘下了今年大奖赛的银牌。

被许望这么问，谢临垂眸看了一眼不久前在自己旁边一脸认真地看比赛，甚至在陆越自由滑时眼神还闪闪发亮的小姑娘，淡淡地啊了一声：“是挺有危机感的。”

小姑娘刚才看陆越滑冰时的眼神未免太明亮了点，谢临在这时颇为突然地问一句：“好看吗？”

“什么？”听见是在问自己，顾余颇为疑惑地抬起头。

“陆越的自由滑节目。”谢临补充道。

“好看啊。”顾余答得飞快。

谢临眼皮一抽。他觉得自己就不该问，家里小姑娘太诚实，诚实到分分钟能把他气死。

而且只能一个人生闷气，憋着消气以后当无事发生过。

他又不能怪小姑娘诚实。谢临其实知道，顾余的回答只是以纯粹欣赏的角度。

他也没忘记旁边的少女等会儿要去和陆越谈一谈的事。在陆越问的时候，谢临没出声阻止，因为他知道这场谈话对两人来说挺有必要，有些事情需要说清楚。

两个人又不可能一辈子不碰面，更何况KM的基地就在离白星不到十分钟车程的地方，近得要命。

他阻止这一次，哪天陆越直接跑过来找人或者去学校堵人，结果还是一样。

道理他全都懂，但真正面对又是另一回事了。

在通道里遇见，陆越对站在不远处的顾余说：“去甜品店可以吗？离场馆不远。”

顾余倒是无所谓，她点头应了一声。

陆越优先询问了眼前少女这个问题。等听见对方的回答以后，作为后辈，他礼貌性地与旁边的谢临打了个招呼。

喜欢的小姑娘要和陆越单独见面，这事要问谢临在不在意的话，他毫无疑问是在意的。只是性格与理智使然，他才没有阻止。

知道怎么做最恰当，就应该这么去做，这是谢临一贯保持着的冷静做法。

对谢临来说，这可能是他第一次想要对另一个人要求些什么。

就连小时候对家长都没有主动表达过任何诉求，现在却产生了这种并不在理智范围内的微妙冲动。

这促使谢临做出一种并不成熟的举动。在身边小姑娘要向不远处的年轻后辈走过去的时候，他忽然捉住了她的手。

谢临这么一干，收到的成效十分显著。

陆越似乎愣了一下，瞳孔收缩。然后，他的视线紧紧盯在少女被谢临握住的手上。

根据雄性本能，任何雄性对要与自己争夺伴侣的敌人都有十分敏锐的感知。

尽管谢临很快放开了手，陆越脸上的愕然表情也没有改变。

反正都已经不冷静理智了，谢临干脆面无表情地说：“我一起去。”

三个人去到一家甜品店。谢临其实还是克制的，他坐在与要谈话的两人隔着好几桌的位置，算是留足了谈话空间。

陆越原本准备好想对眼前少女说的各种话，在经过谢临刚才的那番举动以后，现在突然全都卡在了喉咙里。

他原本想好好道歉，说以前是他不好，总是什么事情都按自己的想法，一点都没有考虑到对方的感受。

他不应该一味地把自己认为是好的东西强加在顾余身上，让她按着他的想法走，就连彼此之间产生了矛盾也没有发觉。

他原本想说，现在的他不会像以前那样了。分开的这一年半时间，他一直在想她。

“我特别喜欢你。”

最想说的这句话忽然变得像一根尖锐的刺，深深地扎进陆越的血肉里，让他觉得很疼。

忽然不知道该说什么，两人面对面沉默了很久后，陆越开口问：“你们是什么时候在一起的？”

和曾经关系暧昧的异性聊现任，实在不是一件容易的事，顾余捧着杯奶茶，用吸管搅了搅杯子里的冰块之后说：“就之前去法尼亚参加比赛的时候……”

那也没多久，在一起还不到三个月。

陆越的坐姿很端正，这是他一直以来的习惯。但此时这个刚在领奖台上极其耀眼夺目的年轻选手把他的头微微低下，用较为低沉的声音说：“那我呢？

“我知道我们从来没在一起过，我无权干涉你喜欢谁，但我也会觉得不甘心。”

如果他们当初没有矛盾争执，如果他那时能更成熟一点，理解顾余的心情，在考上大学以后，他和顾余一定是会在一起的。

陆越注视着坐在对面的少女，低低地说：“以前是我不好，现在的我不会像以前那样了……你不能再看看我吗？”

一年半的时间，足够令一个人有所成长。

陆越身上的变化，顾余不是看不到。和她记忆里还有些许不成熟的孤傲少年相比，现在的陆越像完成打磨的宝石，也像开了刃的刀。

锋芒尽露，没有人会质疑这份优秀。

正是因为看到了，顾余才一时半会儿回不了话。

非要说陆越当初做错了什么，那似乎也不是……因为顾余觉得她自己也有做得不对的地方。

陆越对她好，包括那些过于自我的想法，初衷都是在为她考虑，顾余不是不明白。

但是矛盾还是在两人之间产生，有一半原因是那时候的她也不知道要去和他沟通。

没回答陆越的问话，顾余在这时也提出一个问题：“以前你跟我说要转学的时候，如果我那时不让你走，你还会走吗？”

“不会。”陆越回答得很快。

假如顾余那时说不让他走，那他就不转去KM俱乐部了，继续留在原来的俱乐部，自然也就不需要转学。

“但是我不会不让你走，因为我知道你在KM能得到更好的训练。我当时生气是因为你没有提前和我商量。”说完这句，顾余用吸管吸了吸杯子里的珍珠奶茶。

“我知道。”陆越微微偏头，“以前不知道，后来想明白了。”

陆越忽然觉得，他和顾余遇见得太早了点。

他们在彼此还不够合适的时候遇见，当变得足够合适的时候，却又回不到从前完好无缺的样子。

假如能稍微晚一点再遇见，他们的结果大概就和现在不一样了。

“我是不是真的一点机会都没有了？”陆越还是执着于这个问题，想要得到一个确切的答案。

顾余认真地点点头，放下手里捧着的奶茶：“嗯。”

不能委婉，不能表达暧昧，顾余对待感情向来是有什么就会明确说什么。

陆越顿住视线，某根尖刺越扎越深，他也越来越感受到疼痛，连呼吸都有点泛着疼。

但如果什么尝试都不做就放弃，陆越也就不是陆越了。他忽然站起身，然后隔着一个桌子俯身低头，几乎面贴面地靠近了顾余。

离得很近，陆越并没有真的亲吻上去。

陆越是很骄傲的人，顾余非常了解他这点。所以她知道这是试探。

即使视线交接，呼吸融合，顾余也没有出现脸红心跳的反应。

她很安静，这份安静让陆越变得狼狈。

喜欢的女孩子真的对他没有任何感觉了，陆越不知道该怎么形容自己现在的心情。他只能往后退，然后站定着一言不发。

他们之间的事情应该已经说清楚了。顾余想着事情已经结束，却没意识到她刚才的行为一扫帚打翻了某人至少十几个醋缸。

以谢临那个位置的角度，刚才陆越进行试探的时候，在谢临眼里就像两个人在亲密地、长久地亲吻着。

被吻着的小姑娘没有拒绝。

在看见的第一秒，谢临的矜持和冷淡就都一起见鬼去了。

随便压了几张红色纸钞在桌上，谢临站起身，目标明确地把坐在靠窗卡座的小姑娘从座位上拉起来，然后面无表情地拉着人就走，丝毫不管两人是什么情况。

顾余被谢临一路拉着回到他们住宿的酒店，拉回到房间里。她整个人陷进沙发的时候都不知道是怎么回事，被上边人彻底禁锢着，后知后觉对上谢临此时情绪格外深沉的眼睛。

醋缸打翻十几个，后果有点严重。

顾余知道她和陆越刚才离得太近，那并不是一个合适的距离。所以当她整个人被谢临困在狭小的沙发里的时候，她心里其实还挺忐忑。

因为顾余知道是试探，她想让陆越放弃，所以她当时没有动。

陆越是个很骄傲也很执着的人，如果不让陆越清楚知道她对他没有任何感觉了，他就一直不会放弃。

虽然是有目的的行为，但在现任男朋友在场看着的情况下做出来也并不恰当。所以顾余对着谢临那一双黑黝黝的深沉眼睛，定了定神以后，准备主动先认个错。

这醋缸是肯定打翻了，气也肯定气了，顾余下意识把身体往后缩了缩，微微张开口。

顾余一个字都没能说出来，把她困在这个地方的年轻男人似乎就等着她开口的这个时机，低下头来直接将她吻住。

这个吻有点凶狠，时不时伴随着让顾余觉得有轻微疼痛的轻咬，态度比之前任何一次都要强硬。

身体陷在沙发里被笼罩住，在被这样吻着的同时，顾余还感觉到上边人的手碰上了她的后颈。手指触碰着这个脆弱的位置，不轻不重地拿捏住，仿佛在表达某种占有。

这是顾余第一次这么清晰地从谢临身上感受到压迫感，是那种属于成年男性的侵略性和压力，让她在被动中不禁有点瑟缩。

一张沙发的空间就只有这么大，顾余再怎么缩也缩不到哪儿去，只能在后颈被拿捏住的同时，被迫微仰着头接受谢临这有点凶的深入亲吻。

有些吞咽不及的津液溢出了嘴角，在意识到这一点时，顾余一下子涨红了脸。

等谢临停下的时候，被他困在沙发狭小空间里的少女那双清亮的鹿眸有点湿润，眼角也微红着，模样看起来格外秀丽动人。

少女的唇瓣被吻得嫣红，谢临的视线掠过小姑娘的嘴角，又低下头在这个位置轻轻舔了舔。

此时的谢临让顾余没有了之前那种敢随便造作的底气。类似于动物面对危险的本能，顾余现在就想缩一缩当鸵鸟，想等谢临没那么可怕后再探头接近。

她这种总往后瑟缩的行为在谢临眼里却有了另一番解读，他的眉眼更加低垂下来，眼神变得更为深沉。

“讨厌我？”谢临声音低沉。

他只是放任小姑娘跟陆越见了一面而已，眼前的小姑娘就碰都不愿意给他碰了。明明她不久前还肆无忌惮地笑嘻嘻地亲他的脸。

什么？

顾余没反应过来。看着眼前男人垂着眼面无表情的样子，她顿住了往后瑟缩的举动。

主观意愿上，谢临当然愿意相信对他说过喜欢的小姑娘不会随随便便反悔。他相信顾余说喜欢他是认真的。

但就算再怎么理智，当谢临看见小姑娘毫不抗拒地接受了陆越亲吻的那一幕时，他也不可能维持原有的判断。

“想和我分手，跟陆越在一起？”谢临从上方以俯视的角度盯着被他困在沙发上的少女，用没有起伏的语气换了一句询问。

顾余稍微睁大眼睛。她也不思考谢临为什么会有这样的思维跳跃，赶紧求生欲强烈地伸手抱住谢临的腰。

抱住腰以后，顾余还仰起头凑近谢临的侧脸亲了亲。

“小哥哥。”顾余小声喊着。

这百试百灵的招数终于出现了不灵验的时候，谢临依然绷着脸，冷峻的表情没有丝毫和缓。

“不想分手，也没想跟陆越在一起。”顾余认真回答，抱着谢临的腰没松开。

“那为什么他亲你的时候，你没有躲？”谢临紧紧盯着下边小姑娘的眼睛。在问这句话的时候，他又顺手掀翻了几缸醋。

顾余一愣，随即她很快想明白原因，不由得在与谢临对视中眨巴了一下眼。

如果谢临是因为这件事情才这么生气，那她可以稍微有一点点底气了。

顾余的手从抱在谢临腰上改成环住对方的脖颈儿。她看着谢临静止不动的喉结，凑近去吻了一下，然后很满意地看见那颗喉结动了动。

这个做法让谢临的呼吸出现一瞬紊乱，他盯着小姑娘的眼神变得幽深。

顾余却很无辜地再把脸颊贴到谢临的侧脸上轻轻蹭了一下，跟一只小啾拿脑袋蹭人似的，一点也没把谢临冷冰冰的样子放在眼里。

“没有亲到，陆越是想试探我的反应……我不应该让他靠这么近，但是真的没有亲到。”顾余先是用一种认真的口吻，然后她对谢临指了指自己的嘴唇，笑眯着眼说，“不然你再检查一下。”

只是这么一句，谢临绷紧的神经就陡然松懈下来了，脸上冷冰冰的表情顿住。

谢临毫不怀疑顾余这句话的真实性。小姑娘说没有亲到，那就一定是真的。

耿耿于怀的事情原来是个误会，谢临现在反而有点进退不得。他的视线顺着顾余的手指看见小姑娘被他刚才吻得格外嫣红的唇瓣，眼神顿时更暗了几分。

“亲亲我啊。”顾余对着上边的男人仰一仰头，眼睛清亮，态度又格外造作了起来。

房间里有暖气，在谢临把顾余困到这张沙发之前，他倒是没忘记先帮小姑娘摘了围巾和厚外套，这导致小姑娘现在只穿着一件浅色的兔绒毛衣裙，看起来实在娇小得可以。

就凭顾余这造作的态度，谢临也不可能退。他很快低下头让小姑娘知道后果。

沙发的空间实在是太狭小了，两人又是这样的姿势，别说亲吻，就算只是随便动一动也会有亲密的肢体接触。谢临的左手已经从少女脆弱的后颈往下移到对方瘦削的背脊上，再往下触碰到腰际。

当顾余不小心乱动蹭到谢临某处的时候，她听见上边的男人很低地闷哼了一声。

这一弄，气氛就很不对了。

顾余显然察觉到了什么。她脸一红，只差把双手举成投降状，来显示自己的无辜。她真不是故意的。

能感觉到上面表情冷淡的男人身体彻底紧绷着，平时一向情绪平淡的眼睛此时像是在翻涌着什么暗潮。

被这双黑黝黝的眼睛盯着看了好几秒，顾余心情紧张。最终，她看见男人深呼吸了一下，准备往后退开。

把被撩拨起来的欲念强行克制住，谢临往浴室方向看了一眼，觉得他需要用冷水让自己清醒冷静下来。

顾余注意到谢临的这一眼，在他要往后退开的时候，她不知道脑子里哪根筋没搭对，竟然鬼使神差地伸手抓住谢临的手。

“冬天洗冷水澡好像不太好……”话一说出来，顾余就差点想咬了自己的舌头。

当看见谢临不说话，用沉沉的目光看着她时，顾余心虚地觉得自己是有点折腾人。

明知道谢临现在不能对她做比亲亲抱抱更深入的事情，她还让人别去洗冷水澡，这不是折腾人是什么？

可顾余刚这么想，她发现她还是想得少了。她被谢临抱起来坐到腿上，然后她的耳朵被轻轻吻着。

以这个姿势，谢临在顾余后面，顾余理所当然看不见对方在做什么。但她可以清楚地听见声音。

在左边耳朵和颈侧被后面男人细密亲吻的同时，顾余还听见低低的喘息声，低沉冷淡却透着欲念。这声音离得太近，导致顾余听起来非常清晰。

“别回头。”当顾余有想要转头迹象的时候，谢临马上对她说出这句话。

顾余就算再迟钝也知道是什么情况了。她僵着身体一动也不敢动，脸颊发烫。

过了好一段时间，当顾余再听见一记闷哼，谢临终于放开环住她腰的手的时候，她才有勇气动一动自己已经僵掉的四肢。

等谢临整理好了自己，顾余才小心翼翼地转身去看对方。从男人那张几乎已经全然回归冷淡表情的脸很难窥见刚才发生过什么事，顾余看见对方的视线停在她的毛衣裙上。

“你等会儿回房间记得把这件衣服换下来。”谢临似乎很冷静地说着。在小姑娘对他回以疑惑的视线时，他顿了顿才低声解释道，“刚才……被我不小心弄脏了一点点。”

顾余一愣，随即反应过来他指的是什么。她红着脸噌地站起身，一路小跑去房间门口。

开门关门，一气呵成。

在没受到任何阻拦的情况下，顾余很快跑回了自己房间。她感觉自己的心跳速度简直比跑个八百米还激烈。

浅色毛衣裙上的那一点点污迹并不难看到，尽管已经被谢临拿纸巾擦掉了，上面还是留下了能被发现的浅浅痕迹。

顾余低头看着自己这条小裙子。看了两秒以后，她选择滚上床，拿枕头把自己的脸埋起来。

第十二章
撒谎的报应

逃避现实把自己埋了半天，顾余还是去换了身衣服。

把之前穿着的浅色毛衣裙换了下来，顾余拿着去洗手台那边进行局部清洗。

洗着那处痕迹的时候，她的脸是通红的状态。清洗完把衣服晾晒到房间的小阳台，望着这条她一直挺喜欢的毛衣裙，顾余觉得自己近期都没有再穿的勇气了。

虽然发生了这种事情，顾余很想先装鸵鸟一两天，但因为这种事情躲人好像也不至于，所以到晚上的时候，顾余还是和谢临一起出门解决晚饭。

在房间门口等自己的小姑娘很明显换了一条裙子，谢临冷淡的眉眼在他看见这条裙子时微微动了动。他表情不变，走过去牵住顾余的手。

“想吃什么？”谢临平静地问。

顾余思考了一下，小声回答说：“茶餐厅吧。”

听见回答，谢临没有说多余的话，拉着小姑娘开始往酒店外面走。

接近傍晚，天色已经暗了下来。顾余在被谢临带出门时习惯性开启智障模式，完全不去认路，谢临拉她去哪就去哪。

在这段路上，一直因为微妙的情绪而没有主动说话的顾余听见旁边男人忽然声音低沉地问了一句：“吓到你了？”

顾余本来恢复正常的脸部温度又因为这句话上升了。她瞄了谢临一眼，男人神情冷漠的侧脸非常好看。这种冷淡的表情实在让人难以想象对方满是欲望的样子。

“也……不是……”顾余支支吾吾地回答，“就……没有心理准备。”

其实严格说起来，谢临也没对她做什么，就只是抱着她，亲着她的耳朵而已。

谢临垂下眼看了看走在自己旁边的小姑娘，接下来的话却不是安抚，而是说：“那在明年九月之前的这段时间，你可以好好做心理准备。”

顾余闻言一愣，然后很快反应过来男人话里的意思。她顿时猛地低头装鸵鸟不说话了。

谢临的表情很镇定，说那句话时可谓面不改色。

谢临觉得他等得这么辛苦，终于等到的时候肯定不可能再忍了。

这跟自制力没有关系，而是一种雄性本能，对喜欢的人很自然会有侵占欲。

大奖赛总决赛结束，也意味着今年的十二月即将过去。

今年的大奖赛，双人滑冠军是来自 M 国的组合，女子单人滑的金牌得主是 R 国选手拉伊莎，男子单人滑的优胜者则是陆越。每一个选手都算是众望所归。

这个月一国就到了新的一年，距离下个月的四大洲比赛也就只有一个半月的时间。

为给四大洲比赛做准备，顾余这个月只打算再参加一场 b 级赛赚点积分，剩下的时间都用在训练上。

顾余在各个 b 级赛场上都是一路碾压过去，即使冰迷对 b 级赛的关注没有大奖赛那么高，这一轮下来，顾余在国际赛场上也刷足了存在感。

圈子里没有冰迷不知道来自 Z 国的这名女单新秀，现在都等着看她在四大洲比赛上的表现。

不过在四大洲比赛到来之前，顾余在国内还得过一个很重要的节日。

今年的春节比较早，二月六日就开始了，四大洲比赛在二月中下旬，

基地里的其他人都陆续回家了，顾余二月初都还待在白星基地。她还没想好过年要不要回去。

因为四大洲比赛离得很近了，昨天她还接到家里人给她打的电话，说她如果很忙的话不用赶回家过年也行。

不过顾余没纠结多久，谢临就不让她继续纠结这件事情了。

“过几天新年，你打算回 S 市，还是留在这边？”谢临不动声色地询问，没直接对眼前的小姑娘说出自己的意图。

顾余停下了练习坐在冰场外的长椅上，闻言抬起头说：“还没决定。”

一听小姑娘这么说，谢临微眯起眼，继续语气平静地说：“我家里人说想见你。如果你愿意的话，过几天我带你一起回去。”

顾余正和对方对视着，闻言下意识眨巴一下眼睛，试探着问道：“这是……要见家长的意思？”

光是自己说到“见家长”这几个字，顾余都觉得有点紧张起来了。她的紧张很明显地反映在眼睛里。

谢临没有否认。他微偏过头，垂着眼：“你不想的话就算了。”

说是这么说，私心来讲，谢临还是挺想在新年把小姑娘带回家的，不过还是顾余的意愿更重要些。

顾余张了张口，没有马上回答。她看着谢临的侧脸，几秒以后小声哦了一声。

这个单音节没有清楚表明意愿，顾余有点犹豫地说：“但是我什么都没有准备，像礼物什么的……”

“不需要。”谢临言简意赅地回答，他顿了顿，慢吞吞地补充一句，“你只要肯收礼物，他们就会很高兴了，不需要你送。”

谢临说的是实话。他根本不用担心他家里人会不会喜欢顾余，只需要担心家里人的阵仗别把小姑娘吓到就够了。

虽然谢临这么说，顾余也不可能真的两手空空去他家，还是准备了礼物。

礼物是她自己去厨房烘焙的小饼干，装在圆形的透明盒子里，加上了封口条和小熊贴纸。

小姑娘答应在新年跟自己回家这事，谢临还是提前给家里汇报了。在他汇报的时候，电话另一头不出意外又是一通让他想把手机拿远甚至直接挂断的连环轰炸。

“哎，好好好，那小姑娘喜欢吃什么口味的菜啊？”

“是来吃个饭就走，还是会留宿啊。要不，我先让阿姨把客房布置好吧？”

“那个房间的布置要什么风格，客房的东西现在全换一套新的都还来得及。你别不吭声，赶紧给我们说说。”

轰炸了大概二十来分钟，等谢临把问题一一回答了，电话另一头的人才终于满意地挂断。

感觉比滑一场短节目加自由滑都累，谢临面无表情把手机放下，精神上感受到一阵疲惫。

谢临的家就在 A 市，距离白星基地不到一小时的车程。他家位置在 A 市地价最昂贵的那片别墅区，寸土寸金，价格是市中心其他地区的好几倍。

要见谢临的家人，顾余在新年那天费时间折腾了一下自己。折腾大半天到能出门的状态的时候，顾余跑下楼有点迟疑地问了问在客厅等她的谢临：“我这样子出门可以吗？能见人吗？”

谢临垂眸望着站在他面前样貌秀丽的少女。看了几秒以后，他低下头在小姑娘的嘴角吻了吻。

“能见人，但我可能更想把你关起来。”谢临用冷淡的口吻说出与语气丝毫不相符的话，在小姑娘反应过来之前先拉着人出门了。

关进房间里，他一个人看就好，谢临刚才是这样的想法。

坐上谢临的车之后，顾余就一个劲往车窗外望。

大过年的，除了大型的购物商场还开着，街上的各种商铺基本关门了。不过街道上还是布置着很多新年装饰，看起来一片红红火火。

等看够了窗外，顾余就改成盯着她旁边的人看了。

和最开始的时候不一样，现在不管顾余怎么盯着他看，坐在驾驶座上的谢临都不会动一下眼皮，更不会开口问顾余看够了没，完全一副放任状态。

车子一路开进别墅区，开进谢家别墅的车库。停下车以后，谢临侧身去帮坐在旁边的顾余解开安全带，并拉开车门。

这栋别墅的占地面积实在有点大，顾余觉得她可能需要再刷新一下对自己现任男朋友家里有钱程度的认知。

下车以后，顾余也是被谢临一路拉着走，没走多久就到了屋子门口。

根本都不需要谢临开门，门口那儿已经有好几个人在等着了，并且都目光灼灼，视线一致地盯在谢临拉着的旁边少女的手上。

看见没？看见没！

他们家大儿子终于也有主动牵小姑娘手的这一天了。

站在屋子门口，谢父谢母一脸感动。

被好几个长辈用这么热切的目光盯着被牵住的手，顾余反射性想缩一缩。但她的手被谢临捉得挺紧，没挣开。

男人拉着她的手继续往前走，一路被拉着走到几个长辈面前。顾余站在谢临旁边，压下心底微妙的紧张感，让自己尽量表现得更得体礼貌一些。

“叔叔阿姨好，谢爷爷好。”顾余脸上保持着微笑，实际却紧张得把谢临的手抓紧不少。

谢父谢母都欸了一声，满脸笑容地把人迎进屋子里。站在旁边的精神奕奕的老人也点点头，一脸慈祥地说：“不用加那个谢字，直接跟谢临一样喊我爷爷就好。”

能说出这话，显然老人已经明示了他对小姑娘的态度。

老伴去得早，谢临的爷爷这些年最关心的就是家里的子孙后辈，就盼着两个孙子越早结婚越好，早点成家立业，他也就放心了。

这反而让顾余有点措手不及。她刚在心里还想着自己有没有什么地方没注意到，结果谢临家人的热情态度就让她蒙了。

按正常情况，不是要先观察她一下？

谢临对这情况算是早有预料，此时神色淡定地拉着顾余坐到家里客厅的沙发上。

“礼物，她做的。”不想让小姑娘紧张，谢临把顾余烘焙的那盒小饼干放到桌上，帮她完成了送礼物这个环节。

谢临家里人也不缺什么贵重的东西。对他们来说，顾余给他们送自己烘焙的饼干更显心意，毕竟这是要费功夫去做的事。

“你怎么还让人家小姑娘给我们准备礼物？”谢母一听这话，马上望着谢临，“你应该跟小余说，让她空手来就可以了嘛，还让人家去厨房里忙活。”

事实上，类似的话谢临并不是没有说过。但顾余坚持认为应该要准备礼物，谢临也就随她了。

现在被谢母这么说，谢临面无表情没有做出反驳。

客厅里除了长辈，顾余两个月前见过的谢亦也在场。不过他今天并没有把现任女友带回家来。

“我能不能直接喊嫂子啊，反正应该也是迟早的事儿吧。”谢亦一副笑眯眯的表情，说完以后没等谢临瞥他，很快自己找台阶下，“那不然只能也喊小余了，毕竟我比她大好几岁。”

谢亦不提还好，一经提起，现在所有人的关注点都放到顾余的年纪上来了。眼前这小姑娘，看着确实是小了点。

不过南方的小姑娘看起来是会显得比实际年龄小，主要是身材娇小的缘故。

“小姑娘今年多大了？”谢临的爷爷态度和蔼地发问。

“十九。”没等顾余开口，谢临在旁边先一步出声。

谢临先说了，顾余也就应和着点点头。

尽管谢临的声音听起来冷淡又平静，这也不能改变小姑娘只有十八岁的事实。周围听见这话的几个长辈，表情忽然变得有点古怪。

这刚到新年呢，小姑娘才十九岁，那岂不是说明谢临在小姑娘刚成年的时候就“拐”人了。

一看家里人这表情，谢临和谢亦两兄弟就知道他们在想什么。谢临坐定面不改色，谢亦拿起水杯装作要喝水的样子。

上次回来给家里人汇报的时候，谢亦特地略过，没提小姑娘的年龄，然而该来的总是要来。

谢父谢母的表情在短时间内几经变换，最终还是维持住了微笑。

这年龄……其实也不是差很多啊。

有年龄差才好，同龄的毛头小伙子哪知道怎么对小姑娘好。要像他们儿子这样，稍微年长一点的才懂得疼人。

这么一想，两人岂不就是天生一对了，很好。

两位家长越想越觉得合情合理。

谢临带顾余过来的这个时间已经接近饭点。几个长辈在客厅里和顾余闲聊了一会儿以后，就一起坐到了饭桌上。

此时顾余拿起筷子一看，桌上的菜大半是她喜欢吃的口味，不由得眨了一下眼。

小姑娘平时特别喜欢吃的松鼠鱼和她离得有点远。避免旁边小姑娘不好意思把筷子伸那么远去夹菜，谢临倒是颇为体贴地先去帮她夹了。

谢临把鱼肉夹到顾余碗里，过程中没说话，表情更是平平淡淡。

谢父谢母此时用欣慰的眼光看着他。被父母这么望着，谢临更加面无表情了。

等吃完饭才是真正长谈的时候。顾余被几个长辈问了一长串各种各样的问题，比如她平时的兴趣爱好，家中父母的情况，以及她对谢临的看法，等等。

谢父谢母对顾余很有好感。这不仅因为她是自家儿子喜欢的人，还因为小姑娘在花滑上的优秀表现。

作为曾经的双人滑选手，谢临的父母当然也热爱着花滑这项运动。对有天赋的优秀后辈，他们理所当然会偏爱一些。

“所以你们是在俱乐部里认识的是吧，之前都没见过面？”谢母看了一眼正以一副标准面瘫脸坐在旁边的谢临，很快补了一句，“在赛事新闻上见到的那种不算。”

假如是在俱乐部里认识的，那认识的时间满打满算也没有一年，她可真为自家儿子担心。

这么短的时间，以谢临这性格，能让小姑娘定下心吗？

可别因为不会说好听的话，小姑娘被别的什么人拐跑了，那多惨啊。

客厅里的长辈本来都以为顾余会点头。没想到他们看见小姑娘摇了摇头，然后像是有点不太好意思地挠挠脸颊说：“小时候见过。”

小时候？

啥小时候？

客厅里的长辈一脸茫然，谢临小时候还能认识小姑娘？他们怎么不知道？

谢临从小就是和现在差不多的冷淡性格，能认识小姑娘也是奇了怪了，更何况两人年纪还差了足足五岁……

反而是谢亦，跟着其他三个长辈一起蒙了一会儿以后，忽然灵光一闪，恍然大悟似的啊了一声：“我知道了，暑假的时候是吧。”

和顾余的家在 S 市这条信息一对，谢亦觉得他的猜想八九不离十。

“哥你也真长情，等小时候的白月光长大了就拐来当女朋友，可以的。”谢亦的表情很是复杂。他想起自己还在小姑娘面前提到过这事，结果当时的白月光本人就坐在他面前了，他还愣愣的不知道。

什么白月光？

谢家的几个长辈更加蒙了。

谢亦见状，主动担起了解说员的任务，把事情的来龙去脉给家里人清楚解释了一遍，还特别重点说明了一下小姑娘是他亲哥小时候的白月光这事。

“好，多好的缘分啊，长大了还能再遇见多不容易。”谢母感慨着，又软下语气对顾余说，“谢临这孩子虽然性格冷了点，也不太会说好听的话，但其他方面还是很好的，比如……”

谢母停下来想了想，接着说：“比如长得还可以，也还算有钱，教一教也能学会体贴人。”

以谢临的冷漠性格，谢母本来都觉得自家儿子可能要“注孤生”了。现在好不容易有个喜欢的小姑娘，还带回家了，她巴不得马上把他推销出去。

自家大儿子是长得还可以啊。但长相不能当饭吃，年纪大了也有人老珠黄的时候，所以谢母还是挺担心的。

谢母这话一说出来，客厅里安静了，尤其谢亦的眼角在这时抽了抽。

你说别人家的家长都是把自家小孩往高分吹，60 分吹成 80 分，80 分吹成 100 分，怎么到他们家这就反过来了？

摸着良心说，谢亦觉得他亲哥的那张脸还是很能打的。如果说谢临的长相都只算是“还可以”的程度，那能被评价为长得好看的人估计得是什么千年一见的盛世美颜才行了。

还有什么还算有钱，明明就是很有钱。就算不算代言的高额收入，公司股份也还在呢。

为打破客厅里的这种迷之安静，顾余这时小声说：“小哥哥对我很好，我很喜欢他。”

完全没想到坐在旁边的小姑娘会对他的家里人说这话，谢临原本面无表情的脸上出现细微的情绪波动，具体表现为微垂下眼，把小姑娘的手捉住，不动声色地把玩着对方的手指。

顾余说出这话，谢家的长辈们可以说再欣慰不过了。

谢临的母亲把手上戴着的一个玉镯子摘下来，没等顾余拒绝就直接给她戴上了，戴完以后就说是见面礼。

坐在主位上的老人摩挲了一下拐杖，开口说：“老人家不知道你们现在的年轻人喜欢什么，车库那儿的车，要不谢临你待会儿带小余去挑一部走。反正大部分也都是闲置在那儿摆着看的。”

车库里的车大部分是谢临的爷爷和谢亦买的。老人家买着纯属是收藏，谢亦则是图个换车的新鲜感。现在老人这么说，谢亦也毫无异议。

思维还没跳跃过来，在顾余发蒙期间，主位上的老人又说了一句：“要是看中好几辆，就一起打包带走吧。我让人把车开到你们俱乐部基地那儿去。”

顾余呆住，觉得自己对价值观的认知又一次被刷新。

老人说完以后就等着小姑娘的意见。顾余张了张口，想推拒却不知道怎么样能比较委婉，最终是谢临帮她解的围。

“你们这样会吓到她。”谢临淡淡地说。

听谢临这么一说，几个长辈被提醒了，态度上收敛了许多。

“欸，那行吧，那等顾余想要的时候，你再买给她。对小姑娘千万不能吝啬，当年我追你奶奶的时候，她说要什么我就买什么，你们这些年轻人学着点。”虽然车子没送出去，老人有一点点失望，但他很快就把这事放下了。

满足长辈的期望，谢临像是很随意地嗯了一声，没发表其他看法。

要什么就买什么，这让顾余想起小时候，她的谢临小哥哥就是这么对她的，这可能真是家族遗传的优良传统。

“时间也不早了，不然小余你今天就在我们家住一晚吧。客房已经提前收拾好了，就在谢临房间对面。”谢母一边说着，一边以眼神示意谢临把小姑娘带上楼去。

天色晚了，让谢临载她回俱乐部基地再回家确实挺麻烦。顾余想了想就接受了这个提议，跟着谢临上楼。

说是提前收拾好了客房，实际根本不能只用“收拾”来形容。顾余进去那间给她准备的房间，这间房间毫无疑问是被精心布置过的。

尽管谢临之前对自家爷爷的应声很随意，但他其实把话听进去了。他把小姑娘领进房间之后，就靠在门边问：“车，什么时候想要？”

顾余失语了两秒。她没想到谢临也会来问她这个问题。

“我都没去考驾照，要车子也没用啊。”顾余轻轻挠了挠脸颊，找了个非常正当的理由拒绝。

谢临也想起这件事情，于是他很快改口：“那别的东西？”

“都没有什么特别需要的。”顾余偏头回答。

看见靠在门边的年轻男人因为她这句话微微皱眉，不知道在想些什么，顾余很快凑过去抱住他，笑眯着眼喊一声：“小哥哥。”

谢临的眉梢眼角看起来让人觉得很冷淡，被抱着他的小姑娘这么一喊，却总是下意识垂眸。

他对这个称呼的抵抗力太弱，但他本人并没有这个意识。

在谢临垂眼的时候，挨着他的少女忽然踮了踮脚做出要亲吻他的动作。可她偏偏在离得很近的时候停下，下一秒便退回了原来的位置。

顾余的这个行为很明显是故意的。但谢临的视线在少女那像花瓣似的唇上停了停，片刻后还是放下矜持，主动低下头去亲吻眼前的小姑娘。

假如谢临的家人看见这一幕，估计又得是整整齐齐的欣慰眼神。

高冷有什么用，矜持更没用，这俩加一起分分钟是要注孤生的，主动点就能追到小姑娘了。

虽然谢临挺想抱着小姑娘不撒手，但他总不能一直待在这房间里不出去，否则他的家人很快就要脑补什么不好的东西了。

在家人的眼皮底下，谢临要维持小姑娘的清白。所以他忍住了想抱着这只小啾去床上盖被子睡觉的想法，冷静地在亲完顾余以后出门走回自己的房间。

在回家之前，俱乐部基地里的人也差不多都各回各家了。其他人不在也就不用注意影响，谢临在这之前的好些天都和顾余睡在同一个房间。

回家了反而不能抱着小姑娘一起睡，谢临感觉有点不习惯。

第二天带顾余回俱乐部基地的时候，谢临坐在驾驶座上，转头去看正准备扣安全带的小姑娘。

不等顾余把安全带扣好，谢临一言不发把小姑娘揽到了自己怀里，面不改色："昨天晚上没抱到，补回来。"

用这么冷淡的表情和声音说出这种话，谢临这个人给顾余的感觉就跟什么猫科动物似的，平时表现得高冷，时不时却又要靠近来蹭一蹭你。

某些时候甚至可能还有点粘人。

顾余也不挣扎。她抬起头亲了亲男人的下颌，结果是她被抓住，变成双唇相贴的深吻。

想到基地里其他人都不在，谢临亲着亲着就把他亲吻的位置下移到怀里小姑娘的颈侧，在上面留下一个清晰可见的痕迹。

打完标记，谢临微眯起眼，可以看出是满意的表情。

谢临是个很有领地意识的人。对属于他的小姑娘，他的这种意识会变得更强烈。

真想早点给小姑娘戴上戒指，但这至少得等世锦赛结束以后。

还得再等一等。

又得等，一想到等这个字眼，谢临就觉得他抱着的这个小姑娘可能真是生来克他的。

他这辈子所有的耐心和克制大概都花在等眼前的小姑娘上面了，没有第二个人能让他这么忍耐。

“你怎么就不能马上多长大几岁？”谢临像是微微叹息着，把抱着的小姑娘放回原来的位置，再顺手帮对方扣上安全带。

顾余闻言眨巴了一下眼。

这不能怪她啊，怪只怪他们两人的年龄差。

她还没长大的时候，谢临就已经成年了。

说起来，可能也是因为五岁的年龄差，顾余和谢临在一起的时候，她总是敢于造作，并且无论怎么造作都能有安心感，就像小时候一样把自己当成一个受宠的小姑娘。

“嗯……我在努力了。”顾余看一眼旁边男人好看的侧脸，小声回应。

谢临没说话，眉眼动了动，启动车子往俱乐部基地的方向开。

谢临开着车，顾余低头在微信小群里聊天。

苏秋：“姐妹们，我今天回国了，飞机刚刚落地。”

顾余一打开微信，就在自己的三人微信小群里看见这条信息，有点惊喜。

苏秋考去了国外的大学，顾余有一段时间没和她见面了，也怪想念的，没想到她在新年期间回来了。

国外具体地说是法国。顾余想了想当初在法尼亚那会儿，谢临教她的“好久不见”这句法语，片刻后发了个语音过去。

“Je t'aime。”

此时刚好在一个红绿灯路口，车子停着。顾余刚把语音发出去，她就看见坐在驾驶座上的男人忽然转过头来盯着她看。

“你在给谁发语音？”谢临状似冷静地问。

“朋友啊，我不是跟你说过我有两个特别好的朋友吗？一个是你在溜冰场见过的林落；另一个在法国留学，叫苏秋，她今天回国了。”顾余诚实地回答。

此时微信小群里弹出新的信息——

苏秋："这么热情？我一回国你就跟我说'我爱你'。好吧好吧，我也爱你，我给你们带了礼物呢。"

顾余看着这条信息，脑子转了转忽然明白了什么，现在轮到她转过头去盯着谢临看了。

驾驶座上的男人像是微微绷紧了下颌线。他无言地把头转回去，手握着方向盘，目视前方。

在顾余的视线注视下，谢临握着方向盘的手略微收紧。但他还是装作面无表情的样子。

撒谎真的会有报应，尤其骗的人是小姑娘，报应会来得猝不及防——谢临意识到了这一点。

车内气氛一度凝固。

顾余眼睛一眨不眨地盯着驾驶座上的年轻男人看，等着谢临什么时候有反应。

后者装作不懂顾余视线里含义，保持着镇定的表情，可以看出很明显的一点，谢临正在避免与旁边的小姑娘有视线接触。

骗小姑娘表白这事被拆穿了怎么办？当初谎言说出口的时候谢临可没考虑过这个问题，所以他现在头疼了。

"你骗我对你表白。"顾余盯着旁边男人的侧脸看，用清晰的声音慢吞吞地把这句话说出口。

谢临沉默了几秒。他不去看旁边的小姑娘，看着前方的红绿灯，声音低沉："我没有。"

顿了顿，维持着镇定表情的男人又说："记错了，不是故意骗你。"

"哦。"顾余点点头。

听见小姑娘的应声，谢临稍微松懈下来。但下一秒，他就听见顾余迅速补了一句："我不信。"

考虑到谢临要开车，顾余不想对方分心就暂时没有乘胜追击。回到俱乐部基地下车之后，顾余在谢临要来拉她手的时候把手背到身后去。

垂眸对上少女清亮的眼睛，谢临知道这事他跑不了。

骗小姑娘表白这件事情总的来说是自己理亏。谢临稍微侧过身，伸手牵住顾余背到身后的手，然后低头承认："嗯，我骗你了。"

听谢临承认了，顾余才不挣开自己的手，安分下来给对方拉着。

谢临微低着头。顾余看着对方垂落下来的眼睫毛，用指尖戳了戳男人的手心，然后笑眯着眼说："你想听我说喜欢的话，根本不用骗我啊。"

说完顾余就和对方对视着，带着某种调戏的心态，弯眼笑着补了一句："小哥哥，我喜欢你。"

谢临在感情方面毫无疑问十分矜持。他拉着小姑娘的手往车库外走，眉眼间的冷淡散去大半，声音低沉地回应："那就不要乱跑，待在我能看见的地方，我等你长大。"

也就只是一年而已，没有很久。

为了即将到来的四大洲比赛，顾余考虑了一下，还是放弃了新年回家的想法。

如果回家的话，她应该把谢临一起带回去。顾余觉得她家里人少不了一番惊吓。

行程实在是太紧了，这个惊吓还是往后再推一推吧。

知道顾余很快有一个比较重要的比赛，苏秋回国后也没说要特地约在哪聚一聚。她直接拉着林落来到白星的基地，三个人简单会面。

其实苏秋和林落主要还是想来瞅瞅正在谈恋爱的两人到底是个什么相处模式。当她们看见某个在外面形象极其高冷的男人真的把顾余当成小姑娘一样纵容照顾的时候，她们就不得不佩服自己的小姐妹了。

虽然说两人年纪差了好几岁，但光凭谢临那张脸，顾余也并不亏啊。

谢临身上那种冷淡的禁欲感说实话特别勾人。苏秋和林落甚至都想怂恿顾余去把人给睡了。

谢临这人要脸有脸、要钱有钱。最重要的是，苏秋和林落都能看出他很明显被顾余吃得死死的，就算对方再怎么表现冷漠，都改变不了这个事实。

所以说，睡了绝对不亏。

过完整个新年，四大洲比赛已临近，今年的举办地点在科亚。

二月中旬比赛开始前，获得参赛名额的顾余和国内其他参赛选手一起抵达赛场附近的酒店，等待比赛开始。

比赛地点离得还算近，不用倒时差对顾余以及其他亚洲参赛选手来说是件好事，有利于他们保持良好的状态。

四大洲比赛虽然是花滑里比较重要的赛事，但许多一线选手视自己的情况也可能放弃参赛。

像今年的四大洲比赛，两个月前刚拿下大奖赛女子单人滑铜牌的M国选手科琳娜就缺席了这次比赛，原因是她说想专心为后面的世锦赛做准备。

之前大奖赛的女单金牌得主拉伊莎因为是R国选手，所以也不会参加四大洲比赛。这么一来，顾余这次比赛中最大的竞争对手就是科亚的东道主选手藤井真纪了。

参赛的女单选手一共二十二人。在这二十二人里，来自Z国的女选手就只有顾余一个，在国内冰迷眼里毫无疑问是一根珍贵的独苗苗。

顾余这次比赛的出场序号刚好卡在中间，她最大的竞争对手在她后面出场。顾余觉得这算是好事，免得她在自己出场前忍不住去关注对方的表现，增加心理压力。

四大洲比赛作为花滑里一场重要的大赛事，国内外冰迷对这一赛事的关注并不比大奖赛低。场馆内每场比赛都是满座，各个社交软件上的讨论热度也越来越高。

尽管大奖赛的女单金牌得主不参加这次比赛，但在国内外冰迷眼里，作为黑马出现的顾余和另一名热门选手藤井真纪之间的竞争也有十足的看点。

通过这次比赛，他们就能知道来自Z国的这名后起之秀具体能给本赛季原定的两个热门冠军选手带来多少威胁，是否足以成为世锦赛夺冠的热门选手之一。

比赛第一天，顾余的微博粉丝聚到了主页进行讨论——

“四大洲女单最大的看点就是阿啾和藤井了吧，这胜负不知道是几几开……”

“管它几几开，我反正是对闺女盲目自信的老父亲。”

“讲真，五五开吧……阿啾的能力，这么多场比赛看下来，大家都有眼睛看。藤井在同期选手里也是魔王级别的竞争对手，挑战难度是高难的那种。”

“世锦赛上现在能跟藤井打的不就只有拉伊莎，我相信阿啾也可以的。阿啾这场比完了就马上加入世界冠军争夺战的豪华套餐。”

“紧张？”谢临垂眸看着正坐在长椅上的小姑娘，询问的声音缓慢低沉。

“有一点。”顾余诚实地回答。

理论上已经经历过这么多场比赛，顾余应该调整好了在赛场的心理状态。

参加 b 级赛的心态和参加重要比赛还是有所不同，尤其这场比赛里还有一个竞争力超强的对手，顾余少见地感受到压力。

谢临没说话。他看见小姑娘的鞋带有点没绑好，很自然地蹲下身去帮顾余把鞋带重新系上。

等做完这件事情，谢临坐到顾余旁边，动作自然地把小姑娘往自己怀里揽。

被谢临这么一抱，顾余感觉自己的紧张情绪降低了许多，心情也相对平静了下来。

谢临并没有说任何安抚的话，但顾余就是觉得安心。

四大洲第一天的比赛项目是女单短节目，此时已经上场了七八名选手，很快就会轮到顾余。

场馆观众席上的 Z 国观众不少，参赛的女单选手就只有顾余这么一根独苗苗。所以观众席上的 Z 国观众都举着写了她名字的条幅或者海报，排场颇为可观。

节目得分是在选手表演结束后没多久现场公布。在顾余之前，有两名短节目上了 80 分的选手，这毫无疑问给后面出场的选手带来一定的心理压力。

只是 80 分出头，顾余还不算有压力。毕竟，她之前几次比赛拿的都是比这更好的分数。

终于轮到顾余上场的时候，谢临找了一个其他人都看不见的角度，极迅速地低头亲吻了下小姑娘的嘴角。

“我就在这里看着你。”谢临声音低沉道。

这都来不及去担心有没人看见，因为这算是偷偷摸摸的亲吻，顾余不由自主微红了红脸。

这种情绪反而彻底冲淡了紧张，顾余深呼吸了一下，在全场观众的注视中滑入冰场。

第十三章

赢就可以了

已经经历过许多场比赛的锻炼，加上几乎每天重复的练习，顾余对自己的短节目和自由滑当然都心里有底。

熟练度早就刷满，但每次的水平发挥肯定有所差别。

顾余算是一个状态稳定的选手。在目前参加的所有比赛中，她没有出现过任何一次大的失误，个人赛季的最好成绩已经刷新了好几次。这一路上升的趋势在国内外冰迷眼里都非常瞩目。

开场依然是一个姿态标准的3A。穿着黑色裙子，冰上的少女干净利落而又状态轻盈的阿克塞尔三周跳获得场上观众上的热情掌声。

自顾余出现在国际赛场以来，每次发挥稳定的3A毫无疑问成了她的招牌跳跃。在这个高难度跳跃上所拥有的稳定性也是她的突出优势，不给裁判一点扣分的机会。

按花滑节目的打分规则，选手如果把跳跃放在节目的后半段时间做，这个跳跃能得到10%的加分。

但把跳跃放到后半段才做对选手来说是一种考验。在节目刚开始体力最充足的时候做跳跃，毫无疑问比在后期体力消耗时做要来的轻松。所以，这个10%的加分也并不是那么好拿。

顾余的体力曾经一度是她的短板，虽然现在补上来了，但也只是达标水平。她不能算是一个在体力上有优势的选手。

把3A跳跃放在节目开头也是这个原因。在节目前半段体力充足的时候跳3A，顾余拥有不会失误的自信。

在练习的时候，顾余试过把3A往节目后半段放，但效果还不够好。所以顾余在这次的四大洲比赛中还是选择以稳妥的方案上阵。

除了刚开始的3A，顾余剩下的跳跃都放在节目的后半段。

3Lz+3Lo的连跳以及一个单独的3F跳，顾余这套短节目在编排上的难度差不多可以傲视群雄。在她不出现失误的情况下，基础分绝对是占优势的。

“我这到底是在看四大洲还是在看冬奥啊，女单这边的竞争怎么这么恐怖？短节目上80分的已经有两个了，虽然是刚80分出头……阿啾肯定也是要上的，后边最少也还有个藤井。”

“我还真没见过竞争这么激烈的四大洲。前边两个短节目上80分的妹子都是状态爆炸的超水平发挥了，而且裁判给分比较宽松。我记得她们之前的短节目赛季最好成绩是75分上下的样子。”

“往年一直是欧锦赛比四大洲有看头，今年这四大洲真是绝了，每个国家派来参赛的妥妥就是冬奥阵容啊——要不是拉伊莎在R国那儿不参加四大洲，我觉得我们今天可以提前看到明年的冬奥女单比赛了。”

“不说别的，阿啾真的是稳，又clean了，这次短节目打分不上83分不科学！”

……

符合大多数人的预期，顾余滑完短节目去到等分区的时候，广播播报中她的得分确实在83分以上。

技术分47.32，节目表演分36.63，总分83.95。

这个分数一出来，国内冰迷几乎马上进入了狂欢。尽管他们认为技术分那儿应该再高一些，但这个分数已经相当令人振奋了。

这个分数距离刷新由R国选手拉伊莎创下的短节目第一的世界纪录就只差那么一丁点，只有零点几分的差距。

换作以前，自家出现一个或许能打破世界纪录的女单选手，这是国内冰迷想都不敢想的事情。

现在这个分数出来，国内冰迷顿时骚动起来，买了票在现场的人听见广播播报时，即刻发出了欢呼声。

不管这次四大洲比赛的最终结果如何，这都是属于顾余的高光时刻。因为在这场国际赛事中，顾余用她的短节目分数充分证明了他们国家女子单人滑的变革与上升。

国内女单的低迷状态会过去的，冰迷们从还在等分区坐着的少女身上看见了希望。

分数播报完，顾余抱着一只观众席上冰迷扔给她的白色胖啾玩偶和谢临一起离开等分区。她一路弯眼笑着的样子被一个冰迷拍下来放到了微博上。

本来只是单纯的高光时刻记录，但这几张照片里的细节引起了一番讨论。

“临哥为什么那么自然地牵着我们阿啾的手啊？照片里两人这手就是牵在一起了没错吧？”

“临哥和阿啾牵小手了，我……我竟然觉得好甜？来个人敲我的脑壳让我清醒一下……”

“我来敲你，你想想两个人的年龄差距啊！阿啾在临哥眼里就是个小姑娘，临哥牵阿啾的手完全是照顾小姑娘的心态，就跟牵着小朋友一样吧？”

“饲养员和小啾的组合难道不萌吗？！有年龄差更甜啊！”

“人估计就普普通通牵个手，到你们这儿能脑补到两人结婚去……”

“有句说句，你要说临哥牵阿啾的手是因为把阿啾看成小姑娘，那我得说，我没见过临哥牵别的小姑娘。”

“其实还挺般配的，就说闺女长得这么好看，又这么优秀，再长大几岁那不得了。我要是临哥，眼里肯定看不见别的小姑娘。”

不知道两人偷偷牵手的行为被人以刁钻的角度拍了下来，也不知道微博上展开了什么样的讨论，顾余此时在关注着后面选手的表现。

她这次比赛最大的对手在她的后两位上场，顾余并不认为自己的短节目分数能稳稳胜过藤井。藤井是近两个赛季世锦赛的夺冠热门选手，当然拥有和名声相符的实力。

藤井真纪在这个赛季的短节目选曲是《月光》，自由滑选曲是科亚女单选手基本人手一个的《蝴蝶夫人》。后者虽然被用得泛滥，但这首音乐属于经典曲目的事实不会改变。

和顾余一样，这个来自科亚的选手同样拥有3A这个招牌跳跃。她的跳跃高度和距离比顾余更好一些，并且她可以把这个跳跃留在节目的后半段进行。在这个跳跃的基础分上，藤井真纪比顾余多了10%的加分。

除了3A的安排，她们两个人节目中的跳跃配置是一样的，联合跳跃都是3Lz+3Lo，单独跳跃是一个3F。

在观众席上的大多数冰迷，包括顾余自己看来，她们的分数差距很可能就出在这个3A上——

这个认知让顾余不由得略微悬着心。短节目分数稍落的话，自由滑她或许得考虑更改一下跳跃的编排了……

正当顾余稍有忐忑的时候，她之前刚被放开不久的手又被谢临牵住。

这一次，谢临似乎懒得管有没人看见了。他看着正在自己眼前低着脑袋的这只小啾，用冷淡的声音很平静地说："她的3F错刃了。"

3F容易错刃是藤井的缺点。她从这个赛季开头已经努力纠正自己的习惯，但在比赛中还是偶尔会出现失误。

把3A放在节目后半段做的加分和错刃失误扣分抵一抵，两人的短节目分数谁高谁低还不好说。

在谢临指出的同时，顾余当然也注意到了藤井的失误。不管怎么说，她确实因此微微松了一口气。

同时，顾余也更加意识到了自己的不足。

对手出现失误当然是好事，但不能把胜利寄托于对手的失误，这很不好。

无论是藤井还是拉伊莎，都是能在短节目中把跳跃全部放在节目后半段进行的选手。即使是在时间更长、需要消耗更多体力的自由滑中，两人也能把大部分跳跃放到节目后半段。

每个跳跃10%的加分累积下来就会形成鲜明的差距，顾余对自己的体力提升产生了迫切感。

藤井结束短节目到达等分区没多久，广播公布了她的分数——

83.95。

同分——

这个结果让国内外冰迷都有点咋舌。

“不是，裁判这手也太会打分了，硬生生在短节目中制造出并列第一，后面反正不可能有比阿啾和藤井还高分的选手。”

“那就得看自由滑了，要是金牌有两块多好。但有两块金牌的话，竞技好像又丧失了魅力。”

就算只是 0.1 分的差距也是差距。短节目同分，这意味着顾余和她的对手谁也不能在这时候稍微松口气，更要打起十二分精神去面对明天的自由滑。

这是顾余第一次面对这样具备威胁的对手，她不再能轻松取胜。

这种压力除了让她紧张，还让她有点兴奋，是遇到劲敌的那种竞争感。

“还好顾余不是我。像我这种抗压能力弱的，面对这种情况，明天的自由滑肯定完蛋。”一天的比赛结束，许望在酒店房间里跷着二郎腿，感慨道。

谢临淡淡地看他一眼：“你还挺骄傲。”

“那是。”许望厚脸皮道。

谢临略微挑眉，颇为难得地扯了扯嘴角，露出微笑：“那祝你打破四大洲比赛自由滑必摔一次的魔咒。”

听听，这是人说的话吗？

说到这个魔咒，是真实存在的。谢临这句话从语气和表情上看，怎么都不像诚心祝愿的样子，反而更像是嘲讽。

许望被噎住了。几秒后。他看了看坐在对面的少女，忍不住呛声：“临哥你有本事对顾余也这么说。”

谢临眼皮都不抬一下，冷淡道：“呛不起，怕她跑了，跑了你赔给我吗？”

这样你一言我一语，气氛十分日常，反而让顾余暂时不去惦记明天的自由滑比赛了。

冠军和金牌都只有一个，无论谁都希望那个人是自己。

明天的自由滑是决胜关键，顾余静下心稳住心态。无论能不能拿到金牌，这次比赛对她来说都是一次宝贵的经验。

第二天的自由滑比赛开始前，顾余抱着腿窝在沙发上刷微博放松心情。

边刷着微博，顾余还把坐在她旁边的男人当成了靠垫，身体就是不坐正，歪歪斜斜跟没骨头似的靠在谢临身上。

谢临对此默许放任。他的坐姿很端正，冷淡的眉眼微垂下来看了靠在他身上的少女一眼，不做任何表示。

鉴于房间里并没有其他人，顾余靠了一会儿，干脆得寸进尺地窝到谢临怀里，把身体重量全交给了对方。

为免顾余的身体往外倒，谢临一言不发地把怀里的小姑娘圈住，固定好位置。

直到抱着的少女又习惯性像某种小动物一样侧头往他颈边嗅了嗅，谢临才终于开口："别乱动。"

说着的同时，谢临还伸手把怀里小姑娘的头稍微推远一点点。

谢临对于小姑娘对他做出的这种亲近行为并不讨厌，他是喜欢的，只是需要忍耐就有点辛苦了。

顾余这次倒是很听话，说别乱动就不乱动。她停下刷微博的手，抬头望着正轻耷下眼皮的男人，忽然说："你知道那天林落和苏秋来俱乐部基地看完我以后，晚上回去在微信群里跟我说了什么吗？"

谢临没有马上应声。一般来说，这种问题他不会搭话，只会等对方自己说出下文。但对上怀里少女那双清亮的眸子，谢临声音淡淡地接了一句："不知道，说了什么？"

"她们说，等我今年过完生日就可以考虑把你给睡了。说凭你的美色，我睡了不亏。"顾余慢吞吞说着，然后笑嘻嘻地抬起双手去碰谢临的脸，"我也觉得好像确实不亏。"

谢临的眼皮动了动，在顾余这番肆无忌惮的调戏里冷静地说："只要你敢。"

知道抱着的小姑娘也就是嘴上敢这么说说，实际什么都不敢做，谢临表现得很淡定，甚至把话再重复一遍："只要你敢，我就是你的。"

顾余被噎住了。她其实就是想看看谢临的反应，想看看在对方那张面无表情的脸上会不会有什么变化，没想到对方竟然淡定如斯。

不过顾余也反应很快。她镇定下来，身体倏忽从没骨头似的状态坐直，在男人眉眼冷淡的侧脸上亲了一下。

“那你等着啊。”顾余撑着一口气不肯认尿，用似乎很有底气的语气说着。

谢临并不揭穿对方。他稍微侧头，在小姑娘触碰着他脸的一根手指上轻轻吻了一下，然后用平静的声音颇为顺从地应了一声：“嗯。”

是低哼出来的鼻音，听起来很是随意的样子，顾余这时偏就恶向胆边生，想让他失控。于是，她盯着男人的喉结，忽然凑近去亲吻了一下。

亲完以后，再不轻不重地咬了咬，可以说是非常大胆了。

符合顾余的预期，谢临的喉结动了动，平淡的目光一顿， 眼神微微沉了下来。

当谢临想低下头向她讨取点利息作为甜头的时候，原本靠在他身上的小姑娘一下子窜到旁边的位置，抱着个方形的沙发靠枕，满眼得逞的笑意。

明白了眼前少女的意图，谢临在沉默一秒之后微叹了一口气。他妥协地自己倾过身去，这才亲上了小姑娘的脸颊。

“别这么对我。”谢临低下声音说着，语气能听出几分无可奈何。

自从两人确定恋爱关系以来，谢临对他眼前的小姑娘都是各种宠着。结果就是顾余对他越发肆无忌惮。

因为是他先喜欢上她的，所以在这段感情里，谢临从一开始就并不占据优势，这他也认了。

听谢临这么说，顾余眨眨眼，哦了一声重新窝进对方怀里。

再刷一刷微博，顾余忽然在转发她的微博里看见一张牵手照，心里反射性咯噔了一下。

“昨天在场馆里，有人拍到我和你牵手的照片……”顾余说这话时微微睁大了眼。她搜了搜相关微博，发现这事竟然还有不少人讨论。

比起顾余有点慌张的样子，谢临低下眼去看那张照片，慢吞吞道：“角度不错，拍得挺好。”

看了看小姑娘一副毫无准备的样子，谢临片刻后又淡淡地说：“牵手而已，让他们随便讨论一会儿就过去了，不会有什么后果。”

说得也是。

顾余顿时又一点也不慌了。其实她也不是怕被发现，只是事情来得突然，没有准备。

“等世锦赛完了，我们就公开关系。”谢临低下声音，边说着边抬手摸了摸怀里少女的发。

其实以顾余现在的成绩，谢临觉得他们马上公开关系也可以。

最开始选择暂时不公开，是因为谢临不想顾余因为和他在一起这事遭受闲言闲语从而影响心态。但有了成绩，就不会有什么人再说闲话了。

顾余抬起头，笑弯着眼说：“那我们到时候是不是就可以光明正大地牵手了啊，感觉你每次偷偷牵我很辛苦的样子。”

“你知道就好。”谢临面无表情地回答。

要不是还没公开，谢临在场馆里就能面不改色地把小姑娘抱到自己怀里。哪用得着像现在这样，两人牵个手还得偷偷牵，也不能随随便便低头去亲对方。

由于顾余和藤井的短节目同分，并列第一，她们两人明天自由滑的压力比其他选手要更大一些。

不过最初的那阵压力过后，顾余竟然觉得自己的心态还不错，心里很平静，没有紧张，顶多有一点点兴奋。

能和让自己感到威胁的对手在同一个冰场上竞技，这其实是一件特别有趣的事情。输了的话当然也会失落，但那种拼尽全力的感觉也会让顾余很享受。

第二天的自由滑比赛开始，理所当然，短节目并列第一的顾余和藤井是观众席上冰迷们今天最为关注的对象。

在顾余前面出场的选手也有表现亮眼的。短节目排第二的M国选手在今天的自由滑里也拿到了150.37的高分。这是她第一次在自由滑比赛里突破150分。

等到顾余上场的时候，她在观众席上看见了比昨天更多的写着她名字的海报和条幅。观众席上的冰迷们都非常热情地把海报条幅高举了起来。

顾余是很有求胜欲的。自由滑的节目时间本身比短节目要长许多，她现在的体能已经足够让她顺畅地滑完《假面舞会》这一整套节目。

比起冒险尝试，顾余更习惯稳中求胜。不过在自己力所能及的范围内，顾余还是将她的节目编排做了一点改变。

在她的自由滑节目里，原本只有四个跳跃是放在节目后半段。今天比赛开始前，顾余临时做了点改变，把一个原本该在节目前半段做的3Lz 改放到后边，多争取一个 10%的加分。

顾余的开场是一个 3A，紧接着是 3Lz+3T 的连跳。尽管脸上并没有舞会面具的装饰，配合着音乐，顾余的滑行和跳跃以及她脸上的弯眼微笑也充分营造出了假面舞会的氛围气息。

“阿啾滑得好开心的样子啊，本来还担心她今天会很有压力，但看起来好轻松愉快啊。”

“应该是终于遇着对手兴奋吧。之前的挑战者系列赛，阿啾基本是一路吊打过去的。在四大洲里，她第一次遇到劲敌。”

“闺女心态真好，阿爸感到骄傲了！”

“我也感觉阿啾是真的在笑，不是为了节目表演才笑的，是她滑得很开心。”

等节目时间过去一半，熟悉顾余节目的冰迷都知道她是多把一个跳跃放到节目后半段了。同时，他们清楚顾余的体能不算特别优秀，此时不禁有点担心她会不会因为体力不足而出现失误。

顾余接下来的稳定表现马上打消了他们的这种担心。

一组 3F+2T+2Lo 的三连跳，然后是 3S+3T 的二连跳，后边接单独的3Lz、3S 以及 3F。

半点失误都没有。

完美 clean。

随着冰上的少女完成最后的旋转做出结束姿态，观众席上爆发出非常激烈的掌声和欢呼。冰面上没一会儿就被扔满了各种花束和玩偶，场面十分壮观。

顾余微喘着气，她脸上保持着明丽的笑容，手指却有点抖。等坐到等分区的时候，她这种激动的心情才稍稍平复。

“我应该滑得比之前比赛和练习都要好。”没等分数公布，顾余就迫不及待向坐在她旁边的男人求证。

谢临先是肯定地点点头，微顿一秒后，犹豫着还是把一句对他来说不太容易说出口的话低声陈述：“你让我感到骄傲。”

不仅仅是因为眼前的少女是他喜欢的人，更因为这个小姑娘是由他一手教导出来的。

像看着一只有着漂亮绒羽的小啾学会扑腾翅膀飞向天空，渐渐羽翼丰满，变成了旷野中美丽的雀鸟。

没有人能够拒绝这样的美丽事物。

分数公布，观众席上的冰迷听见广播播报具体得分——

技术分 82.71，节目表演分 76.14，总分 158.85。

这是相当可怕的分数了，不仅刷新了选手的赛季最好成绩，也刷新了女单自由滑节目的世界纪录，比上一个由 R 国选手拉伊莎创下的世界纪录高了 0.83 分。

分数出来，现场的观众炸了，在家里看直播的冰迷们也让微博和论坛一起炸了，场面不是一般热闹。

此时，在家里被好几个邻居拉着一起看直播的顾父顾母都有点愣。邻居在旁边说着什么你家孩子真是太出息了，都破世界纪录了……

顾父顾母看着电视，一脸蒙。

什么？

他们家闺女怎么就破世界纪录了？

他们家闺女这么厉害吗？他们之前以为比赛就只是国内的普通赛事，结果是国际大赛啊！

按这个自由滑成绩，国内冰迷一致认为这次的四大洲金牌应该就是自家的没跑了。自由滑分数都破世界纪录了还拿不了金牌，这绝对不可能！

除非后面的选手也破一个世界纪录，这概率有点低。

确实也如大多数人想的那样，后面出场的藤井真纪的自由滑得分比顾余差了 1.38 分。

主要是节目表演分上的差距。藤井的技术分比顾余高一些，达到了83.14，但节目表演分只有74.33，总分157.47。

顾余在滑冰时的表现力与感染力在国内冰迷眼里是公认的。在国外冰迷眼里如何暂且不论，但从裁判们的打分来看也是比较认可的。

藤井在表现力上一向稍有欠缺。这种欠缺在时间长的自由滑节目里会更加明显。这次的比赛结果出来，国内外观众都觉得合情合理。

比赛结束站在领奖台上，顾余戴上了那枚属于她的金牌。用手拎起金牌的时候，顾余的目光望向正站在不远处注视着她的谢临，然后露出一个大大的笑容。

顾余的这个笑容让站在那边眉眼冷淡的男人停住视线。谢临从来都不知道，他有一天会遇上一个令他着迷的人，甚至连笑容都难以拒绝。

经过这次的四大洲比赛，在国内外冰迷眼里，三月份世锦赛的女单格局已经发生了改变。

世锦赛中花滑女单的夺冠热门选手从两名变成三名。

顾余凭借在四大洲赛拿下的这枚金牌，正式加入世锦赛夺冠候选人的队伍。

随着四大洲比赛的落幕，赛事结果在花滑圈子里引起了巨大的震荡。

男子和女子单人滑的金牌竟然双双落到了同一个国家手里，国外冰迷不可谓不震惊。

对Z国国内的冰迷来说，这毫无疑问是特大喜讯。也因为这样的好消息，顾余和陆越在微博热搜上同框了。

因为这个同框太赏心悦目，加上同框的两人年龄相近，于是有冰迷一言不合乱配起了对。

配对也就算了，不知道是哪位信息挖掘能力堪比福尔摩斯的网友还扒出了两人以前是高中同学的事情，一时间引得话题讨论变得更加激烈。

“还有这事——陆越是我闺女的高中同学？那这多有缘分，老父亲我考虑同意这门亲事。”

“陆越跟我们阿啾是挺般配的啊！”

“本曾经和两人同校的高中同学偷偷说一句，陆越在高中那会儿，跟阿啾关系可好了，陆越对阿啾挺体贴照顾。”

“陆越也会体贴照顾女孩子？惊了，我以为他跟临哥一样是稳定注孤生的选手。”

“除了不毒舌，呛人比较少，陆越对待妹子的态度简直跟临哥一模一样，都冷淡得要死。”

“我有理有据地怀疑陆越早就对我们阿啾有好感了。”

讨论点越来越歪，到后面甚至还有人关心起两人什么时候会在一起，让作为当事人之一的顾余抽了抽眼角。

顾余翻着翻着微博，不由得侧过头偷偷瞄一眼她后面男人的神色。果不其然，她看见对方在面无表情地盯着她的手机屏幕看。

顾余是靠在谢临怀里摆弄手机，从这个角度对方理所当然能看见她的手机屏幕，顾余一点也不介意。

毕竟之前有一次手机刚好没电，她还拿谢临的手机玩呢。那时候顾余问他有没有什么她不能看的东西，谢临看她一眼，然后淡淡地说没有。

顾余其实是有点好奇谢临在通信录里给她备注了什么名字。然后她翻了翻他的手机通信录和微信，发现备注都是“家养的小啾”这五个字。

顾余发现以后，眨眨眼抬起头望着站在她旁边的男人。后者不动声色地回视，并平静地问：“有哪里不对吗？”

顾余顿了一秒后摇摇头，莫名有点脸热，她就是觉得这个备注好像太……太甜蜜了点。

本来顾余以为以谢临的性格应该只会给她备注个本名，没想到会是这样。

作为交换，当天晚上，顾余也特地给谢临看她的备注了。

一开始还是“幽灵先生”，现在已经变成了“小哥哥”。

谢临并不是那种会要检查女朋友手机的性格。但看见顾余摆给他看的这个备注，他不动声色地把手机从小姑娘手里拿了过来。

在小姑娘的目光注视下，谢临用状似很平淡随意的表情把对方的通信录迅速往下滑动到底部，过程大概只有几秒钟，像是并没有认真看的样子。

在这短短几秒时间里，谢临确认完顾余的微信里并不存在什么小哥哥二号、三号、四号——他很满意地把手机放回到小姑娘手里，同时面无表情不让自己的情绪泄露。

这些都是之前的事情了。此时，顾余瞄到她家小哥哥的表情，总觉得她如果再不哄哄，谢临又能背着她无声无息喝几口醋。

说了世锦赛后公开就一定是世锦赛后公开，谢临虽然不乐意有人把他家的小姑娘和陆越凑一起，但也不会轻易改变计划。

“不公开也可以在微博说我有喜欢的人了啊！”顾余眨眨眼，又对她后面的男人弯眼笑着说，“我可以说我喜欢上了一个长得特别好看，人也特别优秀的小哥哥，等二十岁了想嫁给他。”

谢临对这句话其实很没辙。但即使高兴，他也表现冷漠。

只是他的这种伪装对顾余失效了。他眼前的小姑娘总是能用某种本能直觉非常精准地把他看穿，导致谢临时常陷入被动。

“你最后的那句话，再说一遍。”谢临轻声说着，耷下眼皮，试图藏起自己眼底的情绪不让小姑娘发现。

顾余哦了一声，很听话地重复：“等二十岁了想嫁给他。”

谢临沉默，真不知该说小姑娘是听话还是迟钝。

谢临不想开口把自己的意图暴露得太明显，但他又想让眼前的小姑娘说出他想听的话。

“你的代词，就不能换换吗？”谢临维持着冷漠表情，把脸微偏向另一边。

顾余一秒读懂了这句话的意思。她伸手把男人的脸扳回来，有点贼兮兮地笑眯着眼说：“等二十岁了想嫁给你。”

谢临不太想面对小姑娘现在的笑脸。没有办法只能面对，他的冷漠伪装被对方轻易戳穿，小姑娘甚至挨过来亲了一下他的脸。

这种趋势很不妙，谢临表情冷漠地想着，手却自然而然地把小姑娘揽到怀里。

说发就发，顾余把她刚才说的那条微博发出去，然后关上手机拉着谢临往房间外走。

在被顾余丢到一边的微博上，她的粉丝没一会儿就在她最新发出的这条微博下刷出了好几百条评论。

“小哥哥？这称呼也太甜了，我就想知道是哪个人这么幸运！”

“这谁顶得住啊，阿啾喊一声小哥哥，那人还不得百依百顺。”

“闺女竟然说二十岁想嫁给他，希望这人赶紧主动点站出来，不然本野生妈妈绝对不同意这门亲事！”

并不清楚这些后续，午休结束，顾余今天的训练该继续了。

四大洲赛一结束，顾余的几个师哥师姐也都回到了俱乐部基地。他们在客厅里看着一前一后从楼上下来的两人，心情竟然有一丝麻木。

最近，他们看着谢临午休时间和晚上都会走进小姑娘的房间，叶茜等人的态度已经从谴责到习惯。

毕竟，谢临确实只是带着小姑娘盖被子睡觉，他们也没什么可管的。

四大洲赛的金牌含金量很高，尤其这枚金牌是顾余击败作为世锦赛夺冠热门选手的藤井真纪获得的，分量不言而喻。

顾余作为新人刚在国内出现的时候，国内的冰迷说看见了新赛季世锦赛的希望，或许只是单纯带着期望的情绪，又或者纯属跟风说的。现在他们是真的充满信心在说这句话。

四大洲赛一结束，距离世锦赛也就只有短短不到一个月的时间。

R 国作为欧洲国家不参与四大洲比赛，所以顾余在四大洲赛里只遇上了藤井真纪。但在世锦赛，她要同时面对来自 R 国的选手拉伊莎以及藤井这两名对手。

这两个人中随便一个放出去，对其他选手来说都是噩梦般难度的挑战。

世锦赛花滑女单预定的科亚与 R 国之间的战争突然多了个顾余，别说国内外的冰迷没预料到，原本只将彼此视为对手的藤井和拉伊莎两人也完全没想到。

其中一人甚至还在四大洲赛中被击败了。这情况的转变之快，冰迷们只能感叹连电影剧本都不敢这么写。

那么在后面的世锦赛，顾余同时击败两人拿下本赛季世界冠军的可能性有多大？

这个问题，国内外冰迷们都觉得有点难以想象。

不管其他人怎么想，顾余的努力方向很明确，她的目标是金牌。

为此她必须竭尽所能，把自己能完成的最高难度编排再试着提升一点，在自由滑里把 3A 塞进一组连跳以及重复一个单独的 3A。

世锦赛的时候，她的对手毫无疑问也会上自己能做到的最高难度。就算技术分不能超过，顾余也要尽可能地拉近。

在冰场练习一段时间后坐在椅子上休息的时候，顾余拿起水瓶喝了好几口水，然后伸手去扯一扯在她前面站着的谢临的衣服。

谢临垂下眼看她。顾余这时慢吞吞地说："你还记不记得你之前说的，如果我拿到世界冠军，你以后就当我双人滑搭档的事？"

谢临对着小姑娘明亮的眼睛，低嗯一声点了点头。

假如小姑娘以后真的想跟他滑双人，谢临是会同意的。

毕竟在单人滑，他连冬奥会冠军都已经拿过了，并没有留下什么遗憾。

不过谢临觉得，顾余现在问他这事估计只是想多找一个动力。

事实也确是如此。

"那我要先预定。"顾余对站在她面前的男人扬了扬下颌，"等下下个赛季，我们去滑双人滑。"

让谢临当她的双人滑搭档，想想都觉得很有排面。

谢临听着她说出这句话，表情平静地再次点点头。

他眼前的小姑娘难得表现得像一只骄傲的小啾，对不久后即将面临的对手无所畏惧的样子。

站在男朋友的角度，就算顾余不拿世界冠军，谢临也愿意陪她去滑双人滑。

但站在教导者的角度，谢临希望他养着的这只小啾能一直保持这种骄傲。

至于怎么保持骄傲——

赢就可以了。

第十四章

为你着迷

在世锦赛开始前的最后这段时间，顾余在谢临和主教练李冬两人的指导下，对节目编排进行了再一次调整。

加上每天的体能训练，一整天下来，顾余累得都不想拿起筷子吃饭，真想躺着找个人来喂她。

事实上，假如顾余把她的这个愿望说出口，大概是真的能够实现。

除了训练的事情，谢临对她可以说非常娇纵，差不多能用有求必应来形容。

这种事情也就只是想想，顾余最多在训练完以后对谢临撒撒娇。

“我今晚想吃沁园。”刚结束今天的训练，顾余坐在长椅上平复着呼吸，同时拉住谢临的手晃了晃。

在谢临这里不会有拒绝的选项。他看了一眼时间，低嗯了声：“现在去？”

顾余点头，她又眨一下眼，慢吞吞地说：“但我不想动。”

谢临垂下眼。他对上少女清亮的眼睛，不发一语地蹲下身去。

这下轮到顾余反倒没准备了。她故意这么说，其实只是想让谢临哄哄她。

毕竟以谢临的冷漠性格来说，让他哄人太难得了，所以顾余有时候会故意造作。

在顾余还没反应过来时，在她面前蹲下的男人已经帮她把冰鞋给换下来了，动作流畅，表情平淡自然。

在做完这件事情以后，谢临站起身。然后，他弯下腰把坐在长椅上的小姑娘直接抱了起来。

少女的体重很轻，谢临做这番动作并不费什么力气。被谢临这么一抱，他怀里的小姑娘显得更加娇小。

“你们去不去？”抱着个小姑娘，谢临脸上也没什么异样表情，就这么淡着眼神，侧身去问在场的其他人。

其他人从刚才就已经呆住了，此时只有许望机械地点点头。

看许望点头，谢临随便扫了其他人一眼，默认都同意了。

他抱着人直接往外走。

顾余说不想动，到餐馆之前全程谢临就没让她动一下。他抱着小姑娘走到车旁边，拉开副驾驶的车门把人放到座位上，然后稳妥地系好安全带。

到餐馆停车位的时候，如果不是顾余属于少女的羞耻心实在扛不住了，谢临估计还能把她一路抱到餐厅的包间里。

其他人还没到，谢临把菜单移到坐在他旁边的小姑娘面前，淡淡地说：“想吃什么先点，他们来了会自己加。”

还没从被谢临抱着走的脸红状态里出来，顾余装着平静地应了一声，竖起菜单挡住自己的脸。

大概是顾余这挡脸却没看菜单的举动太明显，在她挡着脸好几分钟之后，她旁边的男人伸手过来把她的菜单抽走。

“不是饿了吗？”谢临说着，往菜单上看了两眼，随即把服务生招过来开始点单。

点单过程没有询问小姑娘的意见，但等菜品和点心上来的时候，一桌子都是顾余喜欢吃的。

见小姑娘迟迟没动筷，谢临稍微思考了一下，低下眼问：“你是要我喂你？”

虽然从来没做过这事，谢临却也不至于不会。

倒也不觉得小姑娘在无理取闹，谢临神色淡淡的。在他看来，顾余年纪小，小姑娘要娇纵任性或者娇气都算正常。

当然，仅限于他眼前的这个小姑娘。

在不违背原则的情况下，谢临愿意尽可能去达到对方的各种期望。

“不不不，不是！”顾余赶紧否认，把头摇得像拨浪鼓一样。

为了表现出自己真的没有这个想法，顾余很快拿起筷子开始夹点心吃，安安分分地咬着个虾饺。

等其他人来的时候，看到的也是这么个场景。说实话，他们还没消化谢临放下架子给小姑娘换鞋，还自愿当移动工具抱着人走路的事情。

这事换在顾余出现以前，他们谁能想到啊？想都不敢想好吗！

“你说你们俩以后要是结婚了，临哥他不得是个妻管严吗？”许望一脸唏嘘，把这话说得明明白白。

现在都这么言听计从了，等以后还得了，肯定是妻管严。

顾余被这句话堵得脸一红，忙低头吃点心试图掩饰自己脸颊发烫的状态。

“她还小。”谢临表情不变，只挑了挑眉，冷冷淡淡地回了对面人一句话，“以前让我对小姑娘要宽容些的人也是你们。”

这叫宽容？

分明是纵容！

坐在对面和邻座的许望等人简直怀疑，现在的顾余就算跑到谢临头上去撒野，谢临都会面无表情不说话由着小姑娘乱来。

脾气和耐心都优化到前所未有的高度，即使是这个状态的谢临，也不代表什么人都能在他面前造作。

对于其他人来说，能在谢临这里感受到的依然是冷漠，想得到什么温暖关爱那是不可能的。

半个多月的时间眨眼就过。三月中旬，花滑里重要程度仅次于冬奥的世锦赛正式开幕。

今年花滑世锦赛的举办地点在R国的首都。

R国本来就是花滑强国。花滑这项运动在R国的普及度很高，国内民众对花滑赛事很有热情。

面对以自己国家为主场的世锦赛，R 国的冰迷们更是爆发出了极大的热情，对今年世锦赛的关注度比往年都要高一些。

说起 R 国的花滑，最有名的项目是女子单人滑，男单和双人都得排在后边一点，这得益于他们国家近几年来在女单上不断涌现的出色人才。

特别是现在与藤井真纪一起被公认为是天才选手的拉伊莎，两人甚至一起被称作花滑女单的“时代之光”。这对选手来说无疑是莫大的殊荣。

尽管在不久前的四大洲比赛里，同样被称为“时代之光”的藤井真纪输了……

这个结果出乎意料，跌破了不少人的眼镜，但并不能影响 R 国民众对拉伊莎的信心。

不仅仅是因为拉伊莎过往在赛场上的惊人战绩，也因为这次世锦赛是他们国家的主场。

这直接提高了 R 国冰迷们的热情和士气。选手在自己国家比赛，通常来说心态也会更稳，气势上首先就不一样了。

这可以说是主场优势。

“我这算不算运气不好？”已经随队伍一起来到了 R 国的首都，顾余戴着兜帽，半开玩笑地抬头问站在她旁边的谢临。

主场优势这种东西是确实存在的，多多少少会有一点影响。

在竞技比赛里，哪怕是零点几分都很关键，所以不能怪有人会拿主场优势说事。

顾余在这次世锦赛的劲敌有两个，其中一个她已经赢过了，心里会多一点信心。

另一个劲敌对顾余来说还是一个从来没在赛场上面对过的对手。她只知道对方很强，对她威胁很大。

刚好今年的世锦赛，主场是在这名可怕对手的国家。

难上加难，挑战难度又增加了。

顾余这么想着，不由得鼓了鼓脸，但她并不想退缩。

“运气不好，赢了不就更加证明你的实力了？”谢临垂眸，轻轻拍了拍小姑娘的脑袋，“无论主场客场，最终还是实力说话。”

“如果你不能彻底相信自己，那你相信我就好了。虽然休赛一个赛季，但我看选手的眼光还是有的。”谢临的声音冷淡，他说这句话时也并没有用铿锵有力的语气，只是平淡的口吻，却格外有信服力。

谢临这人就是这样，他不会说出善意的谎言，甚至也不会温柔鼓励。

对顾余来说，谢临这种方式更能让她坚定信心，让她丢弃忐忑不安。

“那我上场的时候，你要看着我。”仗着衣服袖子能遮掩，顾余走着走着，偷偷牵住了旁边男人的几根手指。

“我每次都看着你。”谢临淡淡地回应。

顾余侧过头，她眨了眨眼，既得寸进尺，又有点蛮不讲理地说：“要一秒钟都不能移开眼睛。”

男人微顿脚步，两秒没说话。在顾余准备反思自己是不是有点不讲道理的时候，她听见从旁边传来的低沉声音。

“你为什么觉得在你滑冰的时候，我会看得见别的东西。”

或许是从一开始就发生的事情。

在最开始的时候，谢临不愿意承认。

他被冰上的少女吸引，就像趋光生物对光的追逐。

被吸引，然后会喜欢，再是为之着迷。

由于这个赛季的女子单人滑突然跑出了一匹黑马，世界各地的冰迷对今年世锦赛的女单项目更加关注。

比赛正式开始那天，顾余醒得格外早，才四点钟就自然醒了。

这是心理因素造成的。总想到今天是正式比赛，顾余的生物钟受到了点刺激，造成了这个结果。

女子单人滑的比赛在下午，即使是最早开始的双人滑比赛也在八点，顾余并不想醒得这么早。

她还想多睡几个小时，但闭上眼怎么也睡不着。顾余在尝试了十几分钟后睁开眼，望着天花板发呆。

虽然知道这可能会扰人睡觉，顾余还是起床出门，用谢临给她的房卡刷开隔壁房门。

顾余全程蹑手蹑脚，怕弄出声音把睡着的人给吵醒了。正当顾余小心地关上门，转身准备偷摸爬上床的时候，她对视上已经在床上坐起身的男人的眼睛。

尽管是面对这种意外情况，被极轻的声响吵醒，男人的眼神也完全不像刚醒的样子，而是和平时一样冷淡而清明。

不过看到站在门口像是有点呆愣的少女，男人略微皱眉，很快一语不发下床走过去。

“我不是故意想吵醒你。”顾余低头说着，心里还有点心虚。

她已经很努力轻手轻脚了，没想到谢临会这么浅眠。

顾余只是觉得她在谢临旁边应该能安心睡觉，所以没想太多就跑过来了。

顾余话音刚落，她还没来得及抬起头看谢临的反应，整个人就已经离开地面了。

她被走到她面前的男人抱了起来。

“走廊没有暖气，为什么不多穿点衣服出门，你知道外面现在是几度吗？”谢临把抱着的小姑娘塞进被子里，皱着眉，整张脸看起来相当冷峻。

躺在温暖的被窝里，尽管顾余看谢临的表情有点冷，自然生起的安心感却让她马上有了睡意。

“因为想着只是很短的距离……”顾余小声辩解了一下，并不被男人的冷峻脸色吓到，她已经得寸进尺地窝进了对方怀里。

能看出这是类似于寻求安全感的依赖行为，谢临皱着的眉最终还是舒展开，然后揽住怀里少女的纤细腰身。

也想到了小姑娘估计是因为醒太早又睡不着才会有这番行为，谢临垂着眼没说话，只用他的下颌去蹭了一下少女的头顶，维持着这个姿势等待对方重新入睡。

顾余很快重新睡着了。谢临听着怀里少女的呼吸变得绵长，这时才稍低下头去亲了亲小姑娘的嘴角，然后谢临也没再睡觉。他清醒地睁着眼，表情平静地守着入睡的少女，直到后者再次睡醒。

“去刷牙洗脸，我去给你拿衣服。”谢临不轻不重地拍了拍顾余的头，先一步起床。

少女只穿着一身单薄的睡裙，谢临显然不可能让她再这么走出房门去面对外面的温度。

顾余很听话地点头哦了一声，穿上毛绒拖鞋嗒嗒往卫生间走。

等换好衣服，两人正常出门吃早餐，在店里还碰上了几个来自其他国家的年轻选手和好些个冰迷。

虽然顾余最近可以说是锋芒尽露，但她和谢临走在一起，其他选手和冰迷还是会先把视线放在谢临身上。

谢临的名气更盛，赛季三连霸的辉煌成绩压在那里。就算这个赛季休赛，其他年轻选手对谢临这名前辈依然得保持谦逊的态度。

谢临在给因为偶遇而一脸激动的几个冰迷签名。这时，顾余听见有个人问：“临哥你休赛应该只是暂时的吧，下个赛季会复出吗？”

对这个问题，谢临淡淡嗯了一声，也没说别的话。他把签好名的本子还给那名冰迷，然后带着他的小姑娘往靠窗的位子走。

在谢临养伤期间，他的私人医生会定期过来白星基地给他做检查，这顾余是知道的。

谢临的腿伤恢复得还不错，这顾余也知道。但说到谢临下个赛季会重回赛场，顾余就很自然而然地想到一件事情。

“明年比赛的时候，你就不能像现在这样一直看着我了。”顾余用勺子拨了拨碗里的小米粥。想着这件事情，她还有点没准备好。

因为谢临一直是陪着她的。被他注视着的时候，顾余觉得她有勇气面对任何赛场。明年她就要独自一人了，想想会有点无所适从。

谢临看着坐在对面的少女，声音低沉而平静：“你希望的话，我继续保持现状也可以。”

谢临这句话说得并不犹豫，语气也淡，仿佛这是一件可以很轻易决定的事情。

顾余微微睁大眼睛。她把勺子放下，迅速摇头。

她觉得自己的心态是有些矛盾的，但希望谢临回到赛场这个心理更占上风。

“你下个赛季不在我旁边，我是会有点不安心，但这是我自己需要面对的事情。”顾余慢慢说着，用手撑着下巴望向对面眉眼冷冽的男人，又小声补充了一句，“而且我想看你滑冰……”

坐在对面的谢临对后半句话有了反应。他没出声，定定回望着对他说这句话的少女。

“就……你滑冰很好看，我很喜欢。”顾余说这话时视线没有和谢临对上，有意往旁边偏了偏。即使两人已经是恋人关系，她说出这句话还是会有点不好意思。

觉得好看和喜欢都是真实的。一个人喜欢或讨厌的东西有许多会在幼年时决定。顾余小时候就被少年时期谢临的滑冰吸引，仗着自己是个小姑娘主动跑去跟人套近乎。

谢临就这样定定看了对面的少女好一会儿，他低低嗯了一声，回应说：“我会回赛场，为了你。”

顾余一愣，随即抬手捂住脸。她脸红了，有点受不了：“你你你……不要这么突然地说这种话啊！”

谢临不置可否。他坐定，神态大概是冷淡又专注认真。

为什么说是为了顾余。主要是谢临想到，他如果不回赛场的话，某个后辈在赛场里可能就要变得太过耀眼了。这种光芒也许会吸引他家小姑娘的目光也说不定。

尽管谢临现在已经不认为小姑娘会随意喜欢别人，他确信顾余是喜欢他的。但在感情上，谢临其实占有欲很强。

这种占有欲具体表现在，他并不想顾余的目光分给其他雄性生物，即使只是欣赏。

从早上八点半到中午十二点十五分的这段时间里，花滑世锦赛的双人短节目和开幕式都已经结束。下午一点，女子单人滑的短节目比赛开始。

参赛选手一共三十八名，顾余的上场序号很靠后，在第三十六名。她的两个竞争对手刚好一前一后把她夹在中间，只能说这真是过于恰到好处的巧合。

今年的世锦赛是R国主场，理论上R国的冰迷们应该是现场气势最强的观众。来到现场，许多人发现现场氛围和他们想象的有些出入。

虽然R国的冰迷们确实气势很足，但现场却有跟他们抗衡的人——

是从亚洲，更准确地说是从Z国远道而来的观众。

“他们有很多人是为了你来的。”白星的主教练李冬看着现场，面带感慨地对顾余说着。

当初把顾余拐回白星俱乐部的时候，李冬想着的是，这名小姑娘也许能给国内女单注入新的血液，拉回一下他们国家女子单人滑最近几年一路颓靡的趋势。

李冬当时的期望也没有很高。他就希望顾余能在几个重大比赛里拿到较为靠前的成绩，也没一下子贪心想到奖牌。

但从国内的俱乐部联赛开始，这一场场比赛走过来，顾余的比赛成绩简直让任何有质疑的人啪啪打脸。

一路高歌猛进，完全可以用势如破竹来形容。现在，她来到了世锦赛。

国内冰迷会比顾余抱有极高热情是理所当然的，他们期待这一幕太久了。好不容易看见一个最接近世界冠军的希望，他们在气势上不可能输给任何人。

由于Z国冰迷的这种高昂气势，场馆内的参赛选手以及其他国家的观众有些不由自主地产生疑惑。

这到底是Z国主场还是R国主场，怎么R国冰迷这边的气势差点要被盖过去的样子？

“阿啾放心地飞，咱们不输人也不输阵，这场子我们给你压着！”

“R国主场怎么了，我们人多啊，一眼看过去是不是更像我们国家主场，哈哈哈。”

“笑死，我为什么好像真的从别人眼里看见了茫然。别人可能在想，你们这是怎么回事儿啊，怎么在客场里摆这么高的架势。”

“无论阿啾能不能拿到冠军，我都已经特别高兴了。阿啾能成为世锦赛的夺冠热门选手，这已经超出了我的期望。”

微博和贴吧论坛这几个社交平台上，花滑圈子又进入一年一度最热闹的时候，今年的热闹程度还直线上升。

轮到自己出场之前，顾余并没去关注其他选手的表演。包括在她前面的藤井真纪的表演，她也不打算看，避免给自己徒增压力。

但分数是广播的，所以顾余还是听到了其他选手的短节目得分。

她的劲敌之一，藤井真纪的得分是83.97，比四大洲比赛的时候高了0.02分。

这样的提升看起来很小，但大部分观众都知道这非常不容易。他们认为在四大洲赛的时候，藤井在短节目里已经发挥出了最佳状态，再要有所提升是相当困难的。

顾余定了定神，她的目标是冠军没错，不过只要能超越之前的自己，对她来说也算是成功和达成目标了。

“要轮到我了。”顾余对面前比她高出许多的男人眨了一下眼。等和对方的视线无声接触几秒，顾余从谢临眼里接收到了她想要的鼓励讯息，弯眼笑着滑入冰场。

在顾余上场的那一刻，观众席更加热闹了。Z国冰迷的热情和气势简直要把客场变成主场，就连不在现场、在家里看赛事直播的观众都能感受得到。

音乐响起，冰上的少女开始了她的短节目表演。

和之前的每一次短节目都不同，顾余在开场后不久没有做她标志性的3A，而是以复杂而又具备观赏性的步法填充了一段时间。

节目编排再次改动了。开场二十多秒还没看见跳跃，现场的观众们知道顾余大概是想把三个跳跃都放在后半部分完成。

“我们阿啾好拼，是经过了什么魔鬼训练吗？她之前应该很难这么做的。”

“临哥确实是魔鬼。”

“以临哥的魔鬼程度，就算阿啾累得哭给他看，他也可能不会心软，不过训练看起来效果显著！”

假如谢临能在微博上看见这些言论，他大概会维持着面无表情的样子挑一挑眉。

如果谢临不喜欢顾余，确实小姑娘对他哭也没用，但偏偏喜欢上了。

根本不用小姑娘哭，只要顾余抬起头对他说累了，谢临都会心软。

只不过心软是一回事，为了目标继续训练又是另一回事。

顾余的短节目编排和四大洲时候相比，除了把 3A 放到节目后半段，她的跳跃编排整体没有改变。

以花滑现行的比赛规则，短节目中，三周以上的跳跃在连跳时可以重复一次。假如顾余追求更高的难度，她可以把 3A 塞进她原本的 33 连跳里。

这个行为是有些冒险的，顾余在练习的时候摔过很多次，并不能稳定驾驭。所以，她最后决定还是不修改短节目的跳跃编排。

3Lz+3Lo，3F，3A。

以往是用 3A 开场，这次是用 3A 收尾，冰上少女每次干净利落的跳跃和稳定的落冰让正紧张激动看着她表演的 Z 国观众变得心态渐稳。

她可以 clean 这次节目，顾余的表现让国内冰迷对这件事情产生了信心。

跳跃于冰上的顾余在想什么？

她此时心里并不是冷静空白，而是想了许多东西。

比如，谢临是在看着她吗？像她要求的，一秒钟都不移开眼睛吗？

在这么重要的比赛里竟然能想着和比赛无关的事情，顾余自己都觉得有点不可思议。

现实情况就是这样，她想到了这件事情。在刚完成一个跳跃之后，顾余在冰上滑行。她的视线匆匆掠过许多人，并在冰场外眉眼冷淡的男人身上停顿。

这种定格只能维持短短一两秒。在这短暂的时间里，顾余和他对视上了，她忽然对他绽放了一个格外明丽的笑容。

谢临的眼睫毛轻微颤动了一下，像是难以拒绝少女给予他的这个微笑。他也并不逃避，视线仍持续注视在少女身上。

确实又是一次 clean。顾余结束表演时，台上 Z 国冰迷的反应无疑是最热烈的。他们丝毫不吝啬自己的掌声和欢呼，甚至有冰迷因为激动而眼带泪光。

或许有人会说，这又不是确定拿冠军了，短节目分数还不一定能第一，哪至于这么激动。

但对已经等了许多年的Z国冰迷来说，国内出现一个能在世界舞台上发光发热的女单选手，这一刻已经完成了他们的期待。

在等分区，顾余的短节目分数出来，得分是84.15，暂时位列第一。

这个分数打破了之前由R国选手拉伊莎创下的世界纪录。不管这个世界纪录几分钟后会不会再被它原来的占有者超越，顾余对自己这次比赛的发挥已经满意了。

之所以说几分钟后，是因为在顾余后一位出场的选手就是拉伊莎。这种出场顺序对双方来说都是一种压力。

从等分区离开，顾余没有留在现场看后面的表演。她被谢临拉到一个暂时没人的地方，后者直接低头吻住了她。

也不是浅啄，而是一个深入的吻。顾余完全来不及反应就被摁住后脑，好一番让她呼吸困难的唇舌纠缠之后，谢临才把她放开。

“以后别在滑冰的时候那样冲我笑。”吻完了人，谢临才垂着眼，冷冷淡淡说出这句话。

顾余眨一下眼，总算明白了原因，但她极不配合地回应两个字：“我不。”

谢临沉默数秒，无声注视着在他面前肆无忌惮的小姑娘，最终先妥协地偏移开目光。

顾余拉过谢临的手，看了看手表上的时间。几分钟时间很快过去，她在这里也能听到广播的分数。

作为一度被冰迷们赋予“时代之光”这个称号的天才选手，冰场上那个来自R国的少女同样穿着一身黑色裙装，五官深邃而艳丽的脸上带着微笑。

当她开始在冰上滑行，漂亮且充满自信的姿态很轻易捕获了场上观众的目光。

这时R国的冰迷也把在上一轮被压住的主场气势找回来。到底是R

国主场，拉伊莎的状态看起来非常稳定。

顾余没在现场看，但这个位置也能听见观众的掌声已经响起了几次。

看看时间，短节目应该差不多结束了，很快要到公布分数的环节。

几分钟的等待时间过去，场馆内响起了播报分数的广播，顾余也听见了最后的分数——

84.22。

“只相差不到0.1分，后天还有自由滑。”几乎在分数刚刚播报出的下一秒，谢临就缓声说出这句话，语气比任何时候都要低缓。

他眼前的小姑娘在赛场上还没输过，这是第一次，偏偏是在最重要的比赛上。

理所当然地，谢临担心短节目的名次可能影响顾余在自由滑的发挥。

话语落后，谢临抬手在小姑娘的头顶摸了摸，无声安抚。

出乎谢临的预料，他看见少女抬起头并不是低落的神情，而是对他颇为灿烂地笑了一下。

像朵太阳花。

“你是不是觉得我从联赛开始到现在从来没输过，输一次可能心态会崩啊。”顾余揣摩着谢临的心理。明明在这么重大的比赛里暂时落在第二名，她却还能露出笑容，甚至在这时对谢临眨眨眼。

“在被你纠正跳跃之前，我输过很多次，不过是输给我自己。”顾余慢慢说着，又挠了挠脸颊，“就是不知道其他人会不会失望。李冬教练说场馆里很多我们国家的冰迷是为了我而来的。我短节目没拿到第一，是不是就让他们失望了？”

谢临定定地注视着他面前的少女，片刻后平淡却认真地说：“不会。”

确实不会。

“啊，是第二名，世锦赛的短节目第二名，还破了一次世界纪录！期待阿啾后天的自由滑！！”

“虽然不是第一，但这是世锦赛啊，能拿这个成绩实在太不容易了，往年我们国家的小女单没人能做到。”

“加上之前在四大洲的自由滑，阿啾破了两次世界纪录呢。虽然今天破的世界纪录马上被刷回去了，但也是厉害啊！谁敢说不厉害，我锤爆他的狗头。”

“加我一个，泰拳警告。”

国内无论是在哪个社交平台，今天的女单短节目比赛结束之后，冰迷们的言论都出奇一致。

每个人看完比赛都没有觉得失望，都是觉得已经非常好了，除此之外半点苛求都没有。

短节目落后的分数很小，所以国内冰迷仍然对顾余在世锦赛夺冠保持着极大的期望，但他们并不强求。

无论是否夺冠，哪怕顾余后天的自由滑出现失误没能站上领奖台，在这个赛季关注着她一路走来的冰迷们都认为，顾余在世锦赛场上的表现已经足够让他们为之骄傲。

这是他们国家花滑女单出现的火苗。

终有一天，星火燎原。

根据世锦赛的赛程安排，女单的短节目比赛结束以后，第二天要进行的比赛是双人自由滑和男单短节目。

顾余今天休息，她的师哥师姐要出现在赛场上。

在双人自由滑里，叶茜和方明拿到了很不错的分数。加上前天的短节目分数，总得分排在第三，拿下了这次世锦赛的双人滑铜牌。

在男子单人滑中，今年的赛场是被陆越统治着的，光是短节目就和第二名拉开了 3.26 分的差距。在许多冰迷眼里，陆越本赛季将在世锦赛夺冠这事已经没什么悬念。

今天的比赛，顾余看了一部分。因为实在不想走动，她是在酒店房间里看的赛事直播。

谢临觉得他家小姑娘最气人的一点就是，在他旁边看陆越的比赛也弯着眼一脸专注地欣赏，神情透露出喜欢。

尽管知道这种喜欢只是对于表演本身，谢临也会在意。

在意又显得幼稚，以谢临的矜持程度，他无法直接表达出这种在意，最多表现出面无表情的样子。

好在顾余还是机智的，她看着比赛时还知道抬起头哄哄坐在她旁边的男人，凑近去献个吻再低头继续看电视直播。

这种“哄”的意味实在太明显了点，可偏偏谢临就是吃这一套。他垂下眼把旁边正专注于看比赛的少女抱到自己腿上，环住腰，然后把下颌搁在少女肩上。

这毫无疑问是一种亲密的姿势。此时如果有第三个人在场，一定能从这番动作中看出环住她的男人的占有欲。

作为当事人的顾余察觉不到。被这么抱住，她还下意识往后边蹭了蹭，让自己更加窝进谢临怀里。

对谢临来说，小姑娘这么自觉，有时候也会让他觉得辛苦，各种方面来说都是。

“昨天我家里人给我打了通电话。”谢临不紧不慢地说着，为准备要说的话题抛出个引子。

“嗯？”顾余还在看着比赛，闻言发出一个表达疑惑的单音节。

“总结一下重点就是，问我们什么时候订婚。”谢临冷不丁说出这句话，然后微顿了顿，“你怎么想？”

顾余原本聚精会神地看着赛事直播。听见这句话，她先是一愣，下一秒耳尖通红，一时不知道该怎么回应好。

说还没想过这方面的事情会不会有点耍流氓？

毕竟，顾余记得在最开始的时候她算是答应过，他们两个人谈恋爱是要谈到结婚的。

“先……先告诉我爸妈？”说起这事，顾余就有点纠结。她都已经见过谢临的家长了，但她的爸爸妈妈还不知道她谈恋爱这事呢——

这对谢临来说好像有点不公平。顾余想着，抬起头小心翼翼瞄了一下后面男人的表情。

顾余也不是故意不跟家里说的，只是她这个赛季太忙了，在电话里想提的时候又觉得突然。顾余想着，等赛季结束再回家和父母面对面说。

谢临的表情一如既往，顾余看不出什么，只听见对方淡淡地嗯了一声，说：“明天告诉他们。”

明天？

怎么告诉？

顾余表示迷茫，这个问题，谢临似乎从一开始就没打算让她操心。

确定小姑娘的态度是同意以后，谢临不再继续这个话题。

再过一天就是女单的自由滑比赛。

比赛从下午三点半开始，顾余中午吃了点垫肚子的食物之后就待在场馆。随着比赛时间接近，冰迷们也陆续进场坐到了观众席上。

关于自由滑的出场顺序，目前的规则是先根据选手的短节目成绩分组。短节目成绩不佳的组先出场，成绩好的组靠后出场，组内选手再抽签决定具体顺序。

顾余的短节目成绩是第二名，她的自由滑出场顺序理所当然非常靠后。她和她的两个劲敌分在了同一组。抽签的时候，她抽到的是最后一位上场。

在她完成节目的时候，整个比赛也结束了，顾余想。

在她上场前，前边有三十多个选手，这需要经历漫长的等待。

今天的比赛会决定最终名次。在短节目分数稍有落后的情况下，顾余却发现她今天的心态格外平静，很奇妙地没有紧张感。

顾余在通道里遇见要和她争夺冠军的另外两个天才选手时，她们互相之间还颇为友好地笑了笑。

在顾余眼前，于同时代被赋予同样的光环，天赋和实力都不相上下的两个年轻天才虽然在赛场上是敌人，私交却还不错。

因为同时代里能成为竞争对手的就只有这么一个人，天才之间会惺惺相惜。两人是在赛事结束后的晚宴上聊到一起的，朋友关系在竞争中依然维持着。

对于毫无预兆突然出现，的确也非常夺目耀眼的顾余，这两个年轻的天才对她同样有所好奇。

好奇归好奇，交谈恐怕得等到比赛结束以后。晚宴时，她们有很多时间。

三点半一到，女单自由滑的比赛正式开始。虽然大家都知道最精彩激烈的竞争在最后头，前边选手的节目表演也同样给观众带来了视觉享受，亮眼表现并不少。

等轮到藤井真纪上场时，她给现场冰迷演绎出了大概是她最近两个赛季中表现力最好的一次自由滑节目。

尽管在三连跳中出现了落冰不稳的瑕疵，她在表现力上的突破依然让支持她的冰迷们惊叹和激动不已。

永远追求更好的自己，这也是竞技体育的魅力。

虽然没能 clean 节目，藤井在这次自由滑比赛里不仅表现力有所突破，3Lz 容易错刃的毛病也克服了。总的来说，这是非常令人赏心悦目的一次表演。

得分也达到了 159.14，总分暂时位列第一。

在她后面出场的是拉伊莎。作为一名心态强大的选手，面对从青年组开始一直对峙到现在的宿敌，这名年轻的 R 国天才并没有被前面人的分数影响发挥。

拉伊莎的自由滑选曲是《辛德勒的名单》。音乐响起，这个年轻天才开始掌控这属于她的冰场。

在现行的 10%加分的规则下，每个选手依据自身能力，都是尽量把跳跃编排往节目的后半段挪，拉伊莎也不例外。

藤井和拉伊莎都有着顾余所不具备的一个优势，那就是即使在时间更长的自由滑里，她们两人也能把所有的七个跳跃安排在节目的后半段完成。

顾余经过一番针对性的魔鬼训练，现在也还只能做到把六个跳跃挪后。这和她一开始的情况相比，已经是跨越式的进步了。

“好像又要 clean 了，哭了，为我的阿啾揪心。”

“阿啾在四大洲结束以后在微博说过，不能把胜利寄托于对手出现失误。”

“就算对手不失误，阿啾也能赢，老父亲就是这么盲目相信。”

无论冰迷们怎么想，这个上赛季的冠军用她的实力创造出了这次

clean。

在最后一个 3F 跳跃平稳落冰之后，以具备难度的联合旋转收尾。无可挑剔的滑行和跳跃，即使对方的表现力和技术相比没那么出彩，这依然称得上是一场完美的表演。

裁判给出了能配得上这场精彩演出的分数，得分 159.82，是一个容易让后面选手自闭的分数。

不过后面的选手只剩下顾余一个。在顾余动身前，和她隔着一道界墙的男人抬手摸了一下她的头。

谢临冷淡的目光下藏敛着别样的光华。和对待任何人时都不同，在这个关头，他没有说鼓励的话，但动作和神情表明了他的态度。

在现场观众的注视下，顾余滑入冰场中央。

比起顾余此时平静下来的心境，支持她的冰迷们可能还更紧张一些。

顾余已经做好了开场姿势。片刻后音乐响起，她如同弓张满后离弦的箭，一下子以极快的速度滑出。

选手利用规则以获取加分无可厚非，但把跳跃都往节目后半段放，不可避免会造成节目前半段的空旷，影响观赏性。如何在这种情况下保持观赏性就得看节目编排和选手的能力了。

顾余放在开头的跳跃只有一个 3Lz。为了争取 GOE 上的加分，她在做这个勾手跳时用了难度姿态，把双手举过了头顶。

尽管和藤井还有拉伊莎一样，顾余的前半段节目也是相对空旷的。但谢临和李冬一起给她编排的难度步法很具备艺术感，既复杂又华丽。

编排完美宛如一气呵成的步法加上顾余的驾驭力，她很好地把这套步法表现出了它应有的样子。

“虽然我一直觉得 ISU 设定的这个 10% 加分规则有弊端，但如果其他选手也能做到像阿啾这样的话，我就什么话也不说了。”

“好紧张，好担心阿啾出现失误，呜呜呜，我的阿啾也要 clean 节目啊！”

“后面的跳跃还一个都没开始呢，赶紧呸两声，别乌鸦嘴。”

“其实确实是有点担心啊，把六个跳跃放在节目后半段，对阿啾来说是不是有点超负荷了。”

在顾余结束一个燕式步时，节目进入后半段。

为了完成前半段节目的复杂步法，顾余的体力已经消耗了不少，她很清楚自己的身体状况。

要在后面完成六个跳跃，她没有一丝多余的力气可以浪费。

3A+3T，3Lz+3Lo，2A+2T+2Lo。

这段间隔甚短的三组连跳直接冲击着现场观众的眼球。配合着转入激昂高潮的音乐，冰上少女的跳跃显得极具爆发力，令人目不暇接。

“连跳完美！只剩最后三个单跳了，看这场比赛都觉得自己要得心脏病。”

“阿啾这段连跳的镜头我可以重看一百遍，绝对能列入经典镜头，实在太漂亮了。”

“希望闺女能clean，鞭炮我都买好一箱了，等着今晚放呢，被邻居当成神经病我也要放。”

三组连跳结束，顾余微屏呼吸。刚才阵阵响亮的掌声传进她的耳朵里，在滑行中，她的视线极匆忙地掠过观众席上写了她名字的条幅，某种支撑着她的力量从心底涌出。

她可以clean。

一瞬间，她忽然有了强烈的信心。大概是其他人对她的信任和期待，到顾余这里，转化为了她的坚定意志。

以高难度动作做出3S和3F，顾余平稳落冰，把难度最高的3A放在最后完成，不放过任何一点可能争取GOE加分的机会。

将蹲转变换为贝尔曼的联合旋转做最后收尾，顾余的手从冰刀上移开，在音乐停下的同时，她也停于结束姿势。

Clean了！

在这一瞬间，现场Z国冰迷的掌声、欢呼差点掀翻整个场馆。在冰上被玩偶淹没之后，顾余调整了一下微微急促的呼吸离开冰面。

谢临在她离开冰场以后往她肩上披了个外套，揽着她的肩走到等分区。

作为顾余的教练，谢临做这番动作无可厚非，冰迷们不会觉得有任何不对。具体是怎样的情感，那就只有两个当事人才知道了。

在等分区等待的时间并不漫长。坐下以后，顾余一直抓着旁边男人的衣服。她在冰场上不紧张，在等待分数时反而会有点忐忑。

衣服都要被小姑娘揪皱了，谢临没有在意，只抬手摸了摸顾余的头。

分数很快计算完，场馆内响起用英文播报的广播——

“顾余选手得分：技术分 84.12，节目表演分 76.10，总分 160.22，目前排名第一位。”

短节目 84.15，自由滑 160.22，总分 244.37。

尽管之前的短节目有些落后，但凭借自由滑的分数，顾余最终以 0.33 分的优势击败与她分数胶着的 R 国选手拉伊莎，获得这个赛季的世界冠军！

一场自由滑比赛，世界纪录连续三次被打破，实在刺激得让冰迷们的心脏有点受不了。

在现场的 Z 国冰迷因为这个落到自家的女单世界冠军而激动得失去言语的时候，在等分区发生着的事情直接让现场所有冰迷以及正在观看赛事直播的观众震惊了——

在等分区坐着的面容冷漠俊美的男人，此时低头亲吻了旁边少女的嘴角，并从衣服口袋里拿出一枚戒指，神色郑重地将之戴到了少女纤细的手指上。

现场冰迷和观看赛事直播的观众瞬间满头问号。

整个花滑圈一片哗然。

“没忍住想早点给你戴戒指，抱歉。”谢临做这件事情没提前跟旁边的少女商量，所以他先道歉，然后又垂下眼，用冷淡的声音说，“这样应该也算告诉你的父母了。”

假如说亲吻还能解释为是因为高兴激动，戴戒指这个行为不可能有第二个解读了。现场冰迷有一半蒙了，另外一半差不多是进入了癫狂状态。

“我现在到底该先尖叫我闺女拿世界冠军了，还是该尖叫临哥把我闺女拐了？”

“本人已化身尖叫鸡，邻居来拍我门了，但是我停不下来，啊啊啊——”

“太刺激了，不管是比赛还是临哥和阿啾在一起了这事，都实在太刺激了。”

当顾余站在领奖台，把这块金牌戴在身上的时候，心里还有一丝不真实感。

这种不真实感在她拎起奖牌余光看见手上戒指的时候消散。

世锦赛彻底落幕也就代表着这个赛季的结束。在赛季结束后的休赛期，正处于舆论中心的两人已经去到了另一座城市。

两人刚下飞机不久，走在回家的路上，顾余用她戴着戒指的手揪住旁边男人的衣服晃了晃，表情有点贼兮兮的，却还是装着一本正经地问：“你说万一我爸妈不同意这门亲事怎么办啊？”

谢临垂下眼，他倒是肯配合小姑娘的话题，声音平淡地回答：“那我就连夜把你打包带走，等哪天生米煮成熟饭再带你回来。”

“不过。”谢临顿了顿，把眉微微挑起，话锋一转，“假如我的条件不符合你父母的择婿要求，那你这辈子可能都要嫁不出去了。”

“反正你要嫁就只能嫁给我。”前面的话都可以是玩笑，这句话谢临是认真的。

顾余被旁边男人忽然这么态度强势的话给噎住了。她看着谢临的侧脸，片刻后小声地哦了一声。

虽然她的人生连三分之一都没过去，后面的路还很长。但顾余觉得，有一点大概已经可以确定——

他们会互相陪伴，无论未来如何。

番外一
婚戒

世锦赛结束，无论是顾余拿下世界冠军，还是她和谢临的恋爱关系公开，都令国内外冰迷情绪激荡。当然对前者是震惊或者激动，对后者就完全是蒙了。

两人在这之前实在把关系捂得太严实，就算是牵手或者拥抱、摸头这种程度的动作，以谢临作为教练的身份也完全能解释得通。

最主要的是，谢临自始至终在众人的目光下都是一张表情冷淡的脸，他们实在很难从这张脸上看出什么异色。

他就连牵着小姑娘手的时候，也能给他们摆出一副面无表情的样子，仿佛这个举动非常正常，这让他们还怎么想太多？

结果却告诉他们，他们之前就应该再多想一点。

“明人不说暗话，我想看临哥哄阿啾！呜呜呜，临哥会不会哄小姑娘啊，我真是好奇得不行。”

“新赛季怎么还没开始啊，临哥和阿啾的关系都公开了，怎么在微博也不多秀秀恩爱，再没有狗粮吃我就要死了！”

“我觉得临哥应该不会哄小姑娘，这种高端技能，临哥一看就不会。那么问题来了，临哥是怎么把阿啾拐到手的？”

“这你就不懂了吧？临哥虽然高冷了点，看似不会哄人，但我闺女这么可爱，临哥肯定已经无师自通这个技能了。”

“一人血书求临哥更新微博！哄哄阿啾给我们看一眼吧！”

更新微博这种事情，在谢临这儿是呼喊不来的。顾余也并不是那种喜欢秀恩爱的性格，她虽然会更新微博，但并不会特意记录和恋人相关的事情，主要是不太好意思这么做。

每次偶尔提到的时候，顾余微博底下的评论数就会暴涨几倍，底下都是粉丝们的欢呼雀跃，真情实感得不行。

满足了粉丝们这个愿望的人是许望。他拍了个视频扔到微博上，配文是：狗粮十元一碗，请大家记得给我打钱。

视频里是这么个画面——

神情面貌看起来冷淡而俊美的男人正准备回冰场，但在他从休息椅上站起来表现出这个想法的一刻，他的手被旁边的少女拉住。

“医生说你现在还不能进行高强度的训练，练习时间需要控制，你今天的练习量已经到达限额了。”顾余正色道，话语以及她这个行动所表达的意思都很明显。

谢临垂了垂眼，轻声说：“以现在这个状态，再训练半小时也还在可接受范围之内。”

“不行。”顾余果断否决，并不让步。

听见眼前少女这么说，谢临微微皱眉，片刻没有出声。

大概是由于谢临皱眉的这个反应，把他的表情看在眼里的小姑娘就学着他皱起眉，还把他的手放开，很干脆地不理人了。

顾余故意表现出不高兴的样子，大概只有三分是真，七分在演。

结果她这么一演，演成了十分。

三分生气也是生气，对谢临不听医生的话还要对她皱眉的行为，顾余是有一点不开心。

面对高冷的男朋友，顾余现在已经很懂得怎么让自己占优势，比如现在这样。

事实证明这样的套路是能成功的。谢临并不愿意让小姑娘生气不理自己，所以他把刚才皱起的眉舒展开，主动去牵对方的手。

尽管神色冷淡，但谢临这个动作毫无疑问是先低头了，他沉声道：“今天不训练了。”

小姑娘看起来无动于衷，谢临又淡淡地补一句："等会儿带你出门。"

话音落下的同时，谢临低下头吻了吻少女的脸颊，哄小姑娘的举动颇为明显。

"我要小熊饼干。"顾余抬眼说。

谢临面无表情地点了一下头，一直没放开面前少女的手。直到顾余愿意回牵他了，他才把手松开些许。

占据先机的顾余得寸进尺："还有冰糖草莓，要去上次吃的那家店买。"

谢临默不作声，直接把自己的钱包放到小姑娘手里，把顺从的意思表达得很明显。

顾余眨了一下眼，并不配合："我不想自己买，我要你给我买。"

粉丝们看到这里的时候，脸上都已经挂起了慈祥如姨母般的笑容，都在好奇谢临的反应。

视频里刚刚造作完的少女都不给对方拒绝的机会，仰着头慢吞吞唤："小哥哥。"

粉丝们因为嗑糖过于兴奋而嗷嗷直叫。

"啊小哥哥，自从知道阿啾之前发过的一条微博里说喜欢上的小哥哥是临哥以后，我就心心念念着想听阿啾这么喊临哥，可算让我听到了，呜呜呜……"

"我还是那句话，这谁顶得住啊！"

"临哥好会宠人，我露出了姨母笑，再多哄哄我们阿啾吧，阿啾都喊你小哥哥了。"

"笑死我了，临哥完全是在装模作样嘛，这下装不下去了吧。"

"知道了。"谢临伸手挡住小姑娘望着他时过分明亮的眼睛，声音维持平淡，仿佛是可有可无地应下。

视频在这里结束。许望在把这条微博发出去以后，他的私信里还真的收到了不少十块钱红包。有的人在私信发完红包以后还说——这是狗粮钱。

"我觉得我找到了一条发家致富的新道路。"许望一脸深沉地说。

既然连戒指都给人套上了，在赛季结束拜访了顾余的父母并得到同意以后，谢临没过多久就把两人订婚这事提上日程，时间定在顾余过完今年的生日以后。

这一天来得也不算慢。

在休赛期，几个月时间很快晃过，今年的九月如期而至。

上一年的时候，众人是临时才得知顾余的生日，给她过生日不免有点仓促，今年在早有准备的情况下就有条不紊多了。

叶茜等人提前订好了生日蛋糕，也提前准备了礼物，甚至怎么带顾余出去玩都计划好了。

一行人按着行程玩到晚上才回基地切生日蛋糕。顾余一脸满足地吃了叶茜给她切的两块黑森林蛋糕，身体斜靠在谢临身上，不想动了。

今天在外边玩累了，现在又吃了喜欢吃的甜食，顾余特别心满意足。

被这么倚靠着，承受了旁边小姑娘整个人的重量，谢临岿然不动，眼皮也没动一下。

实在是顾余的体重对他来说太轻了些，这一点也在谢临将少女抱起来的时候得到了印证。

这个时候，其他人都已经上楼了。顾余刚才还维持着把身体靠在谢临身上的姿势，颇为任性地眨巴眼说："我好累，不想动了。"

今天是顾余的生日，谢临平时都对小姑娘有求必应，今天更不用说。

当被男人抱起来的时候，顾余还在心里乐滋滋地想着她耍赖成功的这事。直到回去房间以后，她才发现这事跟她想的有点出入。

谢临今年送给顾余的生日礼物是一条手链和一只玩偶。手链的款式和它的七位数价格比起来一点也不招摇，玩偶则是去年礼物的同款，刚好凑成一对摆在床上。

照理来说，礼物应该要由收礼物的人自己拆开，顾余被谢临抱回房间的床上。她此时还毫无警觉地躺着，看着谢临拆开那份说是要送给她的礼物。

也没问小姑娘喜不喜欢，谢临把他挑的这条手链从礼物盒里拿出来，拉起顾余的手，垂着眼把手链戴在少女白皙纤细的手腕上。

顾余本来要把手抽回来看看这条手链好不好看。但在手链戴上的下一秒，她整个人木住了。

因为她眼前的男人低头吻她，和以前的吻不同，谢临这次的亲吻过分深入，并且有种莫名的强势。

顾余的后颈被谢临轻轻拿捏。她像被提溜着后颈的猫一样动弹不得，被谢临纠缠深吻得几乎有点儿难以呼吸。

等顾余脸颊酡红，身体都已经软掉了，谢临才放过她。

“先跟你收一点利息，剩下的明年找你还。”小姑娘明年就二十岁了，是可以结婚领证的年纪，谢临的计划很明确。

话说完，谢临准备离开房间。

顾余拉住对方不让走。

“你不陪我睡觉吗？”顾余明显有恃无恐，眼神明亮地望着谢临。

谢临垂下眼，看了顾余好几秒后淡淡道：“别太过分。”

小姑娘总故意折腾他，谢临偏偏又对此无可奈何。

顾余闻言眨眨眼，还是不放手。

僵持也不过三秒，最终还是谢临先妥协，大不了就是洗个冷水澡。

明明是自己要求谢临陪睡，第二天睡醒，顾余睁开眼一看旁边的人，反而自己先有点脸红。

她主动提这种要求好像是……不太矜持。

这么一想，顾余忍不住拉起被子盖住自己的脑袋以逃避现实。

顾余刚这么做完不到一秒，被子就被另一个人掀开了。

“你先去……”谢临刚开口，他的声音因看见顾余脸红红的表情而顿了顿，“先去洗漱，我下去把早餐给你端上来。”

顾余眼神四处乱飘：“哦。”

谢临随即离开房间。

刚好走出房间在走廊里打哈欠的许望和方明两人看着谢临从小姑娘的房间里走出来，他们打哈欠的动作齐齐一顿，脑子有点卡壳。

要知道，在这之前，他们最多也是见谢临陪小姑娘午休。至少在基地里的时候，两人晚上还是各睡各的房。

结果今天——

当他们一起下楼到客厅后发现，顾余过了一会儿还是没下来，谢临拿着份早餐上楼——客厅里的众人互相对视一眼，忽然都好像意识到了点什么。

等谢临回房间的时候，顾余已经把自己整理好了。她低头专注吃着男人给她端上来的香菇瘦肉粥，就是不抬头看对方。

“不是你说，等今年过完生日就把我睡了。”谢临静静看着脸颊微红的少女，故意面无表情地提起旧账，“昨晚还只是字面意义上的睡，应该没什么值得害羞的。”

顾余喝粥的动作一顿。过了大概一秒，她抬起头恶狠狠道：“反正我睡了你不亏。”

顾余其实挺想看谢临身上的禁欲感被摔碎的样子。这种时候的谢临简直秀色可餐，微哑低沉的声音会让她耳尖发麻。

“既然不亏，你应该多睡几次。”谢临应答如流，仿佛小姑娘的回答正中他的下怀。

顾余生日过后的下星期五，按数个月前两边家长商量好的计划，她和谢临完成了订婚。

这一次是正儿八经地戴上订婚戒指。虽然两人的订婚宴没有高调地办，但因为邀请来宴席的人有不少喜欢看热闹的，拍照和拍视频发微博的人不止一两个，国内冰迷很快闻风而动。

“啊我死了，等阿啾和临哥正式结婚那天，我再死一次。”

“天啊，本粉丝满足了，这都订婚了！离结婚还会远吗！！”

“不远不远，等阿啾再长大两岁就结婚了，哈哈哈！”

“嘤嘤嘤，女儿要嫁人了，虽然现在还只是订婚……不过对象是临哥的话，我同意这门亲事了。”

订婚宴结束，九月也差不多要过去了，顾余马上要迎来新赛季开始的一场重要比赛——她上赛季没能参加的大奖赛。

戴戒指滑冰是允许的。顾余转了转自己左手无名指上的婚戒，忽然笑眯着眼抬起头对谢临说：“戴着戒指，我可以当你还在赛场上陪我。”

“我只是不能陪你去等分区。”谢临慢吞吞应声。他们两个人的比赛时间是错开的，除了不能陪小姑娘去等分区，谢临依然能在顾余比赛的时候看着对方。

顾余特意在男人眼前晃了晃戒指：“所以说，算你陪着我啊。”

谢临顿住脚步，忽然话题跳跃，应一句：“嗯，我也是。”

这句话是指，他也会把手上戴着的戒指当成是顾余在陪着他。顾余摸着脑壳想了一会儿才想明白。

于是，在今年的花滑赛场上，男子和女子单人滑里两个对其他人来说均属于魔王级别的选手戴着同一款式的戒指。尽管隔着不同时间的赛场，两人也没想秀恩爱，冰迷们还是被狗粮塞了满嘴。

这狗粮真香，粉丝们热泪盈眶。

× ×

番外二
双人滑

顾余在新赛季的大奖赛拿下了女子单人滑的冠军。她在比赛结束后照常接受了赛后采访。

采访时有点意外地被问到职业生涯的目标，顾余当时挠了挠脸颊说："如果……是说如果在冬奥会能拿到金牌，我下个赛季可能会考虑转型去滑双人滑。"

新赛季的大奖赛才刚刚结束，现在说这句话未免显得自信狂妄，冬奥会金牌可不是随随便便能拿的东西，所以顾余说这话时是比较迟疑的表情。

她抛出的信息对冰迷们来说无疑是重磅炸弹。她如果去滑双人滑，双人滑的搭档会是谁不言而喻。

"本粉要因嗑糖过度而晕倒了，希望阿啾拿下冬奥会金牌，我要看阿啾和临哥的神仙双人滑。"

"同意楼上 +1"

"同意楼上 +2"

"同意楼上 +10086"

……

在各自赛场进行角逐的两人顺利在冬奥会师。这一年的冬奥在花滑项目上毫无疑问是 Z 国最为高光的一刻，因为顾余和谢临分别在女子和男子单人滑里拿下了金牌。

没有比冬奥金牌更高的山峰了，加上今年，谢临已经登顶两次。顾余对她在单人滑里的生涯也没有任何遗憾。如她在采访里说的，她下个赛季准备尝试双人滑。

“双人滑搭档一定是临哥吧，肯定是的吧？如果不是，我觉得按临哥的性格可能会表面平静，然后私底下疯狂吃醋。”

“不是，搭档如果是其他人，你们觉得那个人还能好好活着吗……”

“等一下，看临哥吃醋好像也挺有意思，表示想看。”

“楼上是魔鬼，临哥吃醋的话，不还是得阿啾哄，啧啧。”

“反正临哥吃醋肯定也舍不得对阿啾生气，自己在那憋着，哈哈哈，最多把阿啾往床上拖。”

“噫，发言过于色情，举报了！”

粉丝们想看谢临吃醋的恶趣味最终没有实现，因为顾余的双人滑搭档确实就是谢临。

假如顾余找第二个人跟她搭档，她觉得她真的要像粉丝说的去哄她的谢临小哥哥了，可能还是哄不好的那种，隔三岔五看她比赛就得面无表情打翻几个醋缸。

顾余并不想面对这种死亡难题。而且她对双人滑感兴趣的原因本来就是想和谢临一起滑冰，和其他人搭档就没有意义了。

双人滑是一个很考验搭档之间默契和信任的项目，这一点两人已经满足。硬件方面，顾余和谢临的身高体重作为搭档对彼此来说都很合适，从刚开始练习的时候就非常顺利。

谢临是刚好一米八的身高，实话说这个身高在单人滑里并没有优势。男单选手的普遍身高都在一米八以下，一米八以上还发挥出色便是很罕见的了。但这个身高放在双人滑却十分适宜。

双人滑和单人滑存在区别。顾余和谢临两人在单人滑里都是顶尖级别的选手，转型对他们而言虽然也需要适应期，但并不困难。

出色的才能使得两人把适应期缩减到最短。顾余和谢临在这个赛季的短节目选曲是《堂吉诃德》，自由滑选曲是去年一部奥斯卡电影里的经典配乐《世界唯一的花》。

他们是第一个把这首配乐用作自由滑选曲的组合。在四大洲比赛的时候，两人把这套自由滑节目发挥到了最佳水平。

以短节目第一的成绩，顾余和谢临的自由滑出场分组排在最后，组内抽签抽到倒数第二的排序。

在参加今年的四大洲赛之前，他们两人去挑战者系列赛的因兰站练了练手，短节目和自由滑的表演都惊艳了国内外的冰迷。

终于等到两人上场，观众席上的粉丝明显更激动了一些。

冰场上的男人穿着裁剪得体的黑色西装，身形显得更加修长挺拔，俊美面孔上的表情略显冷淡。他在侧头注视旁边少女时垂了垂眼，冷漠的态度有所缓和。

在恰好对上旁边少女的清亮眼睛时，谢临很自然地把头低了低，吻了一下少女的面颊。

这个动作也并不是特意做给谁看，对谢临来说是一个很平常的行为。两人的关系早已经公开，谢临对他想做的事情不需要有任何顾忌。

“快乐，赞美双人滑！”

“还有什么比看他们俩滑双人滑更快乐的事情？！呜呜呜，阿啾和临哥参加一场比赛，我能剪七八个视频出来！”

“看阿啾和临哥一起滑冰，我等会儿肯定要在观众席露出姨母笑，太甜了，啊啊啊——”

被亲了脸颊的顾余对旁边的男人眨一下眼，随即两人一起滑进冰场中央。

两人相对着站立，在音乐响起的一刻，两人开始滑行。

开场不久，顾余和谢临就一起做出了旋转。谢临的双手放在少女纤细的腰上，将后者往空中抛出。

身体腾空的顾余在空中完成旋转，在她落下时被谢临稳稳接住，冰刀接触到冰面时，顾余往后滑出。

滑出没多久，谢临从旁边跟上并越过顾余。越过前他牵住了少女的手，两人以牵手的姿态在渐进的音乐中加速滑行。

然后是双人滑中的标志性动作之一，螺旋线。这个动作从视觉上看起来，有点像以男伴为轴心画圆。

以谢临为轴心，他牵着顾余的左手，少女整个人宛如向后仰躺，只以牵着的手臂和接触冰面的单足作为最后支撑。

像用圆规画圆一样，顾余被牵拉着滑行，冰刀以谢临为中心画出了圆形。

双人滑选手的跳跃和单人滑选手相比，正常来说会逊色一些。但当两个单人滑的冬奥冠军成为搭档，那在跳跃分上简直占尽优势。顾余和谢临在双人滑里做出的跳跃毫无疑问是目前双人滑中的最高难度。

当两人一起如同镜像般动作整齐划一地跳出 3A 的时候，粉丝们的心情变得十分激动。

“我最喜欢看临哥和阿啾一起跳 3A，赏心悦目！”

“3A 对临哥来说像吃饭喝水一样简单吧，要是阿啾能练出一个四周跳，两人一起跳四周，那我觉得其他选手应该要报警了。”

“四周对女选手来说太难了，能把三周跳里难度最高的 3A 稳定发挥都很不容易，能做到这一点的女选手我一只手就能数完。”

“厉害就完事了，阿啾连抛跳都能上 3A，目前双人滑里没第二个女选手能做到了吧。”

恋人眼中只有彼此。节目全程没有出现任何失误，两人无论技术还是情感表达都毫无疑问非常出色。于是，他们站上四大洲双人滑位置最高的领奖台也是理所当然的事情。

在单人滑里当 Boss 还不够，顾余和谢临在这个赛季的双人滑里也成了让其他选手头疼的对手。

本来被公认为最有希望夺冠的另一组选手现在的心情十分复杂。他们想拿这个世界冠军恐怕很有难度了。

以一路上升的势头，顾余和谢临在今年的世锦赛以 6.27 分的大比分差距拿下双人滑的金牌，成为这一赛季双人滑的世界冠军。

同年九月份，顾余也就满二十岁了。

根本不等粉丝起哄催促，刚过完生日，顾余就被等了她两年多的谢临直接拉去民政局扯证，半点也不拖泥带水，婚礼在后面两家家长定的日子补上。

扯证的那天，顾余的手全程被谢临拉着。谢临的说法是，他不给她任何理由逃票。

考虑到现在的年轻小姑娘挺多都不想结婚，像网上还流传的那什么句子——婚姻是爱情的坟墓。当然，这在谢临看来就是鬼扯。

不太懂现在年轻人的想法，谢临对在这方面求同存异也没有兴趣。无奈他喜欢上的是个年轻小姑娘，有时候不得不多想想。

“二十岁，该嫁给我了，要记住你答应过的事情。”谢临用手指不轻不重地戳了戳眼前少女的额头，微垂着眼说出这句话。

顾余抬起头，哼了哼道：“不就是扯证和办婚礼，走走走，要不要现在跟你去民政局？”

这是她刚过完二十岁生日的第二天。顾余也就这么一说，结果谢临听见她说的话后，默不作声地盯着她看了几秒，面无表情的脸上出现一丝情绪波动。紧接着，他二话不说真的把顾余给拉到民政局去了。

顾余站在民政局门口的时候还有点蒙，怎么就这么高效率了？

尽管她还没做好准备，一切事情都已经开始进行了。在她反应过来之前，两人的结婚证就已经扯好了。

两人结婚这事也让粉丝们一致进入狂喜乱舞的状态，比过年还喜庆。

“我喜欢的人和我喜欢的人扯证了！哈哈哈！”

“以后阿啾和临哥的双人滑就能叫夫妻档了，这是什么神仙组合，呜呜呜，我枯了。”

“想……想看阿啾和临哥的宝宝。”

“那么问题来了，两个单人滑冬奥冠军兼双人滑世界冠军的孩子会是什么样的可怕天才。”

“大概就是天生开挂选手！”

“不是，阿啾和临哥才刚领证结婚，你们的脑速也太快了，现实追不上你们的想象。”

顾余和谢临结婚的这一年，两人在这个赛季再拿了一次双人滑的世界冠军。在这之后，两人在赛后采访里一起宣布了退役。

这个退役消息让世界范围内的冰迷们都非常不舍。但这一天终究是会到来的，任何一名职业选手都会有退役的一天，粉丝们对两人的选择表达了祝福。

离开赛场，已经结婚的顾余和谢临过上了正常的婚后生活。两人买的房子在距离谢临父母住的别墅不到两百米远的地方，走动起来很方便。

大概在第二年开春的时候，顾余迎接了她人生里的一个重要意外。

自从离开赛场，顾余的作息就没以前那么规律了，熬夜到晚上十二点或者一点都是常有的事。有一天晚上，顾余熬夜通关一个剧情游戏的时候，突然而来的一阵反胃让她迅速站起身跑进卫生间。

因为那个剧情游戏带有恐怖元素，谢临被又尿又想玩的顾余拽着在旁边陪她。当看见顾余突然跑进卫生间，好一会儿才脸色苍白地出来时，谢临果断换了身衣服把人抱到车上，开车直接去医院。

其实刚被谢临抱起来的时候，顾余还稍微反抗了一下。她抓着男人的衣服说："可能是吃错东西，吐完感觉好多了，不用去医院这么麻烦。"

"不行。"谢临声音淡淡地拒绝。

谢临虽然担心，但并不算紧张，因为顾余的样子看起来不像在逞强，去医院检查一下再吃个药应该就好了。

当两人去到医院以后，经过好一通检查，顾余身体有点僵硬地走回在外边等她的男人面前，差点还做出同手同脚的行为。

顾余的脸红扑扑的，没等谢临开口问什么，她先小声地说："那个……医生说我……"

谢临沉稳等待，眼神冷静。

"就是那个……"顾余扯着自己的头发，最终把心一横说，"怀……怀孕了！"

假如此时有人在观察着谢临的表情，大概可以很清楚地看见他的眼神在听见少女说的话时陡然放空了两秒，第一次在这张眉眼冷漠的脸上出现可称为茫然的表情。

饶是冷静如谢临，面对这种情况也是手足无措。还好他的面瘫功力到位，表面上乍一眼看去还是冷静的样子。

各种检查做完发现原因以后，医生说没什么事，就是正常的孕吐，回去好好休息养身体就可以了。

顾余把医生的话转述完，两人也就该回家里去，谢临却不知怎的走错了路。

“等一下啊，那边是手术室的方向，楼梯在右边。”顾余被前面一脸冷静的男人拉着往手术室的方向走。走了两步之后觉得不对劲，她忍不住出声提醒。

谢临顿住脚步，用低沉的声音应了一声，这才拉着顾余往正确的方向走。

当两人回到家门口以后，谢临面无表情地拿钥匙开门，却连换了三把钥匙都插不进门锁。

“是这把。”顾余伸手把钥匙从谢临手里抽出，插进门锁一扭，门开了。

谢临沉默。

就算顾余再怎么迟钝，现在也能意识到谢临的异常。于是进去屋子里以后，她贼兮兮地笑着抱住正摆着一张面瘫脸的男人，一脸得意地问：“你是不是很紧张？”

谢临抿了抿唇，却没能否认。

顾余怀了宝宝这个消息在她睡醒的第二天，其他亲朋好友就都知道了。她醒来以后也主动发了一条微博提及这件事情。一直等待着新粮的粉丝再次过节。

“临哥可以的，这么快有好消息，我真是太感动了！”

“会是男宝还是女宝啊，想看临哥带孩子，哈哈哈，会不会面无表情地被宝宝骑在头上，这画面想想就觉得好笑。”

“临哥要好好照顾阿啾啊，怀孕很辛苦的，这一怀要怀十个月呢，当妈妈都不容易。”

其实也不用别人说，从医院回来以后，谢临对顾余的态度完全能称得上百依百顺。只在顾余做出有害自己身体的行为时除外。

在这之前，谢临虽然对顾余也能算有求必应，但当顾余太造作的时候，她还是会尝到一点后果，现在就没有这个情况了。

也因为这样，顾余这段时间造作得不行。也不完全是她主观上想这么做，孕期情绪也有一定影响。

情绪一来，有时候无端使起性子，顾余自己都控制不住。

比如，她竟然会因为突然想吃糖醋鱼又吃不到而哭了。事后想起来，顾余简直想在地上挖个坑把自己埋了。

谢临也不是不给她吃，只是因为她那天没提前说想吃这个，所以私厨晚上没做这道菜。谢临说的是明天早饭的时候让人给她做。

就因为不能马上吃到，顾余坐在座位上啪嗒啪嗒掉眼泪，让谢临受到了他这辈子最严重的惊吓之一。

结果就是谢临直接再聘了几个私厨过来，不管顾余想吃什么，都有另外的人把食材送过来交给私厨，随时能够完成菜肴。

当时由于受到严重惊吓，谢临原本眉眼冷淡的样子都出现了清晰的裂痕。在这种情况下，他还得转动脑子思考怎么哄在他旁边啪嗒掉眼泪的小姑娘。这差不多是谢临人生里最艰难的时刻了。

在这种把处于孕期的伴侣捧在手里怕摔了，含在嘴里也怕化了的提心吊胆的日子里过了九个月左右，谢临终于熬来了解放的日子。

顾余生下的是两个孩子，一男一女。这两个宝宝从出生开始似乎就注定了会从他们爹那里感受到差别待遇。

五岁的小男孩在亲爹的监督下练习滑冰。虽然这是男孩主动要求学的，但他却没想到自己的亲爹在训练起人来时会这么严厉。

“爸爸，我累了。”男孩抬起头眼巴巴望着谢临。谢奚的性格在同龄人里显得较为成熟，颇有谢临小时候的样子。但在面对家长的时候，男孩也和别人家里的普通小孩差不多。

谢临的视线动都不动，冷声道：“还有六分钟，滑完再休息。”

这时，一个长得和顾余小时候至少有五六分像的小姑娘凑过来。谢伊抬起头眨了眨眼，同样眼巴巴说：“爸爸，我也累了。”

沉默三秒，谢临垂下眼道：“嗯，休息吧。”

这一幕被顾余拿手机记录了下来。她在一边笑得不行，边笑边把这个视频发到了微博上。

“临哥果然比较宠小啾啾，这差别待遇，奚宝要报警了。”

“对女儿宠一点也是正常的嘛！女儿在正确教导的前提下可以娇惯，对男孩严厉一点也是为了让他有担当啦！”

“主要是小啾啾跟阿啾小时候长得太像了吧！这让临哥怎么承受得住，撒个娇肯定要啥都给了。”

发完这条微博，顾余走过去弯下腰摸了摸自家儿子的头：“训练辛苦了，作为奖励，下午带你们去游乐园玩。”

到下午出门，顾余的手被谢临牵着，他们两人又各自牵着一个小孩，形成一幅像枫糖颜色一样的暖色调画。

年幼时相遇，长大后重逢并且开始恋爱，一起经历了人生中重要的赛场，最后一起组建了家庭。

这应该是初恋最好的结果了，至少对顾余来说，她想不到第二个更理想的结局。

（本册完）